中国散文 60 强

舍斯托夫的往事

吴佳骏 / 著

U0782642

北京联合出版公司
Beijing United Publishing Co.,Ltd.

图书在版编目（CIP）数据

舍斯托夫的往事 / 吴佳骏著. -- 北京 ： 北京联合
出版公司，2024．8. --（中国散文60强）. -- ISBN
978-7-5596-7800-3

Ⅰ．I267

中国国家版本馆CIP数据核字第2024N5M446号

舍斯托夫的往事

作　　者：吴佳骏
出 品 人：赵红仕
出版监制：张晓冬
责任编辑：夏应鹏
特约编辑：和庚方　张　颖
封面设计：立丰天

北京联合出版公司出版
（北京市西城区德外大街83号楼9层　100088）
三河市同力彩印有限公司印刷　新华书店经销
字数150千字　650毫米×920毫米　1/16　15印张
2024年8月第1版　2024年8月第1次印刷
ISBN 978-7-5596-7800-3
定价：65.00元

"中国散文 60 强"丛书

编委会

丛书总策划

  张 明 著名出版人

编委主任

  邱华栋 全国政协常委

       中国作家协会副主席、书记处书记

编 委

  叶 梅 中国散文学会会长

  陆春祥 中国散文学会副会长

  冯秋子 中国作家协会原社联部副主任

  吴佳骏 《红岩》编辑部主任

  张 英 资深媒体人

  文 欢 作家、资深编辑

中华散文的文脉与发展

——"中国散文 60 强"总序

邱华栋

中国是诗的国度，亦是散文的国度。

穿越千年时空，从明清至唐宋，再由魏晋南北朝至两汉先秦一路回溯，汉语言文学中的散文实乃根深叶茂，硕果累累。无论是"唐宋八大家"之雄文美文，还是骈俪多姿的辞赋，以及名垂史册的《史记》《左传》，均为中国文学史上的璀璨明珠。"散文"与"诗"一道，成为中国文学的"嫡系"。尽管，后来从西方引进嫁接技术所催生的"小说"，大有"喧宾夺主"之势，终究还得"认祖归宗"，血脉和基因是无法改变的。

在中国散文流变历程中，曾出现过两次鼎盛期。一次是被文学史家所公认的"先秦散文"时期。其时，伴随着春秋时期的思想解放，诸子蜂起，百家争鸣，一大批散文家以饱满的气血、驳杂的学识和破茧的精神，创造出了散文的繁荣和辉煌局面，对后世产生了极大的影响。

到了"五四"时期，中国散文迎来了第二次鼎盛期。白话文如劲风激浪，吹刮和涤荡着神州大地。沉睡的雄狮醒来了，偃卧的小草开始歌唱。许多学贯中西的进步文人，肩扛文化变革的大纛，冲锋陷阵，掀起了一波又一波的新文学浪潮。《新青年》上刊载的散文，犹如一束束亮光，不但给人以希望，还给人以力量。"五四"以来的散文作品，无论是观念和主题，还是形式和风格，都跟以往的散文迥然不同。最具代表性的，当属鲁迅先生的散文（包括杂文），其刚健、凌厉的文质，疗救了中国散文长久以来颓靡不振、钙质疏流的顽疾。此外，周作人、郁达夫、朱自清、萧红、沈从文等一大批作家的散文创作亦各具特色，呈一时之盛，影响深远。

时代的前行催生了文学的发展，然而文学与时代有时并不同步甚至充满了"张力场"。"五四"的个性解放虽然催生了一批个性鲜明的散文精品，但这样的生态并未持续多久，中国散文的波峰出现了向低谷滑行的趋势。有论者指出，"散文在50年代既是对解放区散文文体意识的放大，又是对五四散文文体精神的进一步偏离。这种放大和偏离表现在个体性情的抒发让位于时代共性或者时代精神的谱写，政治标准优先于艺术标准，批判性为歌颂性所取代等诸方面。"（董健、丁帆、王彬彬《中国当代文学史新稿》）1960年代初，散文创作一度出现了活跃，"专业"从事散文创作的作家群凸显出来，刘白羽、杨朔、秦牧相继登场，迅速成为散文界的三位名家。但他们的作品后人评价褒贬不一，认为其中颂歌式的写法较为单向，这种模式化的写作，不但对散文的建设毫无益处，反而扼杀了散文的个性和神采。

"文革"十年，中国散文更是一片凋零和荒芜，乏善可陈。1970年代末，一些历经浩劫的作家开始复血，解除思想枷锁，重新拿起笔来写作，中国散文才又凤凰涅槃，焕发生机。加之各种文学刊物纷纷复刊和创刊，以及大量西方文化读物的译介出版，更为这些饥渴、桎梏太久的散文作者提供了登台亮相的舞台和瞭望世界的窗口。

1980年代初期，伴随改革开放的热潮，思想解放大旗招展，文化随之繁荣，诸多承续"五四"精神的作家以笔为旗，抒发胸中压抑既久之块垒，出现了一批抒情性质浓郁的散文，使得现代散文这块"百花园"芳菲争艳，蔚为大观。特别是1980年代中期，随着作家主体意识的不断强化，中国文学开始呈现出一个崭新局面，作家从"集体意识"中抽身而出，重新返回"个体"，注重对生活的体察和内在情感的表达。这一时期，散文的艺术性得以强化，文本的精神内涵和表现空间得以拓展。

进入 1990 年代，社会发展日新月异，城镇化进程锐不可当，文化领域亦呈多元格局。各种文学思潮相互碰撞，人文精神的讨论更是打开了作家们的创作思路。"大散文"概念的提出，引发了散文界对散文的内涵和外延的重新讨论和界定。风靡一时的"文化散文"热，成为文坛上一道靓丽的风景。"新散文""原散文""后散文""在场散文"等散文流派"你方唱罢我登场"，争奇斗艳，各领风骚。

及至二十世纪末，一批深具先锋意识和文体自觉的新锐作家，像一头公牛闯入瓷器店，使散文天地发生了激烈的碰撞和变化，形成一股新的散文潮流，提升了散文的审美品质和精神向度。

纵观 1978 年至 2023 年四十多年来，中华大地在"改开"的黄金时代中，社会生活奔涌激荡，各种思潮风起云涌，散文创作更是云蒸霞蔚、气象万千，涌现了众多成就斐然、风格各异的散文作家和具有思想深度、艺术上乘的散文作品。岁月的流水冲走了枯枝败叶和闲花野草，中流砥柱却巍然屹立。时间留住了新时代的散文经典，经典在时间的长河中绽放光芒。以沙里淘金的经典散文向"改开"的时代致敬，是我们不可推卸的责任和义务。

别看散文的门槛貌似很低，要真正写好，却实属不易。优质散文是有难度的写作，它不但需要作者的智识、胸襟、眼界、修养和气度格局；更需要写作者的态度、立场、慈悲、良知和批判勇气。遗憾的是，散文创作繁荣和光鲜的另一面，却是大量平庸甚至低劣之作的泛滥，不但败坏了读者的胃口，而且造成了物质和精神的极大浪费。散文作家层出不穷，散文作品汗牛充栋，可真正能让人记住的散文佳构却凤毛麟角。

散文要发展，文学要前行。发展和前行就要从平庸的樊篱中突围。在突围的过程中，散文作家不可太"聪明"，不可太世故，要永存对文学的敬畏之心。一言以蔽之，散文的尊严来自散文作家的尊严。也可以说，要想散文繁荣，首先需要有一批人格健全，品德高尚，铁肩担道义的散文作家。什么样的人写什么样的文章。特别是写散文，最容易看出一个作家的内在品质和境界涵养。一个人格不健全的人，哪怕他作文的技法再高妙，也很难写出撼人心魄、抚慰灵魂的散文来。作家精神品质的高低，直接决定其作品的精神向度。

为了散文写作的突围和发展，为了建设独具特质的当代散文，也是为了更好地从经典散文中汲取营养，我认为有必要正视和重申一些常识性的思考。高头讲章的理论是灰色的，常识之树却葳蕤常青。

一、作家的个体精神决定散文的优劣。常言道，散文易学而难攻。难在什么地方，不是难在技巧，而是难在作家个体精神的淬炼上。倘若作家的个体精神不够丰富，不够深刻，不够清澈，纵使他手里握着一支生花妙笔，也写不出令人称赞的散文。那么，如何才能做到个体精神的丰富性呢，这就要求作家时时刻刻不背离生活，要知人情冷暖，体察人间百态，关心民瘼，有忧患意识，不要做生存的旁观者。一个冷漠甚至冷酷的人，是不适合从事散文创作的。

二、真诚是确保散文品质的基石。散文创作跟作家的生存经验息息相关，可以说，真正优质的散文，无不牵连着作家的血肉和心性。作家的喜怒哀乐，悲欢离合，都或隐或显地暗含在他的作品中。假如在一篇散文作品中，读者既看不到作者的体温，又看不到作者的态度，那这篇作品或许就是失败的。说明这个作者在他的作品中"说谎"或"造假"，缺乏真诚之心。作家一旦失去真诚，为文必定矫揉造作，作品也必定会失去生命力。因此，真诚是散文的"生命线"，也是"底线"。

三、个性是促进散文生长的养料。人无个性便无趣，文无个性便平质。当下，每年都会诞生数以万计的散文篇章，但能够让人记住，且读后还想读的作品并不多，何故？概在于这些数量庞大的散文，无论题材，还是语感都千篇一律，像是从"模具"中生产出来的，缺乏辨识度。散文要发展，必须要求作家具有"个性意识"。"个性意识"不是标新立异，更不是哗众取宠，而是一种"创新意识"和"审美意识"。但凡在散文创作方面被公认的那些大家，都是"文体家"，他们以自觉的写作实践，开创了散文写作的新路径。不合流俗方能独步致远，推动散文的建设和繁荣。

当然，以上几点并非创作散文的圭臬，谁也没有资格去为散文"立法"。

散文是自由的创造，散文精神即自由精神。我之所以提出来，仅仅是希望引起散文同行们的重视和参考，共同为中国当代散文的发展尽力增光。

我们策划、编选"中国散文 60 强"（1978—2023）的初衷，旨在对新时期以来的中国散文创作作出梳理、评价和选择，试图精选出风格各异的代表性散文作家，以每位一部单行本的形式，呈现出中国新时期优质散文的大体样貌。此项目的发起人为资深出版人张明先生。多年来，他一直追求做高品位的纯文学书籍，也曾连续多年与中国散文学会、中国小说学会合作，出版年度《中国散文排行榜》和年度《中国小说排行榜》。2023 年他策划出版了《中国小说100 强》，反响不俗。身处喧嚣、纷杂的环境，能以如此情怀和心力来为文学做如此浩大的工程，不能不令人钦佩！

感谢张明先生邀请我和叶梅、冯秋子、陆春祥、吴佳骏、张英、文欢组成编委会，共同遴选出 60 位作家。我们在召开筹备会的时候，即将作品的思想性、艺术性、代表性以及影响力作为编选的基本原则。在确定入选作家名单时，我们认真商讨，反复研究，生怕因为各自的眼力、审美和趣味之别，造成遗珠之憾。好在我们的工作得到了作家们的积极回应和鼎力支持，惠风和畅，大地丰饶。

60 位入选的作家，既有令人尊敬的文学大家，如孙犁、张中行、汪曾祺、史铁生、邵燕祥、流沙河、刘烨园、宗璞、贾平凹、韩少功、张炜、梁晓声、阿来、冯骥才等。这批散文大家的作品，文风质朴、清朗、刚健，充满了"智性"和"诗性"。无论他们是写怀人之作，还是针砭时弊，歌咏风物，都有着鲜明的文化立场和审美取向。他们或出入历史，借古观今；或提炼人生，洞明世事，输送给读者的都是难能可贵的"精神营养"。

也有被散文界公认的名家，如李敬泽、王充闾、马丽华、周涛、冯秋子、叶梅、筱敏、张锐锋、周晓枫、于坚、鲍尔吉·原野等。这些作家的散文作品，特色鲜明，风格独特，诚挚内敛，从内容到形式，都作出了各自的探索和尝试，为当代散文注入了活力。从他们的作品中，我们不但能够领略汉语之美，更可以借此反观生活与存在，寻找人之为人的价值和尊严。

还有散文界的中坚力量和青年才俊，如彭程、谢宗玉、江子、雷平阳、任林举、塞壬、沈念、傅菲、吴佳骏、周华诚等。从他们的作品中，我们见到的，不只是中国散文的文脉传承，更是自由精神的张扬。他们文心雅正，笔力锋锐，不跟风，不盲从，始终保持着独立的思索和判断，在各自所开辟的散文园地中精耕细作，以崭新的姿态参与和推动当代散文的变革。

　　其实，细心的读者不难发现，入选本丛书的老、中、青三代作家都有个共性，即他们均在以自己的作品审视心灵，心系苍生，弘扬真善美，鞭挞假恶丑，充满了正义感和人道主义精神。这自然与时下众多书写风花雪月，一己悲欢，充塞小情趣、小可爱的散文区别开来。正是因为有他们的存在，中国当代散文才呈现出一幅绚丽多姿的长卷。

　　需要说明的是，有些重要的散文家，如张承志、余秋雨、王小波、苇岸、刘亮程、李娟等人，由于版权或其他不可抗原因，未能将他们的作品收录进来，我们深以为憾。

　　我们还要感谢北京立丰天文化传播有限公司的资金支持，感谢北京联合出版公司的精心编校，他们慷慨和无私的义举，对于繁荣中国当代散文创作、对于赓续中华优秀散文文脉、对于中国新时期的文化积累，均具重大价值和意义，可谓善莫大焉。这套丛书的出版意义将同《中国小说100强》一样，旨在给读者以经典的指引，这既是一项重要的原创文学工程，同时也是助力推动全民阅读和研究传播文化的公益工程。

　　郁郁乎文哉，中国散文有幸！

　　是为序。

2024 年 5 月 12 日星期日

　　　（作者为全国政协常委，中国作协副主席、书记处书记）

散文对于我始终充满神秘和诱惑。

——［苏联］安娜·阿赫马托娃

访谈·体会

自 序

变血为墨迹的阵痛

我承认，我是一个执着的散文写作者。

从我落笔写下第一篇散文算起，迄今已写作二十几年了。说不清什么原因，我就是偏爱这种文体，它能带给我踏实感和满足感，助我洞悉生存、观察人性和拷问灵魂。当我看到曾经跟我差不多同时起步，或早于我若干年从事散文写作的人，一个个开始转型，义无反顾地涉足小说或其他文体领域的写作时，我的心里或多或少是替他们感到惋惜的。为什么呢？因为我很少见到一个靠写散文起家的人，在写作转型之后获得成功的。不但不成功，反而离最初的写作越来越远，甚至走到写作的反面去了。

我相信写作的宿命。

不管遇到何种情况，反正我是会将散文写作坚持到底的。即使未来的某天，我丧失了写散文的感觉和能力，宁可停笔，也不会"移情别恋"。表面看，也许我这是故步自封，不愿尝试或打开写作的多种可能性，但唯有我自己知道，我到底想要什么，到底能写什么。人生苦短，倘若想法太多，欲望太甚，又好高骛远，不切实际，终将一事无成。虽然，我清楚自己即便埋头苦苦地一辈子耕耘散文，到终了也未必会写出什么名堂，但我无怨无悔，愿意为自己的选择承担后果。来这个欢乐与苦痛并存的人世间走一遭，要干就专心地挑一件事干好了，要爱就真心地选一个人爱好了。干的事太多，耗神；爱的人太多，耗气。何必将自己搞得那么身心俱疲，走到哪儿，都是一副惨不忍睹的可怜模样呢?!

跟我以往出版的集子相比，这本书显得有点特别。内容上驳杂包容，编排上随意不拘，没什么规范和讲究，但书中文字所呈现出来的"精神气质"，又是与我以往的作品一脉相承的。人到中年，就像长定型了的树木，想要改变生长是困难的。即使狂风将树刮弯了腰，树干也还是直挺的。更何况，我已经遭受了各种狂风暴雨的洗礼，不再惧怕什么了。

能写就是好的。

全书分为四个部分，"人物·心史"是一篇探寻怪才蒲松龄"命运轨迹"和"心灵秘密"的五万字长文。这是我继长篇小说《草堂之魂：一代诗圣杜甫》后，以散文笔法叙写的另一位古代文人。我之所以选择杜甫、蒲松龄这样的文人来写，是因为我无比热爱他们。我总觉得，在某些方面，我与他们具有精神上的共通性。他们对待文学的态度、立场和情怀，每每使我动容。我写他们，实际上是在反观自身。

"生存·见证"，是我新写的三篇散文，关注的依旧是底层小人物的悲欢离合。这些小人物，在生活中处处可见。他们卑微地活着，为了生存，忍辱负重，艰难地跋涉在人生的漫漫长路上。不管他们经受了怎样的困境和磨难、打击和凌辱，仍然乐观、善良，心中那微弱的火种和光亮始终不灭。我写他们，不只缘于同情，还有感动和尊重。

"阅读·省思"，主要是我对自己钟爱的几本书的阅读札记。我在这些书中，既看到了作家应该有的人格魅力，也看到了文学应该有的品质光芒。他们带给我的心灵抚慰和精神力量是无穷的，我在这些作品里找到了自己。每当我孤寂难耐，或被红尘琐事缠绕得心力交瘁之时，总会将它们找出来翻翻，以消散内心的苦闷，汲取一种别样的能量。我将写出此类作品的作家视为我的"精神盟友"，正是因为有这样的作家存在，我才深感吾道不孤。也正是因为有这样的优秀书籍存在，我才感觉到这个浮喧的人间多了一丝静谧、美好、温暖和慈爱。

"访谈·体会"，是媒体和友人对我做的几篇访谈实录。文中没有什么高深的东西，也没有多少新颖的见解，所谈不过是些作文的常识，但它们无疑是我多年来创作散文的经验和体会。老实说，我并非好为人师，也不喜欢夸夸其谈，我的作品已经充分暴露了我的"写作秘密"。之所以还要饶舌，是对提问者的配合和尊重。这些提问者，水平都很高，我答得也很真诚。在文学面前，我们没有必要虚伪，也没有必要说假话。所以，在回答某些问题时，我或许说得过于直率和坦诚，会让某些读到的人觉得偏颇和耿介，甚至对号入座。在此，我唯有请求原谅。我的回答绝非针对具体的人，而只是谈一种文学现象。一个写作者，假如连说真话的勇气都没有，那又如何能写出好的作品呢？

全书编讫，癸卯兔年即将走到尾声，甲辰龙年早已抬头在望。夜深人静之时，窗外花园中的蜡梅香气袭人，宛如纸香、墨香，给人安宁之感。可我深知，"若非一番寒彻骨，哪得梅花扑鼻香"。我的脑海中顿时跳出艾略特说过的话：写作是"变血为墨迹的阵痛"。想想，还真是如此，否则，很难写出撼人心魄的文字。而易卜生却换了一种说法："生存就是与灵魂中的魔鬼作战，写作就是坐下来审判自己。"他们无疑都说到了点子上。

那么，我呢，我该怎么做？

我坐下来，又站起，握笔的手颤抖不已。

2024 年 1 月 15 日夜

人物・心史

蒲松龄：被当作鬼的人

一、荒年卖文

康熙十二年（1673 年）夏日，持续的干旱焚烧着大地，使无论是动物还是人都处于生死的边沿。田地龟裂着，撕开一道又一道口子，农作物全都成了干枯的标本。整个人世间，都没有一点生气。三天两头地到处死人，老人死，小孩死，中年人也死。活着的人惶惶不可终日，全在默默地掰着指头挨过漫长的白天和黑夜——这既是在数着自己的死期，也是在祈祷自己能够幸运地躲过荒年大劫。

蒲松龄坐在挚友高珩家的廊檐下，望着远处的荒山和黄沙发呆。因他是高珩侄女的舅父，两人一向私交甚笃。自康熙十年蒲松龄南游归来后，他就一直住在高珩家，替高珩做些文案、笔录之事。

荒山的那边，就是蒲松龄家的方向。他牵挂着自己的妻子和儿女，也担忧着自己的兄弟们。昨晚，他还做了一个梦，梦见自己的一个孩子和一个弟弟被太阳烤焦了，那恶臭的烟味飘到百里以外的地方。一群苍蝇追赶着烟味，在空中胡乱地嗡鸣。

此刻的他，还在被昨夜的梦境缠绕着。遇到这样的旱灾之年，他虽然能够依靠高珩勉强活命，可他的家人怎么办？蒲松龄不是一个自私的人。他宁可自己吃不上饭，也不能让家里的人饿肚子。但他又委实没有别的办法，如果不在高家帮忙，恐怕连自己也会饿死。倘若他死了，那他的妻子和儿女将会彻底无依无靠，掉入万丈深渊。

正这样思忖着，高家的仆人给蒲松龄送来一封家书。这家书是他的四弟捎来的。蒲松龄拿着家书的手有些颤抖，他几次试着撕开封口，又迟疑地停下了，只用手轻轻地抚摸着封面。他预感到这封家书不会给他带来好消息，故他怕打开它，他怕自己脆弱的心承受不了那样的重创。但他又不得不打开，在整个蒲氏家族中，他是大家的精神支撑和靠山。凡是家里有个大小事情，都会来信跟他商量，征求他的建议和意见。

蒲松龄抬起头，长长地叹了一口气，用力地将信封撕开了。果不出所料，四弟在家书里一把鼻涕一把泪地向他诉苦，说家中的粮食早就颗粒无存了，若再这么下去，他回去看到的将会是弟兄们的白骨。蒲松龄捏着家书的手颤抖得越加厉害了。他知道弟弟的用意，也理解家中人的处境。他从廊檐下站起身，走到灼热的太阳底下，让骄阳炙烤着自己。唯有如此，他心里的内疚和忏悔才会有所减轻。

他不能埋怨弟弟，作为家中的兄长，他的确有责任和义务替弟弟排忧解难，只可惜四弟根本不清楚他在高珩家的状况。仅凭他在别人家坐馆或替人写点文章换来的一升半斗的粮食，能够养活几个人呢？要知道，他自己也还有几个尚未成年的儿女啊！

蒲松龄越想心里越窝着一团火。当年他们弟兄分家时，两个嫂嫂又哭又闹，靠耍手腕和心计，本就在家产上替两个哥哥捞了不少好处。他和妻子宅心仁厚，为不伤大家庭的和气，才甘愿吃亏，只分得很少的一点家产。现在遇到天灾，大哥和二哥家里由于添丁，生活捉襟见肘，入不敷出。四弟更是懒惰成性，平日只知在几个哥哥处讨口饭吃。

两个哥哥早就看他不顺眼了，让他找点事做，养活自己。可他不但不听，还搬出死去的爹来压制两个哥哥，说爹若泉下有知，知道哥哥欺负弟弟，他的阴魂绝不会放过哥哥们。

四弟的这招，倘若放在旱灾发生之前，倒也奏效。可如今遍地饥民，人人皆求自保，就算他们的爹真的起死回生，两个哥哥恐怕也照顾不了他这个弟弟。

或许四弟真的是走投无路了，才给蒲松龄这个当三哥的捎来家书求救。大哥二哥不管他，他相信三哥一定会管他。在四弟的眼中，三哥也是他最信赖的人，是他在遇到困难时唯一的救命稻草。

在家书的末尾，四弟还打起了另一张亲情牌，诉说了三嫂和侄儿侄女的现状。言外之意，他正在跟嫂嫂和侄儿侄女们相依为命。四弟说，他即使饿死，也要保障三嫂和侄儿侄女们幸存下来。他发誓要替三哥看护好他的血脉，不让三哥的后代受任何的屈辱。

蒲松龄见四弟提到自己的妻儿，眼泪再也忍不住了，汗水夹着泪水朝下滚。不多一会儿，他就感觉被自己的泪河淹没了。他正有气无力地漂浮在泪河上，四野是一片混茫，漂着漂着，他的眼前竟出现了一幅画面——他的家里已经断炊许久了，妻子刘氏已经饿得眼眶深陷，四肢如藕节。孩子们病恹恹地围着她，哭的哭，喊的喊："妈妈，我饿呀；妈妈，我饿呀。"这哭喊声是一把一把的利剑，深深地刺进她妻子的心里。

蒲松龄想象着这一幕，心中犹如刀绞。他在泪河上奋力一搏，试图去帮妻子的忙，却瞬间清醒了过来。他发现自己竟然还站在太阳底下，周身都像被火苗烘烤着。他趔趄着步子，头昏脑涨地朝廊檐下挪动。这时，他又想起四弟在家书中提到的另一件事——尽管各家各户都在遭受旱灾的摧毁，可县里的衙役依然在穷追不舍地挨户讨税。

他想，这真是要将老百姓朝死里逼啊！不但天不给人活路，连人也不给人活路，这到底是一个怎样的人间呢？

那天之后，蒲松龄一直都把四弟捎给他的家书揣在身上。没事的时候，他就会掏出来看一看。每看一遍，他都会告诫自己：蒲松龄啊蒲松龄，你可要知道，你还有一帮亲人正在老家受苦呢！

那封家书，成了蒲松龄激励自己奋发努力的"警示物"。

他一直在琢磨，除在高珩处做事之外，看还能否干点别的事，以此来给家里的人一点微薄的经济支持。他白天想，夜晚想；站着时想，坐着时想。可他一介书生，手无缚鸡之力，又能干什么呢？再说了，在这旱灾之年，又有什么事情可干呢？

后来，还是高珩给他出了个主意。高珩见他每天忧心忡忡，家中的情况又十分棘手，就说："松龄，你看你满腹经纶，文采斐然，十九岁时就在县府道三试中名列第一，又曾给孙蕙做过幕宾，为何不多给其他官绅之家也写些文章，以帮补家用啊。"

蒲松龄一听，试探着问："我既受你之邀做事，就该恪尽职守，岂有再事二主之心。"

"看你说哪里话，像你这样的秀才，本就该为更多的人做事，我若私自留你专用，怕是要遭人唾骂的。"

"高兄真是大肚能容，义薄云天啊！"

蒲松龄说完，深深地向高珩鞠了一躬。

高珩不但人好，还真是欣赏蒲松龄这个人。同年七月二十二日，他的亲表哥王士禄去世，在高珩的推介下，蒲松龄受邀代王士禄的亲家写了一篇祭文《祭新城王西樵先生文》。此文写得妙笔生花，对王士禄一生的德行和成就给予了高度赞扬，博得王家人的首肯。凡是前来参加悼唁的人，也无不对蒲松龄的文笔赞誉有加。加之逝者是当时文坛盟主王士禛的亲兄，这篇祭文更是使蒲松龄声名大噪，祭文也迅速被广泛传诵。

人一旦出了名，就会遭致他人的嫉妒。当茶楼酒寮里的人都在热议蒲松龄的才华时，有一位姓柳的先生，据说也是一名秀才，素来桀骜不驯，恃才傲物，认为自己的文采才是出类拔萃的，他在当地也是小有名气。在此之前，左邻右舍都是请他代笔为文，颇受乡邻尊敬。谁料这下突然冒出个文名盖过自己的蒲松龄来，不但让他颜面扫地，还抢夺了自己的生意。柳先生憋着一肚子的气，很想伺机捉弄一下蒲松龄，挽回自己的声誉。他左等右等，机会终于来了。有一户贫苦人家的孩子考上了秀才，替乡亲们争了光，树立了榜样。乡亲们为表庆贺，特以家族的名义，邀请柳先生撰写一封贺信。柳先生灵机一动，告诉邀请者："新近出现了一个蒲松龄，据说文章盖世，远远超过了我，你们不妨也请他写一封，届时看到底是他写得好，还是我写得好。"邀请者一想，这倒也有趣，便果真去请蒲松龄执笔。蒲松龄并不知道个中缘由，对邀请者以诚相待，略加思索，便快速写出一篇《贺安凤泉子游武泮序》。此文用典恰切，文思灵动，其中有类似"金鞍玉勒，散锦幛之桃花；缓带轻裘，见飞星于柳叶"之句。邀请者一看，暗暗叫绝，立即将贺信呈送给新秀才，新秀才也是频频点头，叹服不已。至于那位柳先生，闻听蒲松龄已经率先写出了贺信，急得登门找到邀请者，请求看看他写的贺信。邀请者不耐烦地回复说："柳先生请回吧，你不必再写了。已经没有比蒲先生写的贺信更好的了。"柳先生不服气，将蒲松龄写的贺信拿在手里反复看了很久，最终只能心悦诚服地转身走了。

这位柳先生再一次提升了蒲松龄的知名度。有了那篇祭文和这封贺信，蒲松龄已经成了一个响当当的文士。一时间，前来找他代笔的人络绎不绝。他将"润笔费"悉数寄给了妻儿和四弟。

蒲松龄想，这下可算尽到了做丈夫和兄长的责任了。他似乎每天都很忙，要频繁地接待和应酬各类人，赋闲的官绅，有钱的士绅，还有没完没了的街坊邻居。他对每一个来求他代笔的人都和颜悦色，谦恭有礼。他心里知道，如果不是这些人支付的润笔费，他将无法给家人带去慰藉，改善他们的窘境。

故只要他人有需求，蒲松龄都是有求必应，什么文章都写——婚启、碑文、寿文、序、疏等等。他写任何文章都不马虎，尽量站在请求者的立场作文。这使得他写出来的文稿，既符合所写对象的身份，又达到了请求者的要求，可谓皆大欢喜。

日子一天天地过去，蒲松龄就这样埋首在各类应景文中消耗着光阴。偶尔，他也会感到身心俱疲，对写这样的肤浅文章生出厌倦。作为一个读书人，蒲松龄到底还是一个理想主义者。他觉得自己饱读了大半生的书，应该爱惜自己的羽毛，不应将才华浪费在那些应景之作上。他相信自己是有才能写出一部传世之作的，这或许也是所有读书人的梦想。

渐渐地，蒲松龄的内心开始挣扎。一方面他需要那些润笔费，一方面他又极力想从这种泥淖般的现实中抽身出来，做一个有价值和追求的真正意义上的自己。有很多次，他都谎称自己有病，故意躲避上门来求他代笔的人。可每当将自己关在屋中时，他又会掏出四弟写的家书来看。只要盯着上面那一个个血写似的字迹，他又只得委屈自己，开门出去迎客，继续写那些套路式的应景文字。

这便是一个文人的尴尬和无奈。

时间的指针在转了无数个轮回之后，静悄悄地来到了康熙十三年（1674年）底。与家人分别快两年的蒲松龄要赶回老家过年，出门在外，他是太思念自己的妻儿了。每晚入睡前，他都要在脑中想象一遍他那妻儿的样子，猜猜几个孩子又长高了多少。当蒲松龄怀着激动的心情，一路风尘地回到家时，已经是旧历的腊月二十三了。

妻子刘氏见蒲松龄回来了，心情格外高兴，忙活了半天，才熬了一钵粥，另将一盘青菜和一小碟咸菜端上桌，供一家大小用餐。蒲松龄见晚餐如此寒酸，连动筷子的心情都没有。几个孩子你瞅瞅我，我瞅瞅你，露出凄苦的面容。他们穿的衣裳也是大洞小眼的，旧得不能再旧了。蒲松龄一下子生起自责之心，自从将润笔费寄回家里后，余下的银两只够他自己生活。他好想给孩子们置办一件新衣裳、一条新裤子、一双新鞋子，可他身无分文，跟个乞丐差不多。

那顿晚饭，蒲松龄是噙着眼泪咽下的。

按照齐鲁风俗，"小年"这天晚饭后是要送灶的。家家户户都希望将灶王爷送上天庭后，他能在玉帝面前说好莫说歹。只有这样，玉帝才能大发慈悲，当灶王爷返回时，嘱咐他继续保佑各户的平安吉祥。那么，既然要拜托灶王爷美言，就不能怠慢了他，需给他摆宴送行。在摆宴的供品中，必须要有一种叫"糖瓜儿"的东西。此物极具黏性，传说灶王爷吃了糖瓜儿，就会将嘴粘住。如此一来，他就只会跟玉帝说该说的话，而不该说的话一句都不会说。

临到蒲家送灶的时候，刘氏却拿不出一样供品。别说糖瓜儿，就是普通的祭果祭酒都没有。蒲松龄摇摇头，只好用碗盛了一碗白开水送灶王爷上天。

送完灶，嬉闹的孩子们都先后熟睡了。刘氏和蒲松龄面对面坐在屋中，想说点什么却又不知该从何说起。暗淡的烛光将他们瘦削的身影映在土墙上，像闪动不停的记忆，更像尘封已久的往事。最终还是蒲松龄先开了口：

"旱荒之年，你一个人带着几个孩子，委屈你了。"

"一家人，说啥委屈不委屈。你在外面也不容易。"

"我倒还好，至少有口饭吃，就是成天挂念你们，不知你们的冷热。"

"我和孩子们也担心你，遇到这年头，在家在外都难过啊！"

"对了，我每次都将润笔费寄回了家，为何你们还是顿顿吃糠咽菜？"

刘氏停顿了一会儿，眼中闪现着泪花。

"你寄回的银两，只够缴纳赋税，哪还有结余。"

蒲松龄陷入长久的沉默。夜越来越深，越来越暗。

待妻子也睡去后，蒲松龄还不想睡。他实在睡不着。他在心里诅咒那繁重的赋税，也诅咒征收赋税的官吏。他责怪自己刚才送灶时，为何不将百姓遭受的苦难告诉灶王爷，请他如实去向玉帝禀报，让玉帝也能睁大眼睛看看这人间的灾难，听听受苦人的哭喊声。

寒风在窗外呼呼地刮，蒲松龄哆嗦着身子，靠在墙壁上，活脱脱似一个瘦骨伶仃的鬼魅。他不知道自己在夜里坐了多久，大约是后半夜了，那个由他自己变成的鬼魅，竟然跑到他的面前指着他的鼻子在呵斥。

他清晰地听见鬼魅的怒吼："蒲松龄啊蒲松龄，你个又穷又呆的家伙，一会儿替这个忧虑，一会儿替那个忧虑，你也不撒泡尿照照，看自己算个什么东西。你看那些请你代笔的人，大多都穿裘裹绸，而你却穿得破衣烂衫，这岂不是天大的讽刺和悲哀吗？你仗着自己肚子里有点墨水，就替那些达官显贵写吹捧文章，替他们歌功颂德，还自以为有学问、有荣誉感，简直是无耻之极。只有愚蠢的人才会干这类愚蠢的事，你好好反省反省吧，别再糟蹋自己了。"

鬼魅的话让蒲松龄醍醐灌顶，他想伸手去拉那个鬼魅，留他继续批评批评自己。可那鬼魅一闪，就不见了踪影。蒲松龄吓出一身冷汗，呆呆地陷在黑夜深处。

翌日清晨，他迎着窗外的第一缕曙光，自警地写下了一篇《戒应酬文》。

从此，蒲松龄终于找回了他自己，只做自己愿意做的事，写自己愿意写的文了。

二、西铺坐馆

> 忽忽四十岁，人间半世人。
> 贫困荒益累，愁与病相循。
> 坐爱青山好，忽看白发新。
> 不堪复对镜，顾影欲沾巾。

这首哀婉、凄美的诗，是康熙十八年（1679 年），蒲松龄在功名无望，贫病交加之中写下的。眼看自己年龄渐增，前途渺茫，他不得不流下辛酸之泪。

可喜的是，在写出这首诗之后，蒲松龄的命运赓即发生了改变，命运之神开始垂青于他，使之再次得到一个去"四世一品"的淄川西铺显宦毕际有府上坐馆的机会。这对于已经结婚生子的蒲松龄来说，无疑是雪中送炭。

毕际有自顺治三年（1646 年）拔贡入监，考授山西稷山知县，后升南通州知州。康熙二年（1663 年），毕际有因解运漕粮，积年挂欠，赔补不及，被罢官。他离任归乡后，深感官场险恶，人情淡薄。后经上司调查此案，毕际有属于被人冤枉，可以官复原职。但其妻王氏洞察幽微，劝阻他说："你既知官道险恶，何必再重涉官场，追求'舞彩之乐'呢？"

毕际有略一沉思，说："贤妻所言极是，我何必再去遭罪。"

从此，毕际有决意退居山林，与渔樵耕读为伴，过起了诗酒琴棋、怡然自乐的生活。

毕际有之所以聘请蒲松龄来府上坐馆，其主要原因是钦佩他的才华。早在这之前，毕际有就曾拜读过他写的"聊斋故事"。那些讽刺辛辣、爱憎分明的文章，深得毕际有赏识，觉得跟自己对社会的认知非常契合。毕际有的文学修养很高，精于鉴赏，喜吟诵，爱交游，且十分爱才。他所著的《存吾草》《泉史》等书，名重一时。

蒲松龄第一天到毕府，就被毕际有归田后写的那些诗所折服。他边翻看边赞叹："毕公真是诗才横溢，诗境高迈啊！"

"过奖过奖，你才是文章妙手，堪称大才啊。"毕际有笑着说。

"我不过喜欢写些鬼怪故事而已，不值一提。"蒲松龄谦虚地说。

"松龄不必过谦，从今往后，我们就是一家人了，但愿日后你我互相切磋，尽享为文之乐，可好？"毕际有说。

"甚好，甚好，多谢毕公赏我这个不得志的人一碗饭吃。"

"看你说哪里话，只要我毕际有有饭吃，你蒲松龄就有饭吃。"

"毕公垂爱，松龄感激不尽。"

"你我就不要说感激的话了，唯希望你以后在教我的孙子们时，不要保留真功夫就行。"毕际有半开玩笑半认真地说。

"毕公放心，松龄绝无半点保留。"

两人哈哈大笑。毕际有赶紧招呼孙子们进屋，依序拜见师父。

拜师礼完毕后，或许是蒲松龄想给毕际有一份见面礼，又或许是他想展示一下自己的真才实学，就请毕际有移步到书房，一口气写下三首《次韵毕刺史归田》的组诗，来和毕际有写的那些归田诗。

次韵，也称步韵，即按照前边人的诗所用的韵来照着作，这是最考验写诗人功力的。在这三首诗中，蒲松龄夸赞毕际有当年曾有过王敦击碎玉壶的壮志，有过曹操横槊赋诗的情怀，搞过潘岳式栽花南国的德政，却最终选择了平心静气地退居山乡，过起了谢安载酒东山、陶渊明种菊东篱的生活。那实在是其他人难于达到的一种人生境界和精神高度。

毕际有站在书案前，反复吟诵蒲松龄写的这组诗，吟着吟着，他竟然掉下了眼泪。那泪滴落在纸上，把字迹都濡湿了。

"松龄，你真是洞穿了老夫的内心，表达了我的真实想法啊！"毕际有说。

"有感而发，像毕公这样的人，值得松龄终身学习。"

"你这几首诗，用典恰切，自然天成，佩服佩服！"

蒲松龄摆摆手，说："惭愧，惭愧。"

那天过后，毕际有对蒲松龄更是刮目相看，心想，聘请蒲松龄来坐馆，真正是请对人了。

蒲松龄很快便进入状态，熟悉了毕府的一切生活方式和日常事务。他在毕府接到的第一个任务，是替毕际有代拟一封回信。

康熙十八年（1679 年），陈维崧以博学鸿词授翰林院检讨，致书问候毕际有。毕际有为表礼节，请蒲松龄代为回信。蒲松龄坐在书案前，未及多想，便提笔揣摩毕际有的语气写道："古人一日之别，犹怀恋恨，数里之隔，辄动相思；况乃天限南北，真如异世，钟情如我辈，谁能不悒悒哉！"紧接着，蒲松龄文思泉涌地回忆了毕际有与陈维崧的交往，最后写到毕际有看见邸抄上的消息，知道老友入了翰林的欣喜。整篇回信措辞得体，感人至深，毕际有看后，深情地说："松龄，若是我自己来写回信，也未必能达到你这水准啊！"

"毕公谦虚，你若亲自捉笔，不知要比我高出好几倍呢。"蒲松龄说。

有了这样愉快的开始，毕际有更是过上了无忧无虑的日子。府上凡有文案之事，都由蒲松龄代笔处理。蒲松龄在毕府也是如鱼得水，不仅才华得到了施展，还大大改善了蒲家窘迫的生活现状。

毕际有格外优待蒲松龄，每年都给他二十两银子，这在当时坐馆的先生中，薪酬算是最高的了。有了生活保障，蒲松龄的心情也起了变化，每天不再愁眉苦脸，而是跟毕际有一样，多了几分闲情，可以安心写他的那些鬼故事了。

但蒲松龄是个有志向的人。他深知坐馆只是暂时的营生，而考科举才是他的最终目标。故在坐馆授课期间，他一刻也没有忘记自己的初衷。表面上，他虽然极度羡慕毕际有那样的潇洒人生，但他明白人家毕竟是富裕之家。倘若没有银两做基础，又怎么能潇洒得起来呢？

大概是心中常怀中举之苦，康熙十八年春，蒲松龄在毕府大病了一场。好在毕家厚爱他，对他精心照料。尤其是毕际有的儿子毕盛钜，跟父亲一样仰慕蒲松龄的才华，不但亲自去药铺抓药熬给蒲松龄喝，还请来巫师王圣符给蒲松龄画钟馗捉鬼图辟邪。蒲松龄看着画上那个戴着黑色纱帽，身旁跟着一个蓝眼睛奴仆的钟馗，心里五味杂陈。他暗自感叹：这钟馗倘若真能捉鬼辟邪，他能否也像韩愈送穷那样，将我身上的"智穷、学穷、文穷、命穷、交穷"这五穷也一并送走呢？

病愈之后，蒲松龄搬到了毕府的"石隐园"居住。那是一个清静的园子，花木水渠，海棠月季，应有尽有。蒲松龄心里清楚，那是毕际有见他身体虚弱，特意给他一个疗养之地。他十分喜爱这个园林，将之视作"人间天堂"。搬进石隐园的第二天，蒲松龄就兴奋地写下一首赞美这个庭院的诗：

> 东园雅地旧蒿莱，初构三楹压绿苔。
> 乍有游人啼鸟散，忽疑深树化城开。
> 短畦新插十竿竹，小径斜通数尺台。
> 几榻悠然花未老，朝明乘兴杖藜来。

为报答这份恩情，蒲松龄授课十分认真，将毕际有的几个孙子当作自己的孩子一样对待。授课的地点就在石隐园附近，叫"绰然堂"。那也是一个古朴典雅、适合教学的地方。蒲松龄白天往返、流连于石隐园和绰然堂之间，夜晚就挑灯夜读，一边写他的《聊斋志异》，一边继续为科考做着准备。

三、直言上书

早在康熙九年（1670年），蒲松龄受同学孙蕙之邀，有过一段宝应之行。在宝应做幕僚期间，他跟孙蕙的友情直线升温，以至他南游归家后，孙蕙还曾向有关官吏"说项"，欲帮助蒲松龄乡试过关，遗憾的是最终却没能达到预期效果。

蒲松龄对孙蕙也是赞誉有加，认为他是一个体恤民众、是非分明的好官。康熙十四年（1675年），孙蕙进京任户科给事中，蒲松龄写信祝贺。"给事中"即"给谏"，分为吏、户、礼、兵、刑、工六科。掌侍规谏、稽察六部百司之职，与御史同属谏官，俗称"言官"。由于孙蕙在任上恪尽职守，履职有功，又于康熙十九年（1680年），升为户科掌印给事中。

然而，令蒲松龄想不到的是，他这位同学兼诤友官做大了之后，行事风格和为官态度也发生了翻天覆地的改变。他变得不再那么亲民了，内心也似乎没有了慈悲之心。人无论走到哪里，都喜欢讲排场，典型的一副官员派头。

蒲松龄一直想借机提醒孙蕙，希望他能收敛自己的行为，像以前一样做一个受百姓爱戴的好官。但他又担心孙蕙听不进意见，伤了彼此多年的感情。于是，蒲松龄只悄悄地在暗中观察孙蕙的所作所为，尽量减少与他的交往。

后来，孙蕙不但丝毫没有意识到蒲松龄对他的疏远，反而在写给蒲松龄的信中自称"谏臣"，称蒲松龄为"书生"，这使蒲松龄大为讶异。想当年孙蕙在宝应为官时，蒲松龄每与他对话，都是称自己为"我"或"余"，称对方为"树百"。这种称谓体现的是一种平等，不分彼此。可现在从孙蕙对他的称谓上就可以看出，他们已经不是一类人了。一为"贵"，一为"易交"。

但蒲松龄在给孙蕙的回信中，还是按照以前的旧称，喊他为"树百"。这是他有意在暗示孙蕙，希望他不要偏离自己，要记得自己的来路。可孙蕙仍是执迷不悟，没有体察出蒲松龄的良苦用心，依然我行我素，大肆挥霍，不可一世。

最令蒲松龄义愤填膺的是，孙蕙在淄川城南十五里的地方，建了一所宅第，占地十余亩。因宅内有一个高阁，名曰"逸峰"，故他给自己的宅第取名"逸峰园"。孙蕙建造此园，花费了不少心思和银两。他专门请人设计图纸，开池浚塘，种竹蓄鹤，打造出一个"万仞芙蓉斋"。斋的前方，有一个宽大的露台，周围还筑了矮墙。露台南边，建有一个池塘，塘上架起一座桥。又在东边修了一条长廊，在西边堆起一座假山。斋外四季翠竹万竿，美不胜收。远远望去，真有"雕梁映画栏，飞甍照林麓"的气派。

这所象征权力和财富的宅第，让淄川的乡邻们望而生畏。大家出门都要绕道走，尽量不去靠近它。仿佛只要靠近这所宅第，就会被他融化掉，吞噬掉。住在这所宅第里的孙蕙的家人们，更是仗势欺人，在乡里横行霸道，人人避之唯恐不及。百姓们早就对孙蕙及其家人不满了，但又都敢怒不敢言。曾有一个胆大的人，在背后议论孙蕙，斥责他数典忘祖，中饱私囊，结果被孙蕙的家人知晓了。他们公然率领家丁，将那个斥责之人拖出来一顿暴打。被打之人的家人出来伸张正义，也被孙家人拳脚相加。自此，再也没有人敢在背地里议论孙家的任何事了。这些，蒲松龄都知道了。他为孙蕙感到痛心。他不明白，为何孙蕙会如此不爱惜自己的名节，任凭自己和家人都朝着深渊堕落下去。

康熙二十三年（1684年），孙蕙的父亲病故，他赶回家奔丧。蒲松龄没有去见他，也没有去给他父亲吊唁。他在家中翻来覆去地想了很久，自己要不要去规劝一下孙蕙，将他的家人在乡里鱼肉百姓的事告诉他。

"我看你还是不要去，你在宝应期间，人家待你不薄。"蒲松龄的妻子刘氏说。

"可作为曾经的朋友，眼看他这样一步步踏入火坑，我有责任提醒他啊！"蒲松龄说。

"我知道你心善，可你想过没有，孙蕙现在官做大了，他早已没把你当朋友了。"

"他把我当不当朋友不要紧，可我还念他这个朋友的旧情。"

"反正你要三思而后行，弄不好，殃及你自身。"

那天晚上，蒲松龄听了妻子的话，觉得她说得句句在理，就熄灯睡下了。可他眼睛闭着，就是睡不着。他还在想孙蕙的那些事。下半夜，妻子刘氏都已经鼾声如雷了，蒲松龄还是披衣起床，点亮油灯，洋洋洒洒写了一封长达千言的《上孙给谏书》。天刚亮，他就派人将这封信送进了"万卯芙蓉园"主人孙蕙的手中。

蒲松龄的这封信写得十分辛辣，丝毫没有给孙蕙留情面。信一开篇，便单刀直入地写道：

年年落魄，有负故人，自觉面目酸涩，不可以登君子之堂。因而疏节孔多，遂使曩年把臂之交，至不以我为人。

信之所以写得如此愤怒，是蒲松龄觉得再也没有必要对孙蕙那么客气了。而且，他也料到，孙蕙在看到这封信后，肯定会与他绝交。故在写信时，他也就无所顾忌了，只想把内心想表达的心声全都倾吐在纸上。

而且，早在几个月之前，蒲松龄就曾听人说，孙蕙在文人圈里说他的坏话，其中就有"不当人子"这样的言论。他猜测，如果孙蕙的确说过这样的话，那就说明他已经没有把自己当作朋友了。不但孙蕙对诤友不义，据说还对他的姬妾始乱终弃。蒲松龄所指的姬妾，实际就是顾青霞。那是他在宝应做幕僚期间，比较心仪和赏识的一个女子。

顺着这个思路，蒲松龄在信中直言不讳地将他的家人在乡里如何欺压百姓，引起村人公愤的事情一五一十地说了出来。他所列举的孙家族人和仆人行恶的事迹主要有五条：一是择事而行；二是择人而友；三是择言而听；四是择仆而役；五是收敛族人。

在信的末尾，蒲松龄仍不失君子风度，委婉而善意地写道：你做谏官有赫赫之名，向皇帝直言进谏，忠诚可嘉；但你在家乡的名声那就十足的可怕了，因为你的族人无恶不作，给你的脸上抹了黑。我如今以写信的方式，给你说出这一切，知道你不爱听。在写信之前，我也曾像你挑灯给皇帝写奏章一样为难，考虑有些事到底是说好还是不说好。考虑来考虑去，我还是鼓起勇气说出了实情。我身份卑微，乃草野之人，对你居官如何没有任何发言权，但你的族人在家乡做了哪些对不起父老乡亲的事，我是知道得很详细的。作为故交，倘若不说，如鲠在喉，不吐不快，希求你谅解。

孙蕙读完信后，心里十分不悦。他一把将信撕得粉碎，拍着桌子说："这个蒲松龄，胆子也太大了，竟然敢来教训我。"

"大人你看，要不我去教训这个老夫子一顿。"仆人总管插话道。

"如今家父尚未入土为安，你们想节外生枝吗？"孙蕙气愤地说。

"那就等老爷子下葬后，我再带人去收拾他。"仆人总管得意地说。

孙蕙瞪了他一眼，怒不可遏地吼道："就是你们这帮蠢奴才，平素打着我的旗号，横行乡里，使我名誉扫地，你不但不知反省，还在给我添乱。"

仆人总管见孙蕙发怒了，不停地朝自己脸上扇耳光，一边扇一边说："奴才该死，奴才该死。"

"记住了，倘若你们以后还敢在乡里穷凶极恶，我就废了你们。"孙蕙说。

"再也不敢了，再也不敢了。"仆人总管答道。

自那以后，孙蕙族人的行为在乡里到底有所收敛，而乡邻们对孙家人的看法也逐渐有所转变。

当然，孙蕙安葬完父亲后，没有去见蒲松龄，也没有给他回信。直到康熙二十五年（1686 年），孙蕙病死在家中，也不见蒲松龄跟他之间有文字往来。

四、幕宾红颜

每当提及孙蕙，或回想起自己在宝应做幕僚时的岁月，蒲松龄都会想到一个人。只要想到这个人，他就会进入到当年的那个梦境中去。

那个梦境发生在秋天。

风拂过。秋日清晨的薄雾笼罩着密林中的枯枝和落叶，朦胧中透出寂静。其中一棵枯树枝上，站着一只清瘦的鸟，不叫也不喊，只沉默地眨着惊奇的眼睛。蒲松龄孤独地立在鹤轩亭内，双手扶着栏杆，正与那只鸟对视。他从那只鸟的眼神里，好似窥到了自己的忧伤。瞬间，两行清泪从他的眼眶溢出，像挂在深秋草叶上的露珠。

他忘了穿外套，但仍未感到微寒。他的心中有一团火，在熊熊地燃烧。倘若他不在黎明时分就跑来亭子里安顿自己，那团火极有可能将他烤焦。

或许是蒲松龄长久的凝视，盯得那只鸟毛骨悚然。它忽地抖擞翅膀，向着密林深处飞去了，再也不见踪影。蒲松龄看着鸟飞走时的影子，心里升起一团烟雾。他也好想自己能变成一只鸟啊！要是那样，他就可以从昨夜那个凄迷和销魂的梦境里飞出来了。只要飞出那个梦境，他心中燃烧着的那团火就会冷却下来，不让他再受煎熬和烘烤。

那个梦境实在是太令他苦恼了。

连他自己都说不清楚，这是他到宝应做幕宾之后第多少次做这同一个梦了。每次从梦中醒来，他都会悄悄地来到鹤轩亭，静静地待一会儿，听听风吹落叶的声音，看看远处的白云，瞧瞧池子里白鹅戏水的憨态。只有这样，他才能强迫自己试图摆脱和遗忘那个梦境。可他越是这么做，那个梦境越是像蛇一样缠绕着他，让他喘不过气来。

蒲松龄深刻地意识到，只要他不离开宝应，那个梦准会一直跟着他，甚至将他埋葬。为这个梦，他时刻处于良知与道德的挣扎和审判之中不能自拔。

这个梦境里其实也没有别的什么，只有一个才貌双全，让人一见倾心的女子。她的名字叫顾青霞，是他的同窗兼主子——宝应知县孙蕙的姬妾。

蒲松龄心仪顾青霞，顾青霞也心仪他。

可这注定是一个没有结果的姻缘。正是因为没有结果，蒲松龄才会那么痛苦和失望。但他们俩又分明是有缘分的，不然，就不会相识相知了。这就是人生的悖论和困境，多少风和雨、爱和恨都由此而来。

蒲松龄怎么也忘不掉第一次见到顾青霞时的情景。

那是几个月前的一天，他受邀参加孙蕙的生日庆典。庭院外是夏日的荷塘，昨夜刚下过雨，清风送来一阵阵荷香。几只知了藏在院门前两株高大的树冠里，聒噪个不停，好似在给不断前来替孙蕙贺喜的客人奏乐。蒲松龄很早就来了，他坐在主宾位置，一边品茶，一边享受良辰美景。连日来烦琐的文牍已经使他疲惫不堪，他正愁不能偷得浮生半日闲。这下机会来了，他像一只挣脱网眼的蝴蝶，在惬意的精神世界里自由飞翔。

孙蕙给自己安排的生日庆典十分浓重，凡是宝应有头有面的人物都来了。他还请来当地有名的歌姬轮流表演节目，从上午巳时起，整个庭院里的歌声、笑声和掌声就没有断过。就连那些栽在墙角的红的、黄的、粉的花朵都竖起了耳朵，露出了笑容。

蒲松龄也自是陶醉在这迷人的欢快场景之中。当节目快要接近尾声的时候，只见一个怀抱琵琶、凤髻高绾、身穿云锦服饰、头戴夜明珠、插着金钗、鞋子上绣着红花的女子摇着婀娜的身段，深情款款地走上前台，为在座的宾朋弹唱了一首歌曲。她怀中的琵琶一响，全场顿时鸦雀无声。所有人的目光都被她那琵琶上的四根弦给绑在了一起，形成一束亮光，射在这位貌美如花的女子身上。连院门前聒噪的知了也都闭了嘴，在静静地倾听着她的弹唱。

这的确是一位才貌俱佳、仿若仙女的女子。在她动情的弹唱过程中，听者无不跟着她那行云流水似的旋律或站或坐，或赞叹或击掌，或灵魂出窍，或似梦似幻。

也许是这个女子的才貌勾起了蒲松龄作为一介文人的内心情愫，他的心中涌动起一股巨大的暗流。那暗流好似就要冲破他的胸腔，淹没夏日的荷塘和庭院，淹没地上的一切和天上的一切。他再也顾不得文人的矜持和斯文了。他从桌上端起一杯酒，几步蹿到那个女子的面前，自报家门道："我乃山东蒲松龄，今日有幸听得姑娘一首曲，真是三生有幸，余音绕梁，寸断肝肠，故特敬酒一杯，以表吾心。"

那女子竟然也是知道蒲松龄的，她羞红着脸，想看又不敢正面看他，半晌才从牙缝里挤出一句："先生真是，真是蒲松龄吗？"

"你听说过我的名字？"

"看过你写鬼谈狐的文章，小女子喜欢得紧。"

"惭愧，惭愧。"

"久仰了。"

蒲松龄还想继续攀谈，谁知孙蕙却出现在他的身后，故意咳嗽了一声，说："贤弟少安毋躁，少安毋躁啊。"说完，他伸手接过蒲松龄手中的酒杯，一饮而尽，然后，把空酒杯举得高高地说："这杯酒，我替青霞喝了。"

场面一时陷入尴尬。

那位叫青霞的女子见事不对，赶紧抱着琵琶，颤抖着走开了。

蒲松龄还站在原地，没有回过神来。

"怎么，贤弟还对顾青霞念念不舍吗？"孙蕙不悦地说。

"岂敢，岂敢。"

蒲松龄的头顶好似被泼了一瓢冷水，瞬间清醒了过来。他转身重回座位的时候，无意中瞥了孙蕙一眼。他看见孙蕙的目光里悬着一把剑。那把剑无比锋利，剑刃上好似还抹了砒霜。

那日之后，蒲松龄像变了一个人。

他整日神思恍惚，做事也心不在焉。孙蕙知道他的心思，开始对他有所提防。若不是出于同窗之谊，又正值他用人之际，恐怕早就将蒲松龄赶出县衙了。

蒲松龄也知道孙蕙喜欢顾青霞。凭他现在的身份和处境，他是没有资格去与一个知县争风吃醋的。他怕孙蕙，更怕藏在孙蕙眼中的那把剑。况且，他已有妻子，还有两个孩子。他在稍微冷静些的时候，又觉得自己不应该有非分之想，更不能做出背叛朋友和家人之事。

如此一来，蒲松龄只能把对顾青霞的爱恋像种子一样埋在心底，不让它破土发芽。他的想法是好的，也是正确的。可事实是，谁又能阻挡一颗种子的生长呢？尤其是爱的种子——这粒种子的力量是巨大的，它不但能冲破一个人的骨骼和天灵盖，还可能冲破一个人的良知和道德底线。

蒲松龄把自己推向了悬崖的边沿。

每当在县衙里忙完公务回到住处时，蒲松龄就会独自端着酒杯，望着天空上皎洁的月亮，哼唱顾青霞那日弹唱的歌曲。他幻想那月亮就是顾青霞。他用歌声在跟顾青霞幽会。月亮的清辉照在他投到地面的孤单的影子上——他的影子抱着月亮，月亮也抱着他的影子。夜风中，他们在翩翩起舞，在向着爱的天堂飞奔。

蒲松龄每晚都以酒来麻痹自己。他不想自己闭眼梦见的是青霞，睁眼念着的还是青霞。

有天夜里，蒲松龄正在窗外的石桌边与月亮幻变成的顾青霞幽会，正好被前来找他谈事的孙蕙撞见了。孙蕙见他神魂颠倒地唱着曲子，边唱边喊青霞的名字。唱完喊完之后，还呜呜地哭了起来。孙蕙气得脸都失去了血色。他没有再找蒲松龄谈事，转身拂袖而去。

一周之后，顾青霞正式成为孙蕙的姬妾。

孙蕙正式迎娶顾青霞那天，庆祝的场面要比他过生日那天热闹许多倍。蒲松龄本来是不想去参加迎亲仪式的，但人在屋檐下，他不得不去。那是他有生以来最痛苦的一天。他一句话都不说，只顾埋头喝酒。一碗一碗地喝，一缸一缸地喝。如果院外荷花池里的水是酒的话，他大概也会一滴不剩地喝干的。

蒲松龄明白，过了那日，他将跟青霞彻底无缘了。他的爱之根被人斩断了，他的思念只能是一个黑洞了，他的心将会是一个空空的坟墓了。

顾青霞是深切地感知到了蒲松龄的这种痛苦的。自从那日他端着酒杯跟她简短地谈话起，她的心也被蒲松龄给勾走了。她无时无刻不在思念着蒲松龄。她欣赏蒲松龄的才华和气质。与蒲松龄相识之后，顾青霞茶饭不思，脑海里总是时刻浮现起他那清瘦的面庞、炯炯有神的眼眸。

她想念蒲松龄的时候，也会对着月亮看，幻想那皎洁的月亮就是蒲松龄。她抱着琵琶，孤单地坐在月光下，反复弹唱那首她百唱不厌的歌曲。她相信蒲松龄能够听见她歌唱。在她的歌唱下，天上的月亮胖了，从弯月亮变成了圆月亮。唯独顾青霞瘦了，从一张圆脸变成了瓜子脸。

他们彼此都是对方的一个劫。

于是，当顾青霞看到蒲松龄在自己的婚礼上喝得酩酊大醉的样子时，心里真是如刀绞般的痛。但她也无能为力，她只能面对现实。她是一个歌姬，蒲松龄是一个幕宾。他没有银两替她赎身。即使有银两，蒲松龄也没有孙蕙的权势。在残酷的现实和命运面前，爱都是脆弱的，不堪一击。

一块玉就这样碎成了两半，一个月就这样成了月食。

蒲松龄提醒自己，再也不能对顾青霞存有邪念。她如今既是知县的小妾，又是他的嫂夫人。他每天从早到晚都尽量待在县衙里，避免跟顾青霞撞见。他下定决心要将自己修炼到心如止水，不起半点波澜的境界。只要一见到顾青霞的身影，他都尽量躲避，绕着道走。

孙蕙见到蒲松龄的转变，心中的大石头也算落了地，解除了对他的警惕和防范。他知道蒲松龄虽然文人气重，喜欢浪漫，但还不至于做出挖朋友墙脚的事。再说，他也没有那个胆量。与蒲松龄同窗几年，孙蕙还是信得过他的人品的。不然，当初他也不会让其来做幕宾。

倒是顾青霞仍对蒲松龄念念不忘，总是想方设法创造时机与他相见。

孙蕙知晓顾青霞一直对蒲松龄心存爱慕，但由于他的确宠爱这个小妾，又笃定蒲松龄不会背信弃义，才在某些场合让顾青霞与蒲松龄接触。

蒲松龄对顾青霞彬彬有礼，绝不越雷池半步。尽管在他心的最深处，或多或少还是对顾青霞怀有几分爱恋。

孙蕙骨子里也是一个文人。在忙完公务之余，他喜欢找蒲松龄谈诗论文。顾青霞同样喜欢诗词，遇到孙蕙和蒲松龄谈艺时，她总不忘坐在旁侧，静静地聆听，将他们所讨论的学问暗记于心，私底下仔细揣摩。

这样相处的时间长了，顾青霞体会到一种从未有过的快乐。孙蕙通过观察，见她与蒲松龄的关系一切正常，且在蒲松龄的言论影响下，作诗的技艺突飞猛进，索性让她稍有闲暇，就去向蒲松龄请教诗艺。

蒲松龄自是乐意跟顾青霞讲解作诗的方法。

顾青霞每次去向蒲松龄请教，都要将自己打扮得漂漂亮亮的，比在青楼时每次演出前打扮得还要细致和认真。手洗了一遍还要洗一遍，脸照了一回镜子还要照一回镜子。她想给蒲松龄一个美好的印象，想把自己本身梳妆成一首诗，呈现给自己喜欢的人。

蒲松龄只要知道顾青霞要来，也是必须要换一身干净、体面的衣裳，用篦子尽量将头上的白发掩藏到青丝里面。他想，即便今生与喜欢之人的缘分终了，也要将喜欢的精神延续下去，成为日后暮年时温馨的回忆。

那是一个阳光染熟秋季的下午，庭院里的几株果树缀满了金黄色的果实，沉甸甸的，透出一种成熟的味道。顾青霞微笑着来到蒲松龄的住处，虚心地向他求教。

"我没读几天书，根基浅，但自幼喜好诗词，望先生不吝赐教。"

"嫂夫人万勿客气。"

"请叫我青霞吧。"

蒲松龄停顿了一下。

"还是叫嫂夫人妥当。"

顾青霞也停顿了一下。

"敢问先生，作诗需要注意些什么问题呢？"

"诗有诗艺，武有武艺，都需掌握一定的方法。"

"具体而言呢？"

"不论绝句，还是律诗，初学者都要在平仄和相粘、拗救方面下功夫。"

蒲松龄讲得深入浅出，生动形象。顾青霞听得如痴如醉，喜上眉梢。

大约一个时辰过去，顾青霞战战兢兢地从衣袖里掏出一张字条，上面写着她送给夫君孙蕙的两句诗"念我不才皆欲杀，怜君多病已成疏"递给蒲松龄，问："请先生瞧瞧这两句诗写得如何？"

蒲松龄接过纸条，沉思片刻，正要开口，却见顾青霞早已热泪盈腮。

"青霞何故如此啊？"

话一出口，蒲松龄意识到不妥，立即更正道："嫂夫人不必悲怀，人各有命。"

顾青霞尽力平复情绪，掏出手绢擦干泪痕，说："先生明鉴，如我这般水准，你说能将诗写好吗？"

"作诗技法固然重要，关键还得看灵气和悟性。"

"那你看我有悟性和灵气吗？"

"嫂夫人天资聪慧，自然是有的。"

顾青霞笑了笑，眼角又流出两颗泪珠来。

蒲松龄不知如何是好，赶紧补话道："不如我抽闲编选一册唐人绝句一百首，供嫂夫人参阅。"

顾青霞立起身，道："那就多谢先生了。"说完，头也不回地转身走了。

一片黄叶，在空中打了几个旋后，慢慢地坠落地面，刚好盖在顾青霞离去的脚印上，也盖在蒲松龄起伏忐忑的心思上。

半个月过后，秋一天比一天凉了。

一日傍晚，蒲松龄愁极无聊，独自在县衙的庭院中踱步。他顺着院墙踱到第三圈的时候，依稀听到从后院的方向传来有人吟诗的声音。他将耳朵贴近墙面，那声音忽然变得清晰起来，箭一样射入了他的耳膜。不用猜，那是青霞的声音。这声音他太熟悉了。顾青霞吟诵的诗句，正是他替她编选的《唐人绝句一百首》。她吟诵得极富韵调，跟她的歌声一样优美，时而似阳光照临溪面，时而似清风摇曳花朵，时而似秋蝉呼唤白云，时而似细雨润泽万物……

蒲松龄听着听着，禁不住泪如雨下。

那夜，他没有心思吃晚饭。一回房间，就把自己封闭起来。躺在床上，更是辗转反侧。顾青霞吟诵诗句的声音还在牵扯着他的神经。直到后半夜，他才从床上爬起来，点燃蜡烛，挥毫蘸墨，在素纸上写下一首《听青霞吟诗》的诗：

　　曼声发娇吟，

　　入耳沁心脾。

如披三月柳，

　　斗酒听黄鹂。

　　写完这首诗，蒲松龄再也难以入睡。每夜都是如此。好不容易睡着，青霞就会准时来梦里找他。他渴望做梦，又害怕做梦。渴望是因为他只有在梦里才能与青霞长相厮守；害怕是因为梦总会醒来，让他清楚这一切都是空。一旦遭遇了梦的折磨和欺骗，蒲松龄必会在每天清晨跑去鹤轩亭发呆、静坐，释放心中的淤积。

　　康熙十年（1671 年）秋末，蒲松龄实在不堪梦的摧残，加之他也厌倦了县衙里尔虞我诈的生活，他心中装着永生的遗憾，独自划着一叶小舟，冲破梦境，顺黄河而上，踏上了漫长的返乡之路。

五、为民消灾

　　康熙二十六年（1687 年）的一天夜里，蒲松龄被巨大的恐惧包裹着——他遭遇了一只蝗虫。那只蝗虫硕大无比，双眼像两块凸起的圆形石头，两条锯齿形的腿更似两把锋利的大刀。蒲松龄浑身战栗地看着那两把大刀，他发现那大刀正发出暗绿色的光芒。他不想死于蝗虫的刀下，只顾拼命地逃跑，边逃边回头看那只蝗虫。那只蝗虫见蒲松龄失魂落魄的样子，将自己的大刀举得更高了，像胜利者高举着自己的旗帜。

　　他腿都快跑断了，担心自己跑不过飞翔的蝗虫。好几次，他都以为自己逃出了蝗虫的监视，可当他坐在草地上或靠在一棵树干上歇气时，又看见那只蝗虫停在不远处盯着他看。他的腿永远赛不过蝗虫的翅膀，他在地上跑，蝗虫在天上飞。蒲松龄想躲起来，不让蝗虫看到自己。可地面上已经没有他藏身的地方，他不知如何是好。蒲松龄急得大喊起来，他企图以呼救的方式唤来能够拯救他的人，遗憾的是直到他的嗓子都喊哑了，也没有一个人出现。他呼来的是更多的蝗虫，铺天盖地的蝗虫，它们组成一张密实的网，将他死死地罩住。蒲松龄绝望了，他料到自己已经无路可逃，索性不再逃跑，就那样束手待毙地蹲在原地，与那只蝗虫对视。他渴望用目光打败那只蝗虫，这是他最后的一线光亮。

说也奇怪，那些密密麻麻的蝗虫好似统统被蒲松龄的目光给定住了，全都呆呆地匍匐在那里。蒲松龄终于松了一口气。大约半个时辰过去，他见那些蝗虫还是丝毫未动，便以为自己的目光充满了魔力。趁这魔力还没有失效，蒲松龄想赶快逃出蝗虫的围剿。谁知他刚一动步，那些蝗虫又苏醒过来，蠢蠢欲动。他不得不再次立在原地，接受宿命的惩罚。瞬间，那些蝗虫就爬满了蒲松龄的身体。正当它们纷纷举起大刀，欲割蒲松龄的肉时，另一道强光从天而降，驱散了所有的蝗虫。

蒲松龄到底还是得救了。他被那道强光唤醒。他冒着虚汗从睡梦中醒来，果然看见屋子的窗台上落着一只蝗虫的尸体。他用手指捏起那只死去的蝗虫看了半天，他想仔细辨认一下，看看这只蝗虫是否就是刚才在睡梦中追剿他的那只蝗虫。自从他收到家书，得知家乡正闹蝗灾后，他夜夜都会做同样的梦。

此时的蒲松龄虽然仍在毕刺史的府上坐馆，心却早就飞回到故乡去了。别说是闹蝗灾，哪怕家乡有一丝风吹草动，都会牵动蒲松龄那颗苍老而敏感的心。

咚咚咚，咚咚咚，屋外有人敲门。

"谁啊？"蒲松龄故意打起精神问。

"是我，毕莱仲。"

"谁？"

"毕莱仲，蒲先生连我的声音都听不出来了吗，看来昨晚你又做噩梦了吧。"

"原来是莱仲啊，有事吗？"

"没什么大事，今日天气不错，特来请先生喝酒。"

蒲松龄迟疑了一会儿，本没有心思喝酒，只因毕莱仲是毕刺史的侄儿，平时他俩关系相处得不错，不好拂了人家美意，只好勉为其难地答道："请稍等片刻，我这就更衣出房。"

那日的天气的确清朗，是个喝酒聊天的吉日。蒲松龄去到他们以往喝酒的亭子时，毕莱仲不但早已斟满了美酒，还在圆形石桌上摆了几样下酒菜和两盘糕点。

毕莱仲像以前一样，端起酒杯，说："来，我敬先生一杯。"

蒲松龄也端起酒杯，礼节性地说："请。"

毕莱仲连敬三杯酒之后，又说："晚辈还是请先生跟每次喝酒一样，唱首小曲来佐酒吧。我几天不听你唱曲，就心里发慌，茶不思饭不想，比女子害了相思病还难受。"

蒲松龄停顿片刻，张开嘴唱了一句，眼泪就流了下来，再也唱不下去了。

毕莱仲见状，赶忙起身问："先生这是怎么了？"

"失礼了，失礼了。"说完，蒲松龄哭得更厉害了。

毕莱仲从未见过蒲松龄这副样子，知道他心里一定有事，便又端起酒杯说："那就不唱了，不唱了，来，喝酒喝酒，咱俩今日只喝酒。"

蒲松龄颤抖着手端起酒杯，杯中的酒水竟然洒到了桌面上。他本想一饮而尽，可杯到嘴边，他又放下了。毕莱仲狐疑地看着他。蒲松龄怕对方误会，赶紧解释说："我的家乡正闹蝗灾，连日来我都是坐卧不宁，哪还有心情喝酒啊！"

那天过后，毕莱仲将蒲松龄的忧思告诉了毕刺史。毕刺史宅心仁厚，体谅蒲松龄的思家之心，以及担心家乡人民的菩萨心肠，特意准假让他回家去看看灾情。

蒲松龄来不及感谢毕刺史，便匆匆收拾行李赶往淄川。

越靠近故乡，他的心情越是荒凉。沿途上，他都能看到遮天蔽日的蝗虫。那些大大小小的蝗虫爬满了庄稼的茎秆，还有的在天空中嘬嘬地鸣叫。蒲松龄被这些蝗虫的鸣叫搞得背脊发麻。他走到一块田地的边沿，看见蝗虫迅速将庄稼的叶子啃得只剩下了叶脉，心里的痛在无限蔓延。他取下包袱去驱赶蝗虫，那些蝗虫也不怕他，反而示威似的蹦跳到他的包袱和头发上。

蒲松龄心想，照这样下去，要不了多久，农民就将望田兴叹，哭天无路。他正这么思忖着，只见田地的另一边有几个农夫手拿树枝也在驱赶蝗虫，其中一个人边驱赶边咒骂："该死的虫子，求你们别糟蹋庄稼了，你要吃就吃我身上的肉吧。"

"是啊，要吃就吃我们身上的肉吧！"另一个农夫附和。

更令人垂泪的，是一个老妇人，她竟然解下身上穿的破褂子，用麻绳绑在一根竹竿上，拼命挥舞着驱赶蝗虫。她的身旁，还跟着一个约莫六七岁的小男孩，左手拿着半边破锅，右手拿着一根木棍在不停地敲，试图吓走蝗虫。

"奶奶，我的手都敲痛了，怎么这些蝗虫还是不飞走啊？"小男孩可怜地问。

"这些蝗虫太多了，胆子大。"那个老妇人回答。

"那可如何是好？"

"乖孙子不怕，我们继续赶，继续敲。要是我这把老骨头赶蝗虫赶倒下了，你不要管我，继续敲。只有吓走蝗虫，你才有活路。"

蒲松龄听到这婆孙俩的对话，心里似在滴血，他高声问道："老乡们，你们可曾想过其他驱赶蝗虫的办法？"

"该想的办法都想了，可这些蝗虫赶走一群，又来一群，且蝗虫产卵多，滋生幼虫的速度快，我们都拿它们没办法啊！"刚才那个咒骂蝗虫的农夫回答。

蒲松龄没有在田边多作停留，他心急如焚地回家放下行李，连跟家人寒暄都没有，就跑出门到处察看灾情。他一直在琢磨灭杀蝗虫的办法。他不想眼睁睁地看着父老乡亲拖儿带女地去逃荒。

那些天，蒲松龄日夜难眠，妻子刘氏跟他说话，她也爱搭不理；儿女们找他逗乐，他也无心理会。他的精力和心思都用在了如何灭杀蝗虫上。

在经过反复的思考之后，蒲松龄想到了两个灭杀蝗虫的绝妙方法。

一天清晨，蒲松龄早早地起了床，他兴高采烈地喝了一碗妻子熬的糊糊，这是他几天以来第一次主动进食。妻子见他的精神状态从愁闷变得喜悦，悬着的心也终于获得了慰藉。

吃罢早餐，蒲松龄来到乡里，将村民召集到一起，告知大家他所想到的灭蝗新方法。他这新方法分两种：一是将晒干的青草装入瓶子内，再将青草点燃，借助青草冒出的浓烟将蝗虫熏死；二是请各家将自己庄稼地里的禾苗拔去一小块，挖出一个深坑，将蝗虫（尤其是不会飞的幼虫）赶入坑内，一网消灭。

村民们听了蒲松龄的建议后，觉得此法甚好，纷纷按照这个方法去做。果不其然，采取这两种方式灭蝗的效果非常明显。看到蝗虫一天天被消灭，村民们好似都看到了未来的希望，原来忧郁的脸上也绽放出了笑容。

但令蒲松龄意想不到的是，有少数人家不知是舍不得拔掉地里的禾苗，还是认为蒲松龄的方法并不高明，偏偏不按照他说的去做，而是采取自认为妥当的方法灭蝗。

有一户姓蒋的村民就固执己见，当村里多数人家都在齐心灭蝗时，他却请来一个巫师围着田地装神弄鬼，企图驱走蝗虫。这一愚蠢行为，令蒲松龄非常气愤。

"你为何不按照我的方法去灭蝗呢？"蒲松龄问姓蒋的村民。

"你那方法不灵的。"

"为何不灵，你难道没看见大家采用我的方法后，蝗虫已被消灭了不少吗？"

"单靠你的方法是消灭不完蝗虫的，蝗虫是上天派来搅乱民间的，只有请巫师作法才能请求上天收回蝗虫，还民间以清静。"

蒲松龄见此人顽固成性，只有耐心地规劝："你这样做，就好比在面对众多的敌人时，不去拿起刀枪杀敌，而是对着敌人念诵《孝经》，这管用吗？"

姓蒋的农夫愣怔住了。蒲松龄继而说道："你看看周围的田地，蝗虫满天在飞，单凭一场法事就能驱走蝗虫吗？要是等蝗虫吃光了庄稼，你不会指责巫师，只会怪命运不好，流年不利……"

蒲松龄一番深入浅出的话，让姓蒋的农夫醍醐灌顶。他打发巫师走后，果断地投入到了灭蝗的队伍中。

或许是蒲松龄的苦口婆心、循循善诱，让个别还抱着观战心态的农夫也行动了起来，一同开展灭蝗运动。这无意中增加了乡邻们的凝聚力，使他们意识到消灭蝗虫是每一个村民共同的责任。不管自家的田地里有没有蝗虫，是多还是少，都应该团结起来打赢这场硬仗。每个人既是单独的一个人，又是集体的一部分。倘若集体受了灾，作为单独的个人也是没有任何出路的。

在蒲松龄的带领下，淄川百姓苦战在灭蝗第一线。短短两个多月过去，大部分蝗虫已被消灭，受灾严重的庄稼得到了拯救，百姓们总算是度过了一劫。

看到被蝗虫啃掉的禾苗重又长出了绿叶，蒲松龄的心情也是一片翠绿。自此，他开始睡上了安稳觉，睡得是那样地沉，那样地香。睡着后的蒲松龄仍会做梦，只是他在梦中再也没有见到那只硕大无比的蝗虫，他见到的是庄稼生长的速度和一片热闹的丰收景象。

六、科场之变

盛夏明亮的阳光照在石隐园的墙壁上，有一种陈旧和迷蒙之感。几株靠墙生长的黄色和粉色的花朵也都卷了边，失去了往日的色泽。墙外的两棵榆树，有一棵已经枯寂了，泛黄的叶片挂在枝头，似在向季节示众。仍有鸟雀在枯枝上跳来跳去，扮演着看客的角色。

蒲松龄躺在园子廊檐下的竹椅上，手里拿着的书快要掉到地上了——他已经进入了梦乡，鼾声比树枝上的知了声还要响亮。他实在是太疲倦了。连日来的苦读使他形销骨立，头晕目眩。上下眼皮只要一粘上，就如抹了黏稠物，再也睁不开。自从三年前发生闱中"越幅"之事后，他的精神面貌一向不佳，心里仿佛压了一块大石头。但他不肯向命运低头，发誓刻苦攻读，重新在科场上找回自己的尊严。

他每天都是黎明时分即起床看书，直看到太阳偏西才肯罢休。中途除上茅房外，不会将时间浪费在别的事情上。连吃饭都是妻子刘氏给他端来，用最快的时间吞下肚后，又迅速将注意力集中到书本上。他的妻子心疼他，每隔一两个时辰，就会跑过去提醒他到园子里活动筋骨。蒲松龄刚开始还能体会妻子的关怀，起身活动一小会儿。后来就再也不听妻子的劝告了。只要妻子一开口，他就情绪失控，呵斥她不要打扰自己读书。每每如此，刘氏都是摇摇头，委屈地转身回屋去了。

蒲松龄知道，他已经到了知天命的年龄，若再不能博取功名，这辈子就毁了。故那段时间他都坐卧不宁，心中无比焦躁。他告诫自己，一定要在明年应考之前，做足充分的准备，只能成功不能失败。他不允许自己睡觉，他要把自己变成一块钢铁。他嘱咐妻子监督他，说："你只要见我睡着，就用冷水浇我的头。"

妻子刘氏当真在他的竹椅旁放了一盆冷水，但却从来没有浇过。这倒不是刘氏心肠软，而是蒲松龄压根儿就没有给妻子浇水的机会。

然而那天中午，蒲松龄还是睡着了。刘氏端着水盆，正要浇他的头，可试了几次，就是下不了手。眼泪滴落到盆中，发出清脆的声音。那声音蒲松龄在梦中也听见了。他在声音里奔跑、哭泣、欢呼。他梦见自己中了举人，正领着妻儿走在铺满鲜花的道路上。那道路越走越宽，越走越明。走着走着，那路竟然竖了起来，变成一架梯子，将他们往天上送。只要他一伸手，就可以摘到星星和月亮。

遗憾的是，梦总是要醒的。蒲松龄的手刚触碰到一颗星子，就被从妻子手中滑落的水盆声惊醒了。他见妻子呆若木鸡地愣在那里，心里又气又恼，埋怨没有及时叫醒他。

"你为何不按照我吩咐的浇水淋头呢？"

"人各有命，你何必遭这份罪，非要去再考呢？"

"你难道不想做个举人的夫人？"

"不是不想，是不强求。你我都已迟暮，就这样老死村野山林，不也是人生乐地吗？"

"我刚才梦见魁星入梦，鲜花结蕊，属大吉之兆，再考必定夺榜。"

"我们如今已有三子一孙，家中衣食不缺，也算天佑蒲家，你就不要再有非分之望了吧！"

"你真是目光短浅，不可救药啊。"

刘氏见蒲松龄孤注一掷，无法劝阻，也没有再说什么，躬身捡起地上的水盆，又摇摇头回屋去了。阳光比先前更加猛烈，晒得园子的墙壁发烫。蒲松龄的心也在发烫，眼睛也在发烫，额头也在发烫。他感觉自己生病了，眼前出现了幻觉。那个梦境又开始在他的意识里上演。只可惜那棵枯树枝上的鸟雀早就飞走了。他的世界里除了他自己，再也没有一个多余的看客。

季节转眼到了康熙二十九年（1690 年）的秋天，开考的时间终于到了。那日寅初时分，五十一岁的蒲松龄拖着迟缓的步子精神饱满地向贡院走去，这已经是他第八次参加应考了。他的心情分外复杂，有些忐忑，有些激动，有些无奈，有些盼望……贡院辕门外挂着的暗红色灯笼在风中晃来晃去，将一个个前来应考的人的身影拖得很长。每个人都像是跟着自己的影子在走，但每个人都不知道这个既熟悉又陌生的影子会将他们带向何方。

蒲松龄跟在队伍里挪动着步子，他以为自己是应考人员里年龄最大的。可环视左右，却发现还有比他更老的人来应考，这多少减轻了一点他内心的孤苦。不多一会儿，贡院两旁的鼓楼上响起了沉闷的鼓声，随即东西辕门开启，不同年龄段的秀才潮水般向门口涌去。其中有一个蓬头垢面的年轻人，手里提一个篮子，发疯似的朝前挤。那竹篮正好撞在蒲松龄的腰上，疼痛使他险些软了下去。他咬紧牙，强忍着痛向前跨了一步。这时，从他身后传来一阵锣响，贡院的差衙大吼一声："全体考生站立两旁，恭迎主考官进院。"

两乘八台大轿威严地从考生让出的通道里缓缓走来。那轿子一颤一颤，后面跟着骑马的护卫，前面是下马迎接主考官的下级官员。两旁侍立的所有考生都用羡慕的目光看着那两乘轿子。每个考生心里都在想，这大轿就是他们未来的梦，未来的尊严和地位。蒲松龄不知道为什么，当他盯着轿子看的时候，竟然禁不住老泪纵横。他的眼前又出现了幻觉，他感到那轿子里坐着的不是主考官，而是他自己。晨光照在他的泪珠上，如同一颗颗闪亮的珍珠。假使将这一粒粒珍珠串起来，每一粒都浓缩着他在科场之路上的喜怒哀乐，也是他与时间搏斗、与仕途抗争后留下来的纪念物。

当蒲松龄还沉浸在自己的幻觉之中时，差衙已经在挨个儿点名入场了。考生们个个光着脚，提着格眼竹柳篮子接受颐指气使的差衙的检查，他们像搜查犯人一样在篮子里翻来翻去。蒲松龄是个老考生了，熟知考场规矩。尽管秋日的寒气有些刺人肌肤，他还是提前脱下了布袜，赤脚站在冰凉的地面上，等待差衙的搜身。排在蒲松龄前面的，是一个年龄比他小的人。此人左脚有点跛，搜身时动作稍微慢了一点，一个拿鞭子的差衙顺手就是一鞭子，把那考生的衣服都打破了，胸前顿时露出一条血痕。那个考生想哭，却不敢掉泪。他怕一掉泪，就会被赶出去。

临到蒲松龄接受搜身检查时，他怕余怒未消的差衙刁难他，就故意装出神采奕奕的样子，恭敬地快步走到差衙面前。那两个差衙或许将他认熟了，带着嘲讽似的口吻说："看你年年都来参考，到头都是竹篮打水，想必这次也不会有意外发生吧。"说完，他们互相对了一个眼神，发出轻蔑的、侮辱性的狂笑。

蒲松龄心里似在滴血，但他只能忍着，低三下四地对差衙说："让两位差爷见笑了。"

"放下篮子，把袄子也脱掉，让秋风吹一吹，或许就能考上了。"一位差衙说。

蒲松龄噙着泪花，使劲不让泪珠滚落出来。他已经感冒好几天了，又遭差衙羞辱，故解开袄子的双手有些颤抖。

"动作麻利点。"另一个差衙呵斥道。

或许是因为紧张，蒲松龄的头一阵眩晕，眼前一黑，什么都看不见了。他提醒自己一定要坚持住，不能倒地，就那样摇摇晃晃的，像一根风中的芦苇。

"请差爷高抬贵手，就别再为难老朽了吧，我保证是讲规矩的。"

"怎么，你这是挑衅我们吗？"

"岂敢，岂敢，给我一百个胆子也不敢啊。"

"那就将里子也脱掉，让我们瞧瞧你的铮铮铁骨吧。"

蒲松龄再也忍不住掉泪了，但他只让一颗泪珠从眼眶里滚了出来。他轻轻地解开纽扣，露出瘦骨嶙峋的上身。秋风吹来，似无数的刀子在割他的肌肤。

"我看你骨头也不硬嘛。"有个差衙用鞭杆在他身上敲了敲说。

蒲松龄没有回答，低垂着首，像一头待宰的羊。

受尽凌辱之后，蒲松龄还是幸运地跨进了科场的大门。他按照早已编排好的数字找到自己的号舍坐下，等待考官分发试卷。那天他穿得单薄，不多一会儿，手脚就被秋末的寒气冻僵了。拿到试卷后，他的手连笔都抓不稳。他赶紧磨墨，好使自己的手指头尽快暖和起来。可墨刚磨到一半，差衙就在宣布"抄题"了。蒲松龄抬眼一望，木牌白纸上的考题是"是乎君子先慎乎德"。他的心中泛起一阵窃喜。对这类考题，他早已是轻车熟路，根本不用多费思量，便能倚马可待。

心里有了底，蒲松龄冻僵的手指似乎也暖和了点。进考场时遭受的羞辱也被胸有成竹的喜悦一扫而光。他没有犹豫，提起笔就进入到了写文章的状态。他很享受那种挥洒自如的感觉，也只有在作文时，他的心才是放松的，精神才是自由的，可以让他忘掉生活中的各种不如意。

蒲松龄果真是才华横溢，没等考试时间结束，他就已经写完了文章。完成后，他又仔细看了一遍，仍对自己的文章表示满意。他坐在号舍里，用右手托着腮，望着贡院围墙外的树木和树木上方的天空发呆。他在心中暗暗地想，过完这个秋天，也许他的人生就永远是春天了。

一位姓王的主考官见蒲松龄托腮出神，便踱步过去朝他的试卷上盯了一眼，点了点头，又向他递了个眼色。蒲松龄也向他点了点头，心里再次泛起一阵窃喜。他明白，这是主考官在向他表示首肯。蒲松龄是有经验的考生，交卷的时候，他主动跟那位姓王的考官搭讪，希望他关照关照。那位主考官也明白蒲松龄的用意，只因科场之上，不宜过多暗示什么，故只对蒲松龄客观地勉励了几句。

这一幕正好被另一位主考官看见了。那位主考官不知是跟姓王的考官有隔阂，还是暗示蒲松龄对他也应该表示出友好，就说："科考素来以文取贤，你托主考官关照你，真是亵渎科举，有辱圣人之徒。"

蒲松龄一听，脸都吓青了，赶紧跟这位主考官道歉："我未有非分之想，只因王主考大人适才勉励我，我才斗胆跟他攀谈了几句。"

这位考官见蒲松龄没有明白他此话的意思，愣了片刻，说："真是朽木不可雕也。"就拂袖而去。

主考官走后，蒲松龄心里仍惴惴不安。其实在主考官转身的那一刹那，他已经知晓了考官的用意，但他不能明说。他怕搞不好，落得个鸡飞蛋打的结局。

他重新回到号舍，坐在那里胡思乱想。尽管肚子饿得咕咕叫，也没心思从竹篮里取出蒸馍来吃。寒冷再一次像蛇一样缠绕着他，令他有一种窒息的感觉。一片秋叶从树上飘下来，落在他的案板上，更是令他无比惆怅。他的心里隐隐有一丝不祥的预感。

或许是饥饿所致，他的头又开始发晕，四肢无力，眼也发花。他抓起几个冷馍，强迫自己咽下肚。他咽得很费劲，但就是不想喝水。他感到自己的灵魂正在逃离他的肉体。

好不容易将冷馍嚼完，第二场考试便开始了。

这场考试的题目是"孔子登东山而小鲁，登泰山而小天下"。这仍旧是他擅长的题目，他苦读苦熬那么长时间，就是为今日的一试身手。

跟上一场考试比起来，虽然他明显感到身体状况有些不适，但他照样强撑着，他深深地知道，成败在此一举。哪怕就是考死在号舍里，他也了无遗憾。

蒲松龄仍是很快地进入了考试状态，他借古人的诗句来作为立论，旁征博引，论证严密。可写着写着，他竟写不下去了。脑子越来越昏沉，握笔的手也不听使唤。肚子疼痛难忍，似有亿万条蚯蚓在腹中蠕动。他慌忙举手，向监场皂隶报告，请求去厕所排秽。

在厕所里，蒲松龄心想，这下肯定完了，此时腹泻，必然影响考试，真是人算不如天算啊！他来不及多想，从厕所里匆匆出来，就赶紧坐下继续作文。可刚写一句话，腹痛又起，他不得不又向皂隶报告如厕。这样反复了三四次后，连皂隶都不耐烦了，呵斥道："你若再报告如厕，就拖出考场。"

皂隶话音刚落，蒲松龄又坐不住了。他双手按住腹部，起身就朝厕所跑。两个皂隶一直跟着他追去。待蒲松龄再次从厕所里出来，一个皂隶反扣了他的双手，另一个皂隶则卡住他的脖颈，抓住他的发辫，合力连推带搡地将他拖出了考场。

那一刻，蒲松龄彻底绝望了。

他痛哭失声，却就是流不出眼泪。多年的等待，都化成了秋风中的云絮，越飘越远。回去的路上，他像一个游魂，身体没有一点重量。他感觉自己已经死去了，剩下的只是一具白骨。妻子刘氏看到蒲松龄这般模样，更是吓得魂不附体。她赶紧搀扶蒲松龄进屋休息。可蒲松龄这一躺下，就昏迷了三天三夜。

三天之后，蒲松龄到底还是醒了过来。

经此一劫，他好似突然顿悟了。他心里非常清楚，即便那天他不发病，能够顺利考试完毕，也不会取得功名，因为那两位主考官的暗示已经说明了一切。

想到这些，蒲松龄更是悲从中来。眼望着屋前远山上的白雾，他的心中早已没有一丁点的温暖。留在他心房里的，只有无尽的寂寞和孤苦。也正是在这种悲愤心情的驱动下，他有感而发，写出一首《大江东去·寄王如水》，以泄心头之恨。

　　天孙老矣，颠倒了、天下几多杰士？蕊宫榜放，直教那、抱玉卞和哭死。病鲤暴腮，飞鸿铩羽，同吊寒江水。见时相对，将从何处说起？

　　每每顾影自悲，可怜肮脏骨，消磨如此。糊眼冬烘鬼梦时，憎命文章难恃。数卷残书，半窗寒烛，冷落荒斋里……

七、湖畔知音

康熙三十五年（1696 年）的秋天，整个济南城都铺满了金色。放眼望去，悲凉中又透着一种喜庆。蒲松龄背着双手，独自在一条小河边徘徊。此时的他，正在为人生的又一个选择犹豫不决。内心的钟摆晃动着，像秋风中摆动的柳丝。

他还在做最后的挣扎——到底要不要去参加乡试，尽管他早就悄悄地去报了考。在这之前，他已经无数次告诫过自己，再也不去参加考试了，他已经受尽了考试的凌辱和摧残。可不管决心下得有多大，哪怕仰天发誓，伏地诅咒，一旦考试来临，他的内心又会蠢蠢欲动。犹如一颗沉睡的种子，在遇到春雨后就会自动拱动泥土，幻想冒出地面来接受阳光的照射和洗礼。

这一次，他同样是嘴上说不到济南来参考的。在家中时，他还给妻子和儿孙们反复说："谁也别再给我提参考的事，谁也不许提。"

"这不是你自己在提吗？"妻子在旁侧说。

"对啊，我们谁都没提，是你自己在提啊。"蒲箬补话道。

蒲松龄见妻子和长子都没有给自己台阶下，只好自讨没趣地说了一句："你们真是气杀老夫了，气杀老夫了。"

坐在屋内的蒲簏和蒲笏看看母亲，又看看大哥，相视嘿嘿一笑。大家心里都清楚，蒲松龄究竟在琢磨什么。

走仕途是他一生的梦想。再清高和笃定的人，也难逃这个梦想的永久性诱惑。

虽然，蒲松龄每次去参加考试，其结果都是竹篮打水一场空。但他仍未死心，想再去碰碰运气。万一他的"胡子神"同情他，护佑他博取了功名呢？这完全是有可能的。

于是，蒲松龄再次来到了济南。可到达济南后，他又后悔了。他在河边一边踱步，一边自言自语："老蒲啊老蒲，你这个口是心非的人啊！你一再发誓再也不踏进科考的门槛，可为何每次你都那么不争气呢？你这是自己扇自己的耳光啊！哎，你可真是一把贱骨头呢……"

自责之后，他有了返回家去的冲动。可他的脚步却不听使唤，仍在朝科场的方向迈动。第二天，带着复杂的心情，蒲松龄还是理直气壮地走进了乡试的考场。

乡试完毕，蒲松龄的心情无比失落，他似乎已经料到了结局——这次如同以往一样，没有自己的戏。

他再次来到那条小河边，任凭秋风吹乱头上的白发。想到自己走过的足迹，心底竟生起一股寂寥的悲秋之叹。他逆着秋风在走，越走越是觉得自己的孤苦。

一阵风起，蒲松龄的眼里吹进了一粒沙子。他揉揉眼眶，几滴清泪就流了出来。他不知道这眼泪是由沙子引起的，还是由内在的疼痛引起的。

"我还是回家安心地写我的鬼怪故事吧。"蒲松龄暗自思忖。

他在黄昏里正要转身，却忽然想起一个人来。这个人叫朱缃，是他那些"狐鬼故事"的知音。他记得朱缃曾将部分聊斋书稿讨去誊抄，一直未曾归还。蒲松龄担心书稿遗失，便给朱缃写了一封信捎去：

> 到郡数日，未敢以楄襹相干，今行矣。昨所寄书，如梦电过，望掷还也。

信捎出后，蒲松龄的心神安宁了不少。只要他一想到在这个浮世，还存在着朱缃这样的知音，也算没有白白做一个落魄文人。

蒲松龄没有见过朱缃，他一直在脑海里猜想朱缃到底长什么样子，是英俊潇洒、风流倜傥，还是貌不惊人、中规中矩。但有一点他是明了的——朱缃比他小三十岁，出生豪门，是个贵胄子弟。其伯父朱昌祚，曾任工部侍郎，直隶、河南、山东三省总督，后因抗阻鳌拜擅权被处死。朱缃的父亲朱宏祚，官至闽浙总督。唯独朱缃本人比不上他的父辈，只捐了个候补主事的虚衔，一生都不曾做官。但因朱缃为人中正、热情，天资聪慧，酷爱写诗填词和绘画博弈，蒲松龄尊称他为"朱主政"。

朱缃在济南城南有一座富丽堂皇的楼阁，取名"橡村别墅"。院中景致四时如画，翠竹杨柳，花团锦簇，人住在其间，真是乐而忘忧。朱缃每天都徜徉在他的"私家园林"里，吟诗作词。偶尔，也会携童带仆，去大明湖泛舟，观赏捕鱼采莲。

因朱缃的父亲曾与王士禛同朝为官，又与唐梦赉是同学，朱缃便得以与这两位前辈接触，向其请教诗学。王士禛和唐梦赉都十分青睐朱缃的才华，认为孺子可教，都诚心提携他。朱缃当时刊印的四本诗集，都是王士禛作的序。唐梦赉更是将其视同己出，到处向当朝的文化名流宣传、推荐朱缃。朱缃就是这么认识蒲松龄的。

蒲松龄与唐梦赉私交甚笃，两人惺惺相惜。早在康熙二十一年（1682 年），蒲松龄就邀请唐梦赉替他的《聊斋志异》写过序。

一日，唐梦赉正在翻看蒲松龄新写的聊斋故事，边看边赞不绝口："松龄，我看你是越写越精彩啊！"

"惭愧惭愧，博方家一笑罢了。"蒲松龄谦虚地说。

"此书今后必定流传千古。"唐梦赉说。

"除了你，当世谁还愿意读我这样的怪谈故事呢？流传千古就更别提了。"

"谁说只有我喜欢啊，前不久，我将你的书稿推荐给朱宏祚的长子朱缃看，他一看就被你的故事征服了。"

"是吗？你安慰我吧。"

"我几时骗过你？"

唐梦赉用手指指书架，继续说道："你看，他将你给我阅览的几卷聊斋故事全都借去誊抄了，至今尚未归还呢？"

蒲松龄不再言语。停顿了好久，他才说了一句："不想我到了垂暮之年，竟然会遇到这样年轻的知音，实乃我之幸事啊！"

从那刻起，蒲松龄就渴望有机会能见见这个后生。可转念一想，人家朱缃是富人之后，自己岂敢去高攀他呢。他能喜欢自己写的故事，就已经不错了。至于别的，那就顺其自然吧。

朱缃的确是个仁义之士，丝毫没有富家子弟的派头。他接到蒲松龄的手书后，激动得彻夜难眠。翌日清晨，朱缃早早地起了床，带上美酒和糕点，坐上华丽的马车就朝蒲松龄的住地驶去。一路上，朱缃的心都随着马车在狂奔。

他期待这一天已经很久了。自从读到《聊斋异志》的那天起，他就在盼望着有朝一日能够见到蒲松龄本人。他想亲眼看看，能写出如此引人入胜、惊艳绝伦的故事的作者究竟长什么样子。有好几次，朱缃都想去拜访蒲松龄，但他考虑到如果这样贸然前去，可能会伤到一个文人的自尊。故他一直在等待时机。他相信，今生跟蒲松龄之间，是一定会见面的。

那些天，蒲松龄暂居在大明湖畔的毕盛钰家。蒲松龄第一眼见到朱缃的时候，就对眼前这个身材高挑、眉清目秀的年轻人产生了好感。而在朱缃自报家门后，蒲松龄更是对之充满了感激之情。他怎么也没想到，朱缃会亲自来拜访他。

在毕盛钰家里，朱缃没有多作停留。甚至连午饭也没有吃，就坐着马车回去了，只将提来的美酒和糕点留给了毕家。

朱缃临走时，诚恳邀请蒲松龄去他的府上做客。他说："蒲老前辈，我做梦都想能见到您。您写的《聊斋志异》，让我佩服得五体投地。"

蒲松龄从来没有这么激动过，他拉着朱缃的手说："我一介老朽，又无功名，靠耍笔杆子胡乱写些鬼故事，能得到你这样的青年才俊喜爱，甚幸，甚幸。"

"蒲前辈切莫谦虚，晚辈说的都是心里话。"

"我说的也是心里话。"

"若前辈不嫌弃，请您明日到我朱府做客，我也好向您请教一些为文之事，可好？"

蒲松龄稍作迟疑，点了点头，说："恭敬不如从命。"

"那晚辈告辞了，明日我在府上恭候前辈大驾光临。"

朱绂走后，蒲松龄一直站在毕家门前，望着马车远去的背影出神。他的心里掠过一丝微光，那微光足以驱走长久囤积在他内心的阴暗。

第二天是个阴雨天气，朦胧的雨雾包裹着济南城。路边的柳树上，也泛起一阵烟，如梦亦如幻。蒲松龄向毕盛钰借了一匹马，翻身骑上马就冲进了雨帘中。秋雨吹打着蒲松龄，他的白发在秋风中飞扬。他浑身都充满了力量。瞬间，蒲松龄觉得自己年轻了，仿佛衰老在迅速离他远去。他的人生好似又找到了奔头和信念。他感觉自己不是骑在马上，而他本身就是一匹马，在向着一个光明的去处奔跑。

蒲松龄抵达朱府时，朱绂早已经站在门口恭迎他了。朱绂也没有打伞，头发都被雨水淋湿了。蒲松龄也是周身湿透。朱绂一见蒲松龄，赶紧吩咐童仆将马牵去马棚喂食，并亲自递给蒲松龄一条干毛巾，让他擦擦雨水。

蒲松龄再一次被朱绂的热情所感动。待他在朱绂的安排下，换了身衣服出来时，朱绂已经备好了一桌丰盛的菜肴，还特意给蒲松龄斟上了美酒。两人一阵寒暄后，开始坐下来一边吃菜喝酒，一边谈诗论文。

"咱们先喝一杯，御御寒。"朱绂说。

"贤侄请。"蒲松龄说。

几杯酒下肚，两人的身体都有了热量。话题也聊得越来越投机，越来越深入。

"晚辈听闻有人将您的《聊斋志异》与《搜神记》《虞初新志》混为一谈，我觉得不妥。"

"那贤侄对我的这些鬼怪故事有何看法？"

"晚辈以为，无论从艺术上，还是从内涵上考量，《聊斋志异》都有别于其他那些谈鬼说狐、记述怪异的书籍。"

"何以见得？"

"其他写鬼怪类书籍，读完也就完了，无非是借鬼狐浇自己心中块垒，劝善惩恶，耐人咀嚼的东西少。"

"贤侄请继续往深处说，老朽洗耳恭听。"

"前辈写的《聊斋志异》，绝不仅仅是停留在劝善惩恶的层面，而是深刻地揭示了社会的幽微之处，且将人的复杂性裸呈无遗。"

"贤侄说到了我写这部书的初衷，来，我敬你一杯。"

两人碰杯的清脆之声，仿佛穿过了楼阁上的青瓦，传得很远。

放下酒杯，朱缃继续说道："依晚辈看，前辈这部《聊斋志异》，足以与《离骚》《史记》《逍遥游》媲美。"

"贤侄这是安慰，还是抬举我这个老头子啊？"

"晚辈绝非奉承之言，假以时日，《聊斋志异》的价值将会越加彰显。"朱缃说完，长长地叹了一口气。

"贤侄为何叹气呢？"

"我叹气，是因为如此好书，却很难得到现今诸多文人雅士的公正评价，就连高珩、唐梦赉、王士禛这样的前辈，也都只能看到书的表层意义。"

蒲松龄听朱缃如此一说，再也没有说话，而是自顾端起酒杯，一饮而尽，然后，长时间地盯着窗外斜飞的雨丝看。

从朱府回到家后，蒲松龄一直在想朱缃说的那些话。他觉得朱缃如此年轻，却能看透他写《聊斋志异》的深层意蕴，这不能不让他叹服。同时，这也激发了他继续写作《聊斋志异》的信心和决心。蒲松龄想，我的书就是要写给那些如朱缃一样的知音看的。而且，这些知音不只是存在于当代，还将存在于后世。

每当意志消沉的时候，蒲松龄都会想起朱缃，想起那日朱缃对他作品的评价。他们经常书信往来，建立了深厚的友谊。只要蒲松龄写出了新作，就会捎给朱缃拿去誊抄。而朱缃也多次给蒲松龄写信，谈他读其新作后的感想。不但如此，朱缃还将自己听到的，或收集到的逸闻趣事在书信里讲给蒲松龄听，希望他能将这些故事写进《聊斋志异》里去。蒲松龄也果真采纳了朱缃提供的不少故事素材。

朱缃逝世后，由他抄录的《聊斋志异》不幸遗失。朱缃之子感念其父与蒲松龄的交情，又通过淄川张作哲向蒲松龄的子孙借来《聊斋志异》手稿，雇人重抄，重抄人署名为"殿春亭主人"。而这个手抄本，即是后来产生巨大影响的《铸雪斋抄本聊斋志异》的底本。

八、遭逢灾年

康熙四十三年（1704 年）的春天来得特别早，比春天更早到来的是无情的旱荒。由于受 1702 年大水灾的影响，引发沿河一代河水决堤，沂水泛涨，无数房屋被毁，溺死男女二千余口，百余州县同时告急，这直接导致了随后持续的饥荒。其惨烈程度，就是令康熙皇帝本人都瞠目结舌。1703 年，他在南巡途中亲眼目睹了这场"山左奇荒"。饥民们先是磨榆皮为面，屑柳皮为粥，发展到后来，就只能食屋草，啖积尸。尸体又引发瘟疫流行，死亡人数每日都在剧增，十室九户闭。

康熙皇帝看在眼里，急在心里。他不忍心自己的黎民被灾荒逼得走投无路，赓即准许山东开仓赈济，并蠲免缓征山东地区的赋税。时任山东巡抚王国昌奉旨行事，率先免征了受灾严重的济南府、兖州府下属十二个州县，东平、新泰等六州县在四十一年未完成的钱粮，四十二年的地丁钱粮分三年带征。就连灾情不那么严重的泰安、郯城等六州县也按照此规定执行。非但如此，康熙为确保山东持续几年大规模的赋税蠲免，还暂停了其他省份如浙江省等原本的恩蠲计划。又于四十二年初，派遣八旗官员携库银百万余两，共四百余人，并给予车辆驼马前往山东会同地方官员赈济。而且，朝廷考虑到低级别的八旗官员不能牵制地方大员，还派出三路高级别的办赈大臣往来巡视，做到赈灾与监管并行。

但遗憾的是，为政宽仁的康熙皇帝虽然通过大力推行救荒政策，确已使山东灾情得到了一定程度的遏制，却未能从根本上解决饥民的救济问题。加之后继的一些心术不正的官员私欲膨胀，谎报灾情，从中渔利，致使朝廷得知的救灾情报跟实际的不符。灾荒仍在肆意蔓延，死亡人数仍在频繁增加，逃荒路上随处可见累累白骨。整个淄川地区更是寸草不生，粮食颗粒无收。

蒲松龄在从济南返回淄川的途中，也亲身经历了这场灾荒的残酷。一路上，他看见的都是不断在死人。这使得他即使腹饥难忍，也不敢随便到沿途的饭馆去吃东西，搞不好，一口下去，就会吃到死人的肉。

带着忧惧和恐怖的心情，蒲松龄在路上踽踽而行。他一直在想，人到底为什么活着。既然上天给了人生命，又为何偏要他们受苦受难？

或许是为探个究竟，解心中疑惑，又或许是为体察灾情，获知真相，蒲松龄没有直接朝家的方向走，他转而去了淄川的粮食市场。

粮食市场仍如往昔一般热闹，只是这热闹不再是交易的热闹，而是哭喊的热闹、哀求的热闹、撕扯的热闹……

蒲松龄默默地站在粮市上，身边走来走去的都是些衣衫褴褛的饥民。有的手捧簸箕，有的端着升斗，有的背着布袋，更多的人则是两手空空，像一个个晃荡在死亡边沿的游魂。

看着这些无助的人，蒲松龄很想变成他笔下曾写过的某个能通神的人物。那样，他就可以利用魔法，瞬间变出一堆堆颗粒饱满的粮食，分赠给每一个灾民，让他们吃得饱饱的，挺起胸膛做人。

他正这样幻想着，一个老头在他面前摇晃两下，就栽倒在了地上。

蒲松龄弯下腰，想搀扶起老人来，可老人已经断气了。蒲松龄睁大眼睛盯着那个死去的老人，老人也睁大眼睛盯着他。他知道老人死不瞑目，不停用手替老人抹眼睛，希望他能平静地将眼睛闭上。然而，老人似乎并不领情。蒲松龄越是抹，他的眼睛睁得越大。

"世事多艰，遇此旱荒之年，人人在劫难逃，你既已死，就平安地去吧，兴许到了那边就不会有饥饿和苦痛了。"蒲松龄悄悄地对老人说。

这时，又一个中年男子栽倒在蒲松龄的身旁，死去了。那个中年男子同样睁着眼睛。蒲松龄放下老人，想转身也去对那中年男子说几句话，劝他一路走好。谁知，他刚一起身，就被一群跑去抢买麦糠的人给绊倒了。而且，那些跑动的人似乎根本就没发现脚下的死人，直接从尸体上踩了过去。好在那个死去的男子已经不知道疼痛了，只那样用不再转动的眼睛继续看着他们——看着他们如何活得更好。

在一个人人自危的灾年，是没有人会去关注他人的生死的。

蒲松龄从地上爬起来，长长地叹了一口气，也跟随跑动的人流走了过去。他看见一大圈人围着两个粮商在讨价还价。那两个粮商面相凶恶，对灾民指手画脚。

"不要乱挤，不要乱挤，左侧排队，左侧排队。"一个粮商怒吼道。

饥民们并未被粮商呵斥住，仍在朝前拥挤。

"你们是猪还是狗，听不懂人话吗？"粮商继续吼道。

饥民仍是人头攒动，怕自己挤不上前，连麦糠都无法买到。

这是两个奸诈的粮商，他们趁荒岁囤积了些粮食，专等着遇到旱荒时高价卖给饥民。一升米涨到百钱，从中牟取暴利。穷人哪能买得起米，只能买麦糠充饥。可就是麦糠，粮商卖出的价钱也要比平时高出许多。

蒲松龄站在抢买麦糠的人群后面，心里十分气愤。他好想冲上去找粮商评理，可他一介书生，又怎能奈何得了奸商呢。

大约半个时辰过去，那些抢买麦糠的人渐渐散去。蒲松龄发现，在刚才一窝蜂跑去抢买麦糠的人中，实际只有一小部分人买了麦糠。更多的人舍不得钱，犹豫又犹豫后，索性从人群里悄然退了出来。他们更多的只是扮演了参与者、观望者和看客的角色。

在大多数人都散去之后，粮市重新变得平静下来。太阳也开始落山了，整个粮市被一种暗淡而惨黄的光晕笼罩着。蒲松龄也拖着沉重的双腿，朝粮市的外边走。他在心里对自己说："这哪里还是个公平交易的粮市，简直就是个鬼市。不，连鬼市都不如。我写了那么多有情有义的鬼，殊不知真正的鬼还是在人间啊！"

蒲松龄边走边为刚才在粮市上的所见感到震惊。就在他快要走出粮市时，一个面黄肌瘦的中年妇女，左手挂着一根竹棍，右手拉着一个小姑娘与他擦肩而过。那个小姑娘一直在哭泣，哭声在晚风中飘荡，仿佛那声音来自地心深处。蒲松龄停下脚步，转身注视着那个妇女和小姑娘的背影。

"商家请稍等，我要买糠，我要买糠。"中年妇女一瘸一拐地朝正要收摊的粮商喊道。

"要买就赶快，太阳都落山了。"粮商答道。

"来了，来了。"中年妇女一边答应着，一边使劲拽小姑娘。

那个小姑娘似乎意识到了什么，两腿打战地站在原地不走。

中年妇女生气了，抄起挂着的竹棍就朝小姑娘身上打，边打边骂："看你走不走，看你走不走。"

那两个粮商也抄起手，面带讥笑地盯着这母女俩。

"赶快，赶快，再磨蹭，我们就收秤了。"一个粮商说。

"行行好，行行好，来嘞，来嘞。"中年妇女哀求道。

小姑娘越哭越凶了。中年妇女实在没法，只好拖着小姑娘走，像拖着一个肉球。

太阳只剩下最后一抹光线了，粮市上死一般寂静。在中年妇女的软硬兼施下，那个可怜的小姑娘终于被拖到了粮商面前。

"买多少糠？"粮商问。

"你看这丫头能换多少？"中年妇女回答。

粮商仔细打量了一下小姑娘，又用手摸了摸小姑娘的脸蛋，说："顶多换三升。"

"再多一点吧，你看这丫头，挺机灵，挺听话的。"中年妇女说。

两个粮商俯首帖耳嘀咕了一阵，其中一个说："给你四升糠，行就行，不行，赶紧走。"

中年妇女没有丝毫迟疑："行。"

就这样，那个中年妇女用布袋扛着四升糠，拄着竹棍一瘸一拐地离去了，根本没有回头看自己的孩子一眼。那个小姑娘，看着母亲远去的背影，竟然也没再掉一滴泪，温顺得像一只羊羔似的跟着那两个粮商走了。

夜幕降临，蒲松龄站在粮市的出口处，任凭黑夜将他的内心填满。

接下去的日子，蒲松龄看到了比在粮市凄惨百倍的场面。持续的旱荒和饥荒，已经使淄川百姓走投无路。每天死去的人越来越多，就连县府的街头上，都横陈着一具具被饿死的尸体。所有的村庄，都不再有炊烟升起。鸡和狗等动物都被村民斩尽杀绝吃肉了。饭铺的大锅里，煮着的都是人肉。一些人性未泯的人，不愿吃自己乡邻的肉，只好拖家带口踏上了逃亡的路程。

蒲松龄眼看着村庄里的人一天天减少，自己也有到了末路的感觉。他一个村庄一个村庄地去走访，看到底还剩下多少人。就他走访的村庄来看，几乎都成了空村。只要能走得动路的，都跟着逃亡的队伍走了，剩下的全都是些年迈的老人，卧在床榻气息奄奄。

市场上卖儿卖女的人越来越多，被卖的孩子大多只有十二三岁，每个孩子只能换得一斗粟米。有天傍晚，妻子刘氏急匆匆地告诉蒲松龄，她的一个堂哥也要将自己的女儿拉去市场上卖。蒲松龄闻讯后，赶到堂哥家，见堂哥正在给女儿梳妆打扮，试图卖个好价钱。

"哥，你真就忍心将自己的孩子拉去卖了？"

"你以为我想这样吗？不卖她，我们一家人都得饿死。"

"那将孩子卖了，你们换来的粟米又能维持多久的生活？"

"能维持多久算多久吧，我也管不了那么多了。"

"叔，你行行好，救救我吧。"堂哥的女儿哭着向蒲松龄央求道。

蒲松龄见孩子可怜，就跟堂哥说："这孩子我带走，行吗？"

"不行，坚决不行。"堂哥回答。

蒲松龄知道，他堂哥是担心将孩子交给他，一样换不回来粟米。堂哥现在急需的，不是孩子和亲情，而是粟米。只有粟米，能够让他暂时活命。

从堂哥处回来后，蒲松龄一直自责不已。他觉得不是堂哥，而是自己将侄女推向了深渊。

蒲松龄是一个慈悲心很重的人，为缓解饥民流离失所的惨状，他低声下气地去哀求淄川的豪绅巨富，请求他们大发善心，拿出部分物资拯救乡民。可蒲松龄额头都磕破了，也没有豪绅愿意听取他的请求。后来还是一个与他同姓的豪绅，被蒲松龄的真诚所打动，在乡里开了一个赠粥点，施舍给难民一杯羹。但豪绅的善举仍不能解决根本问题，远近的难民一听说有粥点，都跑来分食。结果随着难民数量的增加，粥点自然也就关闭了。

没了粥喝，聚集起来的难民又开始四处去逃亡。而且，村里的盗贼也越来越多，他们见什么偷什么。实在没有什么可偷，就公然进行抢劫。还结伙焚烧村舍、奸淫姑娘，这更是搞得人心惶惶。

蒲松龄鼓动尚留在村里的人团结起来，共同抵制盗贼。有天夜里，两个盗贼破门而入，试图强奸一户人家的姑娘。姑娘的父亲愤怒之下，用农具将其中一个盗贼砸死了。官府下来查寻此事，要治这个农夫的罪，农夫反抗说："我一介良民，为求自保，失手砸死了盗贼，我有何罪？"

"砸死了人，你还有理，还不承认有罪？"官府的人说。

"盗贼横行乡里，烧杀抢奸，你们为何不管，不去治他们的罪？"

"你怎知我们没管，还想冤枉官府？"

"群盗来时，你们把箭去掉镞尖放箭，开铳枪时不装弹丸，以此吓唬盗贼，别以为我们不知道。"

"你还嘴硬，恶意诬陷官府，看我们今天不收拾你。"

一番对峙之后，那个农夫被官府押走了，只剩下他女儿呼天抢地的哭声在刺着蒲松龄的心。

蒲松龄忍无可忍，又拿官府没办法，一气之下，他写了一篇《救荒急策上布政司》的文稿，亲自跑去济南投递。他在这篇文稿里建议"禁私钱；开放民间贸易；借官谷；惩盗贼；开粥厂以救民水火"。可布政使怎么会看到蒲松龄的献策呢，在蒲松龄投递文稿之前，布政使早就收到了县府的邸报。邸报上说淄川并无多大灾情。

日子一天天过去，蒲松龄一直在期待他的文稿能起作用，真正救民于水火。可他苦苦等来的，并不是上面的良策，而是饿莩遍野的凄惨景象。

野外的道路上，成片都是死尸。恶臭随风蔓延，流亡的人群越聚越多。城中的人担心瘟疫流行，组织好心人不断挖土坑，将死尸深埋在土坑内。可挖了一个土坑，又挖一个土坑，死尸还是没法埋完。挖坑的人失去了信心，他们也不再继续挖，任由尸体堆积如山。这样一来，有胆大的人干脆趁着夜色，偷偷地跑去将尸体抬回来煮熟，等到凌晨再驮去市场出售，价钱是羊肉的十分之一。

目睹如此惨况，蒲松龄欲哭无泪。每天晚上，除了跪地向上苍祈祷外，他唯一能做的，就是借助手中的笔，将他的所见所闻记录下来，替他所经历的时代做证。他不但写过《康熙四十三年记灾前篇》和《秋灾记略后篇》，还写过一些"记灾诗"：

饿人

何处能求辟谷方？沿门乞食尽逃亡。

可怜翁媪无生计，又卖小男易斗糠。

流民

男子携筐女负雏，女儿卖别哭呜呜。

郑公迁后流民死，更有何人为画图！

饭肆

旅食何曾傍肆帘，满城白骨尽灾黔。

市中鼎炙真难问，人较犬羊十倍廉！

九、揽镜自怜

蒲松龄坐在窗前的木凳上，整夜的失眠使他的头脑有些恍惚和疼痛，仿佛他的脑袋里住进了一个蹩脚的裁缝，时不时就会拿起一把生锈的剪刀咔嚓咔嚓地剪几下。

他晃了晃脑袋，又伸了个懒腰，但困倦还是缠绕着他。天已经完全亮了。从透过窗户的阳光判断，今天又是个好天气。他想去村子里走走，感受一下季节变化带来的惊喜。他刚站起身，一道明光犹如火光一般刺着他的眼。他抬起右手，揉了揉眼睛，再仔细一瞧，原来是放在窗台上的镜子反射出来的光线。在那团氤氲的光线中，蒲松龄模模糊糊地看到一张面孔。那张面孔是那样熟悉，又是那样陌生。他站起的身体复又安静地坐了下来。他将头凑近那面镜子，忽然间，禁不住泪流满面。

镜子里的那个人，蒲松龄是认识的——那就是他自己。但蒲松龄不愿意承认那就是他本人。他不相信自己会衰老得那么快，自己五十岁不到，两鬓就染了霜，头发和胡子也都白了。要不是这次偶然从镜子里瞧见自己的模样，他还以为自己年富力强呢。

连续几次乡试的失利，使得蒲松龄身心俱疲，不但外表如秋日的树干一般灰颓，连精气神也都失去了从前的光泽。他盯着镜子凝视良久，哽咽着说不出话来。

也不知坐了多久，从窗外照进来的阳光渐渐从镜面移到了墙壁上，镜子里的面容越加清晰了。蒲松龄的情绪也逐渐平复下来。忽然，他的内心涌起一股强大的冲动——他要与他的"白胡子"好好谈谈。

"白胡子啊白胡子，你真是太不像话了。我还如此年轻，你就像亮晶晶的蚕丝般长在我的下颌上，将我凸显得丑陋不堪。你这样让我今后怎么去见人啊？"

蒲松龄双手捧着镜子，一通质问。见镜子里的"白胡子"并未搭理他，心里觉得更是憋屈。于是，他又发起了牢骚。

"白胡子啊白胡子，你是我的罪魁祸首啊！有了你，他人不再理会我；冶游群不再接纳我，你说我该怎么办？别说是我，就是那些当官的有了你，上司也不会喜欢；读书的有了你，学官也不会待见。古代的贤士因你而遭受抛弃，你现在如此不懂事地又来找到我干什么？要找，你该去找那些宰相、六卿啊，他们个个高官厚禄，即使胡子白了也不会受影响。我日后还盼望着继续焚膏继晷地苦读，以求凌烟阁上金榜题名呢。可你今年在我下颌上长几根，明年长几根，像荒草般铲了又长，恐怕连野火都难烧尽，你说你难道就不脸红吗？"

蒲松龄越骂越来劲，骂着骂着，他又对着镜子哭了起来。泪水滴落到镜面上，"划"出两道细细的伤痕。那伤痕一端连着镜子，另一端连着他的心。

窗外的太阳越升越高，蒲松龄仍旧沉浸在"悲白髭"的忧伤当中。他索性将镜子反扣在窗台上，这样，他就等于将另一个自己囚禁了起来——也将自己的"白胡子"和衰老囚禁起来。他刻意不再去看镜子，不再去想刚才责骂白胡子的那些话。

或许是太过庸倦和耗神，没过多久，他就趴在窗台上睡着了。

蒲松龄做梦都想睡个安稳觉，他实在是太受睡眠的困扰了。哪承想，他刚才对着"白胡子"的一通发泄，竟然将自己带入了梦乡。

他以为这下终于可以睡个好觉了，可以睡他一两个时辰，乃至睡他一生不再醒来都是好的结果。然而，令他万万没想到的是，他刚一入睡，就有个身穿白色衣服的高大男子闯入他的梦中，与他就先前指责"白胡子"的事展开辩论。

"我是掌管白胡子的神灵。"

"有这个神灵吗？"

"当然有了，阁下写过那么多的鬼怪故事，不会不知道我这个小神吧？"

"的确不知道，孤陋寡闻。"

"不知道也不要紧，我本就不是来向你宣传我的。"

"那你来我梦里干啥？"

"主要是说说你的白胡子的事。"

"怎么，我刚才骂了它，你不服气，想替它辩诬？"

"不是辩诬，是来跟你做做分析。"

"有啥好分析的，分析我如何变得更老吗？"

"非也非也，阁下可知邓禹，他二十几岁时，就做了大官。等我后来找到他时，他已是白发宰相，美名远播。"

"这跟我有何关系？"

"当然有关系啊。我给别人做胡须，都是能成人之美。比如关云长，正是因为胡须，才被汉献帝称为'美髯公'。你看他无论走到哪里，都有人来巴结，可谓人美如兰，胡须如玉。"

"可我又不是关云长，我是蒲松龄啊！"

"问题就出在这里。凡是我跟别人做胡须，别人都能获得荣誉，可自从做了你的胡须，每天早上都沾上你喝的稀粥，晚上还要熏着你油灯上的黑烟。你终日枯坐案前写文章，不知拈断了我多少根美须！而且，到了冬天，你那粗糙的布被又折断我的根须；夏天还要忍受你那臭汗的熏染，你说我做你的胡子容易吗？真是倒霉透顶了。即便如此，我从来没有埋怨过你，你倒反而来埋怨我，你说有你这样的人吗？"

蒲松龄听了"胡子神"的话，愣在了自己的梦里。他不知如何作答，气愤使他呼吸困难。他伸手在梦里四处摸索，他试图找到一把剪刀，将自己的胡须全部剪掉，又想找点药物来将胡须全部染黑。可他摸索了半天，既没找到剪刀，也没找到药物。

"怎么，你想除掉我吗？"胡子神说。

"我不想除掉你，你爱怎么长就怎么长。从今往后，我不读书不写作，不求高官厚禄，不需逢迎上司，不需献媚美女，我什么都不求你，你满意了吧？"

"随你便，随你便！"胡子神说完，就飘逝而去。

蒲松龄咳嗽一声，猛然从梦中醒来，伸手摸摸自己的胡子，却意外发现有几根胡子硬硬的，很有气节的样子，扎得他的手生疼。

告别了"胡子神"，蒲松龄人生的梦也开始醒来了。他觉得即使在别人处坐馆一辈子，也终究没有属于自己的房子。随着衰老来临，连自己的胡子都瞧不起他，这样的人生难道不可怜吗？

其实，早在康熙二十七年（1688年）的端午节，蒲松龄就回到故乡，拿出这些年在西铺坐馆攒下的积蓄，盖了几间茅草房，时不时地过起了闲云野鹤般的日子。

这次"揽镜自照"后，他又回乡新盖了两间草房。蒲松龄很会选地方，他将新房盖在庄东头父亲给的场屋旁，那里风景如画。几间房屋都被松树遮挡，阳光照不进来。人坐在屋内，每日都如沐春风。房舍周围，他还种满了各种树木。不管天晴或是下雨，都会有鸟雀来树林中唱歌，让人心旷神怡。蒲松龄的妻子更是贤惠，除将几间新房打扫得干干净净外，还带领儿子们去地里干活。通过一家人的辛勤劳动，他们按时缴纳完税赋，仓内往往尚有余粮，这让蒲松龄身心愉悦。

由于此地偏僻，平常没有任何贵宾上门，这更使蒲松龄落得个清闲。加之他的几个儿子都已长大成人，长子蒲箬已经结婚生子。蒲篪、蒲笏也正值壮年，整个蒲氏家族正朝着人丁兴旺的态势发展，这消除了他的后顾之忧。

要是实在闲得慌了，蒲松龄就会跑去村东的田间督促农人劳动，自己也戴个斗笠，跟农人打成一片。中午从田间回来后，他通常都会睡个午觉。午觉醒来，就躺在床上看书。蒲松龄是个充满浪漫情调的人，他在卧室里铺设了短床，可卧可坐。卧着读书累了，就起来坐着读；坐着读书累了，就卧着读。一间小屋就是他的整个天堂。他迷恋这个小屋散发出来的梦幻气味。要是到了秋天，妻子从自家的田地里摘回来大大的南瓜和葫芦，蒲松龄就会写诗庆贺丰收，自觉可以傲视陶朱公那样的富豪。如果冬天到了，他躲在屋内，烤着取暖的煤火，那种惬意又自觉超过了唐代的豪族韦氏和杜氏。

为保护自己的眼睛，不使视力下降得更快，蒲松龄一般都不在夜间读书。这既可以不点灯，省了油钱，又还养心养性。一天夜里，他盘腿坐在床上，朦胧的月光从窗外照进地面，像铺了一层银粉。刹那间，往事如梦般纷纭而至——他想起了自己求仕之路的坎坷和辛酸，也想起了自己在西铺坐馆授课的舒坦和焦虑，还想起了自己青年时代的壮志凌云和放荡不羁……这一切如今都不再重要了。

蒲松龄在心里默默地说："倘使我今生真的能够出将入相，挣下良田万亩、广厦千间，又能怎样呢？还不是白日三餐饭，夜里七尺床？既然我现在已经拥有了这样的生活，那就学学陶渊明、王维这些隐士，做一个草野小民，让当官的大梦见鬼去吧。我眼前的日月已然静好，有贤妻，有孝顺子孙，住着简陋的草房，喝着热乎的稀粥，这难道不比住在挂着华丽窗帘的楼阁更快乐吗？观小院晚霞，享清风绿竹，岂不同样优哉游哉？君不见一生穷困潦倒的五柳先生，不也照样活得有滋有味、怡然自得吗？罢了罢了，'且喜先生门外柳，春来也自发长条'。"

一番自白之后，蒲松龄顿觉自己高大了许多，也安然了许多。他觉得自己已经脱胎换骨，俨然入了道行了。

人的心一旦安定下来，剩下的就是考虑如何才能活得真实和有价值了。对于蒲松龄来说，他的一生经历了那么多的苦难和不幸，他是决然不肯只做一个"闲云野鹤"式的人物的。他一直都在琢磨该用怎样的形式把他今生的所见所闻所思写出来，唯有如此，他才算没有白活，也才算没有辜负他所历经的沧桑。

他又想起了那个"胡子神"对他的奚落，眼泪差点又流了出来。那夜之后，蒲松龄奋笔疾书，写下了一个又一个或长或短的故事。那些故事稀奇古怪，人鬼混杂，有褒有贬。比如他在《续黄粱》里写醉心做大官、谋私利的曾孝廉，可谓封建官场高级官员的漫画像；《梦狼》里食人的小吏，更是榨取民脂民膏的官吏写真图。在《三生》里，他将官吏跟畜生对等；在《延尉门》里，他揭露审案官吏颠倒黑白，包庇罪犯的事实；在《梅女》里，他将贪官视百姓为草芥的劣迹暴露得不留余地；在《石清虚》里，他又用一块小石头使上至尚书下至知县的官吏发生联系，提供了一个弱肉强食的生动案例……

那段岁月，蒲松龄足不出户，天天都关在房内写那些故事。他意识到自己肩负着一种强大的使命感。他说："我既然来这个多灾多难的世界走了一遭，就要为这个世界留下点什么。"带着这样的责任，他的头发越来越稀疏，胡子也越来越白。但他不再讨厌那个"胡子神"，相反，他还有点喜欢上了他。他觉得要是没有"胡子神"的嘲讽，他未必有决心将余生的全部精力都投入到自己的写作中来。

蒲松龄的孩子们见他整日闭门伏案，潜心写作，便给他的书房取了个富有禅意的名字："面壁居"。他很喜欢这个名字。每当停笔休息的时候，他就在"面壁居"里将自己写的故事念给孙子们听。如果有孙子们听不懂的地方，他就一遍遍地修改，直到他们都能听懂为止。

十、尴尬贡生

康熙五十年（1711 年）初冬的一天，蒲松龄坐在茅屋前的石凳上，手里拿着一本破旧的书在不停地翻，眼睛却盯着不远处的一棵桑树。他似乎并未感觉到寒冷，虽然他的面颊冻得通红。蒲松龄向来在读书时都是很专注的，很少有这种灵魂出窍的时候。

"爷爷，爷爷。"在一旁玩耍的孙子叫道。

蒲松龄耳朵背了，没有听见孙子的喊叫，仍边翻书边盯着那棵桑树看。

顽皮的孙子见爷爷走神，悄悄绕到他的后面，伸出小手扯了一下他的白胡子。蒲松龄这才回过神来，怜爱地开腔道："捣蛋鬼。"

"爷爷，你的书拿倒了。"孙子笑嘻嘻地说。

蒲松龄一看，手里拿的书果然是倒着的。

"爷爷老了，不管用了，连书的正反都搞不清楚了。"

孙子听爷爷如此说，又伸出小手扯了一下蒲松龄的白胡子，大笑着自顾玩儿去了。

其实，那天的蒲松龄并非如他所说，是因为自己老了，不管用了，才将书拿倒的，而是他的脑子里一直在想一件事情。昨夜大概五更时分，他迷迷糊糊爬起床，披衣到房外去上茅厕。他刚蹲上坑，就隐约听见一只鸟在茅厕左边的树枝上喊："蒲松龄贡生，蒲松龄贡生……"如是反复。蒲松龄一惊，昏昏沉沉的脑子好似清醒了一点。待从茅厕出来，那只喊话的鸟却瞬间噤声，不知去向。蒲松龄借助秋夜惨白的月光，朝刚才鸟声发出的地方左瞅右瞧，仍是啥都没看见，只有夜的冷寂和枯索。

回到房内，蒲松龄再也没有睡着，刚才那只鸟的喊话声还在他的耳畔萦绕，挥之不去。他意识到，有喜事就要降临到自己的头上了。

十天之后，那只喊话的鸟的预言应验了，蒲松龄接到去青州考岁贡的消息。

按明初规定，"岁贡"是由各学庠每年从生员中选拔产生。明正统之后，"岁贡"改为从做了十年以上的廪生中选拔。到了清初，朝廷则要求府、州、县等按年和数量来选送。蒲松龄做了二十多年的廪生，自然是有资格升为贡生的。

接到考贡生资格的蒲松龄欣喜异常，尽管在他的理想中，贡生还不是他人生目标的最高体现，但这也足以让他兴奋一阵子了。最为重要的是，做廪生每年只有五斗米的补助，折合后不到一两银子。做贡生就不一样了，出贡时可以给二十九两，此后每年可领四两银子。这对于家庭人口众多的蒲松龄来说，是足堪欣慰的。再加上，只要做了贡生，就离做官的目标又近了一步，何乐而不为呢？

带着无尽的喜悦和家人的期待，蒲松龄叫上一个仆人，骑着马，风尘仆仆地向青州进发。一路上，冰河尚未结冰，河道里还能看见清澈的河水在流淌。河水朝后流去，蒲松龄策马向前。他感到自己不是在与时间赛跑，而是赢得了时间，征服了时间，心里顿时生出一股"老夫聊发少年狂"的英雄气概。

"老爷，老爷，您骑慢一点，小心马蹄打滑。"仆人在后面一边追一边喊。

"来吧，咱俩比试比试。"蒲松龄说完，一挥马鞭，马又狂奔了起来。

"老爷，当心啊，您那匹马性子烈。"仆人大喊。

可蒲松龄丝毫不管仆人的劝阻，箭一般朝前冲去。他已经许久没有这么任性和旷达了，仿佛只要他一扬鞭，马就能驮着他跨过这个冬季，到达风光无限的春天。

就这样沉醉似的骑马奔跑了一阵，蒲松龄突然勒马停了下来，盯着远处的荒原凝视良久。

"老爷，您在看什么啊？"气喘吁吁地跟上来的仆人问。

"你看看远处。"蒲松龄手一指。

"什么啊？"仆人疑惑地问。

"嘞，看到荒原上那一排高高耸起的坟堆没有？"

"呵，看到了。坟堆有什么稀奇啊，老爷？"仆人继续问。

"你要知道，那些坟堆里埋着的，可能都是些达官显贵的尸骨呢。"

"那又如何呢?"

"呵呵,他们当年不可一世,叱咤风云,而今霸业安在?不过是荒郊野外的孤魂野鬼罢了。"

主仆二人一番对话过后,又骑马向前行走。或许是刚才跑得太快了,错过了欣赏沿途的风光。这会儿他们都不再说话,各自静静地观赏着两边的景致。

秋收结束后的村庄被一种闲静的时光笼罩着,田地里也都光秃秃的。农人将棉花的秸梗割回家,晾晒在茅屋之上。那尚未被摘尽的棉桃吊在秸梗上,随风轻晃着舞蹈。道路两旁,槐树的果实还挂在枝头,听农人说,这将是"凶年"的预兆。蒲松龄听了农人的说法,心里隐隐透出一丝不安。

转眼间,蒲松龄和仆人就踏入了青州的地界。青州山峦绵延,一座连着一座。

"老爷,青州这个地方,可比咱们淄川漂亮多了。"仆人说。

"你就只晓得看美景,这个交界之处可有历史底蕴了。"

"何以见得啊,老爷?"

"我告诉你,这可是春秋时吴公子季札聘鲁,观齐乐,感叹'大国风'的地方。"

"那老爷……"仆人还想问什么,却被迎面走来的几个打扮新潮的女子吸引住了眼球。蒲松龄也被眼前的这几个女子给惊呆了。他们从来没有看到过这么时髦的装扮。那几个女子嘻嘻哈哈地从蒲松龄和仆人的身旁走过,见他们都盯着自己看,脸上泛起一抹红晕。

"呃。"蒲松龄故意咳嗽了一声,提醒仆人不要失礼。仆人倒也反应机灵,迅速扭转头看向了别处。

这时,蒲松龄略有所思,随即吟出一首诗来:

随地束装自觉工，青州十里有殊风。

城中犹自兴高髻，绕出城门便不同。

吟罢，他和仆人都笑得合不拢嘴。

岁贡的考试是简单和轻松的。蒲松龄参加过数次考试，从来没有像这次的考试那样让他觉得畅快。他心里也清楚，既然选拔他参考贡生，那就必然会给他这个名分。换句话说，所谓考贡，也就是走走形式，履行必要的程序和手续，给他的贡生身份一个合法性。

事实如他所料，蒲松龄顺利地通过了考贡。这下他的心里踏实了，喜悦再一次爬上他的眉梢。而且，在这次考贡中，他还结识了学道黄叔琳。

黄叔琳早就知道蒲松龄的大名。考贡结束后，他很客气地对蒲松龄这个老秀才说："我看过你的部分《聊斋志异》故事，很不错啊。"

蒲松龄听黄叔琳如此说，感到受宠若惊："在下不才，让学道见笑了。"

"你不必过谦，希望有机会能读到你全本的《聊斋志异》。"

"黄学道乃文章宗匠、词翰仙曹，我写的那些鬼怪故事能得您青睐，是在下之福音啊！"

"你确实才华过人，不但我喜欢看你写的故事，还推荐给其他人看呢。"

蒲松龄见黄叔琳言语真诚，同样也真诚地说道："我一生不得志，唯安于现状，潜心写作而已。倘若日后能得到像黄学道这样的大家提携，松龄将感激不尽！"

"来日方长，来日方长。"黄叔琳依旧诚恳地说。

既已考得贡生，又得到了学道的褒奖，那蒲松龄就可以安心地离开青州返程了。这时他的心情与来时自然又是两样。来青州时，他的心情虽则也是兴奋，但到底还有几分的不确定。回去时，则完全是放松和彻底的释怀。仆人跟着他，一路夙兴夜寐，早晨清冷的月色照着他们，傍晚萧瑟的秋风吹着他们。蒲松龄恨不得一鞭子就能将马赶回到家门口，将他考得贡生的消息告诉家里人。

仆人知晓他的心思，说："老爷，这下可好了，我们都跟着你沾光呢。"

蒲松龄没有回答，只是冻僵的脸上挤出了几朵笑容。

仆人说："老爷，说不定这会儿夫人和少爷们都在家门前迎接我们呢。"

蒲松龄还是没有说话，在马背上沉默地看着远处的山峦。不一会儿，天下起了小雨。雨雾朦胧中，青州的山更青了，水也更绿了，路上的浮尘都被细雨压了下去。仆人取出雨具，递给蒲松龄。蒲松龄坚决不要，就那样让雨淋着。他需要一场细雨，来滋润他那干涸已久的心田。在雨中，蒲松龄诗兴大发，作诗不断。

寒气越来越重，雨也越下越密。走着走着，马的速度慢了下来，蒲松龄和仆人的手脚也都冻僵了。

"老爷，咱们找个地方歇一歇吧，否则，马会受伤的。"仆人关切地说。

"也好，那就歇一歇再走。"蒲松龄望着飘飞的细雨说。

主仆二人下得马来，朝道路旁边的一个寺庙走去。仆人敲了半天门，也不见寺庙里有人出来开门。

"走吧，咱们重新找个地方避雨。"蒲松龄说。

二人刚要转身，寺庙的门却吱嘎一声开了。开门的是个小和尚，待问明来意后，小和尚将主仆二人迎进了庙内。

"你师傅不在？"蒲松龄问。

"师傅还没起来呢。"小和尚回答。

在小和尚的引领下，仆人拴好马，又给马喂了些草料，便尾随蒲松龄一道进入庙舍休息。蒲松龄甫一坐下，便听见隔壁的老和尚正睡得鼾声如雷。瞬间，蒲松龄开始羡慕起这个老僧来。他在心里嘀咕："我自号'柳泉居士'，崇尚闲云野鹤般的生活，不料却比不上一个老和尚活得舒坦。我一辈子看似从容不羁，实则没有一天挣脱过名缰利锁！看来，我跟这个老和尚相比，做人的境界还差着十万八千里呢。"

　　这样一想，之前考得贡生的喜悦之情，又稍稍暗淡了下去。

　　十月二十七日，蒲松龄和仆人总算回到了家乡。

　　那时已经下雪了，纷纷扬扬的大雪使蒲家庄变得银装素裹。跟仆人先前料想的一样，蒲家所有人丁皆站在门外迎接蒲松龄归来。从家人的眼神里，蒲松龄看到了自己给他们带来的荣耀。

　　"辛苦你了，快进屋喝杯热水吧。"妻子刘氏说。

　　"爹辛苦了。"长子蒲箬说。

　　"爹辛苦。"次长蒲篪和幼子蒲笏说。

　　"爹受累了。"儿媳接着说。

　　"爷爷受累了。"孙子再接着说。

　　一时间，蒲松龄被家人的问候包裹着，像雪花包裹着的秋讯。他这才意识到，贡生不但对他，更是对他的家人意味着什么。在一片喧嚣的嘈杂声中，蒲松龄被家人簇拥进了屋。进屋后，他便将门反锁了，好长时间没有出门。他又在想："面对如此现实的牵绊，我猴年马月才能达到庙中那个老和尚一样的境界呢？"

　　蒲松龄心里十分明白，他的家人除了渴望分享他的荣耀外，更加渴望的却是他的贡银，这才是最为实在的。人活着不能只是务虚，终究还得落得务实的层面上来。

　　然而，令蒲松龄和他的家人怎么也想不到的是，自从他回到淄川后，县府却不闻不问，好似根本没有他考得贡生这回事。不但贡银没有发放一两，连向贡生挂旗赠匾的事也都没有施行。蒲松龄的心里因此受到强烈的冲击。眼看着自己头上的光环一天天暗淡下去，家人们也不再如先前那样优待他，一种巨大的失落感像石头一样压着蒲松龄的心。

几番挣扎之后，蒲松龄愤而提笔，写了一篇《讨出贡旗匾呈》：

> 为略施口惠，以存国典事：窃照贡士旗匾，原有定例。虽则一经终老，固为名士之羞；而有大典加荣，乃属朝廷之厚。淄邑旧例，约有三等：上之良吏解囊，次之领银坐价，下之票催约地以及应官匠役。历任之常规不同，要无有寝而不行者。生出贡半年有余，未蒙奖藉。切思恩即速推，亦非损史云之清俸；惠乃久靳，遂疑为阳王之善忘。虽历代之俗规，亦不妨从此消灭；但盛世之恩典，似不应自我弁髦。恩祈老父母劳心旁注，青眼微开，俯赐华衮之褒，少留甘棠之爱。著之为令，势不革而不行；犹之与人，何不使感而知惠？此乃公典，非望私恩。

当时的淄川县令叫谭襄，谭襄收到蒲松龄的呈文后，觉得应该对他有个交代。于是，在康熙五十一年（1712 年）十一月二十七日，谭知县亲自带着衙役到蒲松龄家为其挂匾赐服。当日，蒲家享尽了风光，人人脸上都容光焕发。看到全家人兴高采烈的样子，蒲松龄却独自站在一边，眼里噙着泪花。他暗自猜测："县府赐我蒲家一块贡生牌匾，都能让子孙上下神采奕奕。那要是某天我老蒲高中了举人进士，儿孙们还不得把这块贡生牌匾劈了当柴烧？"

谭知县走后，蒲家很快又恢复了往日的平静。蒲松龄看得出，谭知县之所以会亲自来挂匾赐服，不过是虚晃一枪，抚慰下自己受伤的心灵，而那本该发放的贡银仍是扣着未发。蒲松龄无奈之下，不得不依样画葫芦，又写了一篇《请讨贡银呈》：

> 为仰祈曲遵国典，以推宏恩事：窃照生自去年十月蒙助资斧，考贡旋归，遂即薄备一芹，竭诚叩谢。奈因腰橐空虚，遂为阍人所阻，如帝天之难见，致葵藿之徒倾。自念终老一经，无足齿数。若旗匾旧例，原不敢望贤令尹之奇荣；而锡余成规，亦不可辜圣天子之实惠。况今钱粮挂欠，因之冀望良赊。恩祈老恩师破格垂青，将两年所应发，尽数支给，则受浩荡之恩波，还应投柜；而感出纳之慷慨，不异解囊。上呈。

但这次，蒲松龄再也没有那样幸运。呈文送达谭知县后，县府竟然没有做出任何回应。蒲松龄每天都盼望着谭知县能像上次一样，亲自带着衙役来将贡银送到自己手上，可他的愿望落空了。

他所等来的，唯有越来越深的寒冷和茫无际涯的皑皑白雪。

十一、惜别贤妻

几场大雪之后，年轮悄悄地转到了康熙五十二年（1713 年）的中秋。那天上午，蒲松龄吩咐几个儿子筹备了一桌比平日丰盛得多的菜肴，他说要好好地过一个中秋节。前些年的中秋，他要么是不在家，要么是躲在茅屋里写他的志怪故事，都将这个美好的团圆之日蹉跎了。今年，蒲松龄想无论如何再也不能错过这个佳节。他明显感觉自己的身体每况愈下，妻子的身体更是糟糕，三天一小病，十天一大病。他的心里隐隐有一种不祥的预感。早在中秋来临之前，蒲松龄就在反省——自己为求仕途、考功名，险些荒废了一生，到头来连家人都没有好好陪伴过。人也许是越到晚景，才越是懂得家人的重要。想到这些，蒲松龄深感愧疚。他之所以安排儿子们置备菜肴，就是要抓住这个节日，弥补自己的过失，好好享受一下跟家人在一起吃饭、赏月的温馨和甜蜜。他不想等自己哪天离开人世之后，留给儿孙们的尽是痛苦，却没有一样美好的回忆。

蒲箬、蒲篪和蒲笏大概是理解蒲松龄的心思的，他们合力做饭，亲自下厨，说一定要孝敬爹妈，陪父母安心过个节。那天中午，阳光出奇地好，照得整个蒲家庄明晃晃的。蒲松龄和妻子被儿孙们围绕着，坐在屋外的高台上，享受天伦之乐。

"今日中秋，我敬二老一杯酒，祝你们寿比南山。"蒲箬说。

"好好，我喝我喝。"蒲松龄笑逐颜开地说。妻子刘氏也端起酒杯，想一饮而尽。可酒杯刚送到嘴边，她就咳个不停。

"敬你母亲的酒，我替她喝。"蒲松龄伸手欲夺过刘氏手中的酒杯。

刘氏手一缩，说道："这是蒲箬孝敬我的，怎么，你想吃双份不成？"说完，端起酒杯呡了一口，就又开始咳嗽起来。

蒲松龄知道，妻子今天是真的高兴。她不想辜负儿子的一片孝心，才带病强撑着喝酒。

"你看你看，我说我替你喝，你还不愿意，又咳嗽了不是？"蒲松龄拍着妻子的后背说。

"没事，没事，死不了的。你看我的身板，不是硬朗着吗？"刘氏放下酒杯，站起身来，向大家举了举双臂，还故意跺了跺脚。

"今天是月圆之日，母亲怎可提及'死'字啊。来，我也敬二老一杯，祝你们福如东海。"蒲篪端起酒杯说。

"这回你妈只能喝茶了。"蒲松龄对蒲篪说。

"还是喝酒，喝了老大敬的酒，老二敬酒我也一样喝。"刘氏笑着说。

她端起酒杯，很干脆地喝下了肚。蒲松龄紧张地看着刘氏，担心她又咳嗽。可这次刘氏却一点反应都没有。

蒲笏见大哥和二哥都敬了酒，也懂事地走到父母跟前，举起酒杯说："好词儿都被两位哥哥们说尽了，那我就祝二老身体健康，岁岁平安。"

"好好好，大家都平安。"刘氏先端起酒杯，开口道。

蒲松龄扯了扯刘氏的衣袖，说："你别再喝了。"

"老婆子我今天高兴，你管不着。"刘氏说。

这第三杯酒喝下去之后，刘氏的头晕乎乎的，心口有些发慌。但为不扫孩子们的兴，她强忍着一直没吭声。蒲松龄见刘氏没事，也就没再留意她，自顾跟孩子们聊天叙旧。

那日，整个蒲家真是充满了喜乐，每个人都感受到了亲情带来的滋润。入夜，他们又坐在一起赏月。蒲松龄喝高了，对着月亮吟诗赋词，好似那挂在苍穹的月亮是专为他们一家人而圆的。也不知玩到多久，起了夜风，刘氏感到身子发凉，就招呼儿媳搀扶她回房睡觉去了。只留下蒲松龄和三个儿子继续在月光下自得其乐。

第二天，刘氏就卧床不起了。

她不停地咳嗽，发高烧，腹泻，全身酸软无力。这可把一家大小都吓傻了。

"不会是昨日喝酒引起的吧？"蒲篪自责地说。

"也可能是昨夜赏月时感染了风寒。"蒲笏自我安慰地说。

"大家都别猜了，当务之急是赶紧请郎中上门替母亲治病。"蒲箬说。看来，关键时刻，还是他这个做大哥的没有乱方寸。

蒲松龄始终没说一句话，只那样静静地坐在妻子刘氏的床榻边，紧紧地抓着她的手，满脸焦急。但大家都明白他的心里在说什么——他是默默地在为妻子祈祷。

郎中很快就被请来了。一番望闻问切之后，郎中说："蒲夫人病得不轻啊，怕是凶多吉少。"

"请郎中想想办法，一定得救救我母亲。"蒲箬急切地说。

"是啊，都说郎中你妙手回春，拜托了。"蒲笏接着说。

"无论如何有劳郎中了。"蒲簏说完，扑通一下跪在了郎中面前。

郎中拉起蒲簏，说："我理解你们当儿子的心情，可郎中治病不治命。这样吧，我开个方子，你们去抓几服药煎给夫人吃后试试。如果服药三日后仍不见效，那我也回天乏术了。"说完，就提起药箱大步流星地走了。

蒲松龄听了郎中跟孩子们的对话，仍旧一言不语，只是将妻子的手抓得更紧了。他无意识地用力一握，妻子的手被握疼了，抖动了一下。蒲松龄这才发觉妻子的手已经枯瘦如柴。他不停地抚摸着妻子的手背，眼里有泪花在闪动。

几个孩子按照郎中的吩咐，轮流煎药让刘氏服下。三日之后，刘氏的病不但丝毫没有减轻，反而越来越严重。

这回蒲松龄说话了："老伴儿，你可要挺住，千万不能抛下我和孩子们啊！"

刘氏见蒲松龄一脸紧张，故意平淡地说："你还记得十年前，我就叫你去看块坟地，再请人打制一口棺材的事吗？"

"咋不记得啊，那口棺材不就搁在后院的柴房里吗，还是柏木的呢。"蒲松龄说。

"棺材制好的当天我就跟你说，咱俩谁先走，谁就有福气拥有它。"刘氏有气无力地说。

"那会儿我们都还健康，制棺材全当冲喜延寿呢。"蒲松龄说。

"可现在看来，是我的福气比你的大啊！"刘氏有些伤感地说。

"怎么可能，你不会有事的。我们都要好好活着呢。"蒲松龄安慰刘氏。

"我药也吃了，没什么用。你用手摸摸我的身子，像着了火那么烫，我的大限就要到了。"刘氏说完，泪水止不住地朝外流，枕头都被打湿了。

"那是个庸医，我让孩子们另外再请个郎中来替你看看。"蒲松龄说。

"不必了，别再花那冤枉钱，留着给儿孙们。"刘氏从枕头下摸出手绢，擦干眼泪说。

"娘，我们马上再去请郎中，你安心养病。"蒲箬、蒲篪和蒲笏异口同声地说。

"大家听我说，我知道你们都是孝顺孩子。可我这病是治不好了，即使你们再请来郎中，我也不会喝下一滴药水。你们若是心疼我这个做娘的，那就去为我做最后一件事。"刘氏说。

"什么事，娘？"三个孩子一起问。

"到市镇去买匹绢，给我好好做一件寿衣。"刘氏说完，眼泪又下来了。

"娘啊！"三个孩子跪在刘氏床前泣不成声。

蒲松龄坐在床边，欲哭无泪。他的脑海里忽然闪出跟刘氏一起走过的那些日子——自结婚以来，刘氏一直任劳任怨，勤俭持家，知书达理。尤其是蒲松龄外出游学，或去参考的那些时日，全倚仗刘氏一人在家孝敬公婆，抚养子女成人。那时候，蒲家兄弟都穷，每次他们向她借钱，她都慷慨解囊，且从不指望归还。蒲松龄每回考试落第，心情坏到了极点，刘氏都不会对他说一句抱怨的话，只会劝慰他，将日子朝前过……蒲松龄一想起这些，再看看眼前气息奄奄的妻子，眼泪再也包不住了，滴落在了刘氏的手上。

"松龄，你不要替我难过。人终有一死，这是早晚的事。只希望我走后，你要好好爱惜自己，跟孩子们一起把日子越过越有光亮。"刘氏反过来握着蒲松龄的手说。

刘氏的话使蒲松龄更加控制不住自己的情绪了，他说："是我害了你啊，是我害了你。"

"你怎么这么说？"刘氏说。

"记得你早就跟我说过，你的腹中有个痞块。你说那痞块跟你的年龄一样，每年都在增大，而且两肋之间，还长满了硬结。可我当初听后，竟然没有引起足够重视。要是那时我就请郎中替你好好治病，哪会出现如今的情况啊？"蒲松龄边说边用右手捶自己的胸膛。

刘氏拼力拉住蒲松龄的手，气息微弱地说："不怪你，不怪你，你不要自责，要怪就怪我命不好。"

蒲松龄与刘氏的对话，更是惹得跪在床前的三个孩子鼻涕一把泪一把。

又拖了几天。九月二十六日，刘氏的精神状态突然比之前好了许多。蒲松龄和孩子们都感到高兴，他们是多么希望刘氏能够活下来啊！当天上午，刘氏将儿子儿媳全都叫到床前，思维清晰地分派家务，嘱咐他们日后该怎么建设自己的家。刘氏每说一句话，儿子儿媳们都点点头。待一切交代完毕，她还喝了一碗稀粥。然后说自己累了，需要安静休息一会儿，就让他们各自忙去了。

掌灯时分，刘氏忽然痛苦地呻吟起来。她趁自己还有口气，赶紧叫来媳妇们给自己换上寿衣。媳妇们都没有干过这活儿，显得有些手忙脚乱。几分钟后，当寿衣穿好，刘氏只剩最后一缕呼吸了。她用不再聚焦的目光在屋子里寻视着，两只手比画着。媳妇们都不知道她在找什么。这时，蒲松龄推门走了进来。刘氏又用力将已经散去的目光聚拢起来，盯着蒲松龄。蒲松龄见她嚅动着嘴，知道她有话说，就走过去，将耳朵贴在她的嘴边。

"你说，我听着嘞，听着嘞。"蒲松龄尽力控制住自己的眼泪不要流下来。

"我要走了……别的……什么……都不说了。别叫孩子们……替我……做佛事，……费心……劳神。"最后一个字说完，刘氏头一歪，闭上了眼睛。

顷刻，儿女们号啕大哭，蒲松龄也瘫软在床边。那一刻，他觉得自己的心空了，五脏六腑都似被谁给掏了去。他的灵魂也跟着妻子的灵魂飞走了，去了一个很远很远的地方。

刘氏走后，蒲松龄很长时间都打不起精神来。他成天把自己关在屋里，思念他的亡妻。无论站坐，妻子生前的身影都在他的眼前晃动。他时常深更半夜爬起来，点亮蜡烛，给亡妻写诗。每写一首，就念给亡妻听。他之所以这么做，是他曾听说济阳有位祝翁，五十多岁病死，家中人都在忙着替他操办丧事，忽然听到祝翁一声大喊，家人跑去灵前一看，这个祝翁竟然活了过来。他对老伴说："我都快要走到阴曹地府了，转念一想，把你一副老骨头孤零零地抛在儿女手中，什么事都得仰仗他人，活着还有啥意思，于是我就赶回来，约你同去。"祝翁催着老伴赶紧穿上寿衣，与他共枕而卧。老伴果真照着祝翁的做，二人便合眸而逝了。蒲松龄每次念诗，都希望刘氏也能学学祝翁，跑回来将他接走。可他一连给刘氏写了六首诗，每天晚上都不停地念，也不见刘氏活过来接他。

也不知蒲松龄坚持给已故的刘氏念了多久的诗，才如梦初醒地意识到——人死是不能复生的。这辈子，他是再也见不到自己的爱妻了。

时间是冷酷的，也是无情的。倏忽之间，就到了第二年的清明节。蒲松龄在儿孙们的搀扶下，去给刘氏扫墓。他走过柳泉，看到溪边潺潺的流水，又看到妻子坟头遍生的野草，不禁悲从中来。他想，即使桃花谢了，杏花落了，来年还会照样盛开。可他的老伴，只能变成一堆白骨，长眠在那个荒草掩盖的黄土坡下面了。

蒲松龄伫立坟前，看儿孙们摆放供品，给亡妻烧纸磕头。孩子们的脸上已经没有刚刚失去母亲时的悲伤了。他的心中顿时生出一股强烈的凄凉和哀痛之情。扫墓回去之后，他再次替刘氏写了一首叫《过墓作》的诗，以表怀念：

> 野有霜枯草，谷有长流川。
> 草枯春复生，川流逝不还。
> 朱光如石火，桃杏忽已残。
> 登垅见殡宫，丛柏翳新阡。
> 欲唤墓中人，班荆诉烦怨。
> 百叩不一应，泪下如流泉。
> 汝坟即我坟，胡乃先着鞭。
> 只此眼前别，沉痛摧心肝。

十二、终老蓬窗

自从妻子刘氏逝世后，蒲松龄感觉自己也在一天天走向死亡。死亡先是吞光了他的牙齿，让他嚼不动任何食物；接着废掉了他的一只眼睛，让那只眼看不见任何东西；紧接着割掉了他的一只耳朵，让那只耳朵听不见任何声响；再接着又收走了他的左胳膊，让他的左胳膊丝毫不能动弹……

面对这一点一点的死亡，蒲松龄暗自伤怀。他想，妻子刘氏也应该是这么一点一点，一天一天死去的，可他为何就没有早一点发现那潜伏在妻子体内的死亡呢？

蒲松龄的确是老了，对人生再没有幻想和激情。走起路来也是歪歪倒倒、弱不禁风的样子。他如今每天唯一在做的事情，就是修订、整理他的《聊斋志异》书稿——这是他一生活过的见证，也是他倾注毕生心血凝结而成的智慧之果。如果要总结他这一生的成败得失、酸甜苦辣、喜乐忧伤，那都可以到《聊斋志异》里去寻找线索。

当然，除了修订《聊斋志异》，蒲松龄也干点别的事。康熙五十三年（1714 年），他还选录了《观象玩占》三卷。之所以做这个，是他越到晚年，越是对天象、占卜等学问生发出浓厚的兴趣。他觉得，人的命运都是天注定的，任何人都摆脱不了命运轨迹的框定。就像世间的一切，都是在顺应天道运行一样。功名也好，生死也好，都是命运的安排和前定，不可强求。

或许人越是活到晚景，越是相信命。越是相信命，自身就越是孤独。自身越是孤独，晚景就越是觉得凄凉。就拿蒲松龄来说，他虽然儿孙绕膝、子嗣兴旺，但他仍然觉得自己是孤独的。他的后人们没有谁可以真正走进他的内心世界。儿孙们可以陪他说话，陪他看风景，可就是无法稀释他内心深藏的寂寞和孤单。加之他时不时在目睹周围熟人的死亡，这就更使他徒增烦恼，觉得自己熟悉的人和事都在逐渐消亡，时间正在抹去曾见证他活过的那些物事。

康熙五十三年（1714 年）七月，毕际有的夫人王氏去世。蒲松龄闻听后，哀痛不已。他曾在毕府坐馆那么多年，跟毕家有着深厚的交情。蒲松龄提出要亲往毕府执绋，遭到了儿子们的反对。

"爹，你现在自己都行动艰难，如何前往啊？"蒲箬说。

"我就是爬，也要爬去。"蒲松龄拄着拐棍说。

"爹，哥说得对，你已年迈，再不似壮年，身体要紧啊。"蒲筠劝说道。

"你们休要再说，这事我必须得去。"蒲松龄斩钉截铁地说。

"那要不这样，由我们兄弟三人替你去毕府执绋，可好？"蒲篪说。

"不行，我必须亲自去。人家毕府对咱家有恩，做人不能忘恩负义。"蒲松龄提高声量说。

三个孩子拗不过蒲松龄，也就只好依从他，陪他一同前去毕府吊唁。

蒲松龄一到毕府就老泪纵横，伫立在王氏灵前久久默哀。毕府的人见蒲松龄如此有情有义，都感动莫名。

毕际有的儿子毕盛钜见状，说道："既然松龄来了，那就请给我母亲写下墓志铭如何？"

蒲松龄没有犹豫，慨然应允道："义不容辞，义不容辞。"

于是，在众人的见证下，蒲松龄挥毫泼墨，写下一篇《皇清敕封孺人、进阶宜人毕母王太君墓志铭》。

从毕府回家后，蒲松龄一直都被死亡的阴影笼罩着。他甚至忌讳听到跟死亡有关的字。然而，他越是惧怕听到或见到死亡，死亡就越是找上蒲家的门来。

那年的九月和十月份，蒲松龄的两个小孙子先后死于"天花"。这一双重打击，险些让他一命呜呼。这种白发人送黑发人的哀痛，甚至超过了他妻子刘氏死时的哀痛。

蒲松龄早晚都会去两个小孙子的坟堆前转悠，暗自垂泪。秋风呼呼地刮着，他伛偻着脊背，脸都快要挨着泥土了。蒲箬和蒲篪担心他受冻，跑来坟前扶他回去。可蒲松龄偏不回去，将拐棍插进泥地里，就那么傻傻地站着。

"爹，回去吧，坟地里冷。"蒲箸说。

"我不冷，我只担心我的两个小孙子冷。你说他们那么小，躺在泥堆里会不会感冒啊？"蒲松龄说。

"爹，他们已经不在了。"蒲篪说。

"谁说他们不在了啊，他们不是在这里吗？"蒲松龄抽出拐棍指了指坟堆。

"爹啊，我们知道你伤心，我们何尝不伤心啊？可他们毕竟……走吧，我们扶你回去。"蒲箸说。

"别碰我，我要陪我的两个孙子。他们可是我蒲家的血脉啊！"蒲松龄激动地说。

蒲箸和蒲篪见蒲松龄忧思过度，互相递了个眼色，便强行背起蒲松龄朝家走去。蒲松龄伏在儿子的背上嗡嗡地哭泣，那么凄厉，那么哀婉。

又过了两个月，就到了康熙五十三年（1714 年）的除夕。蒲松龄还没有从失去孙子的哀痛中走出来。三个孩子为讨他的欢心，都跪在他跟前给他磕头拜年，还替他洗脚、捶背，说些取乐他的话。在孩子们的精心呵护下，蒲松龄的脸上终于露出了一丝笑容。他按照传统，还分别给三个儿子发了压岁钱。

"爹，我们都这么大了，你还要发压岁钱啊？"蒲箸说。

"对啊，我们都成年了，都不好意思要呢。"蒲篪和蒲笏说。

"我知道你们长大了，可我想给你们发压岁钱。我老了，发不了几年了。"蒲松龄说。

"那我们就收下了，以后每年春节，我们都等着你发压岁钱啊。"三个孩子互相配合着说。

发过压岁钱后，蒲松龄感到一丝欣慰。但他的右手还在衣兜里掏，不一会儿，他又掏出几个荷包来。

"爹，我们都得到压岁钱了。"蒲笏说。

谁知，蒲笏话音刚落，蒲松龄就埋头哭了起来，拿着荷包的手瑟瑟发抖。

三个孩子面面相觑。"爹，你咋啦？"蒲篪问。

好半天，蒲松龄才止住哭声说："这两个荷包，我本来是给两个孙子准备的，可他们永远得不到了。"

屋里的气氛一下子尴尬了。蒲家的人重又陷入悲伤之中。

或许是蒲松龄意识到那夜是除夕，不该让孩子们难过，马上说道："大过年的，咱们都别想那么多了，你们扶我去书房，我写几副春联，你们明早拿去贴在门上吧，这样喜庆。"

于是，三个孩子一起扶着他走进了书房。蒲松龄站在书案前，孩子们已经抢着给他磨好了墨，等着他落笔。他提笔的手有些颤抖。过了好一阵，蒲松龄才开始写字，可他写出的不是春联，却是一首叫《除夕》的诗。

三百余辰又一周，团圆笑语绕炉头。

朝来不解缘何事，对酒无欢只欲愁。

诗写出后，三个孩子都明白蒲松龄的心思，但都不说破，都夸父亲的诗写得好。蒲松龄放下毛笔，坐在椅子上，不发一言。

康熙五十四年（1715年）正月初一，蒲松龄一大早就起床了。他将门和窗都关得死死的，躲在屋里替自己占了一卦，卦辞预示不吉利，他有些惶恐。但他没有将这个卦象告诉给儿子们，仍装出跟平常一样从容。

正月初五，是蒲松龄先父蒲槃的祭日。他吩咐三个儿子，搀扶他去祖坟上香。那天，朔风猛烈，吹得满地枯草乱飞，坟前的两棵树也好似在寒风中打战。蒲松龄跪在父亲的坟前，老泪纵横。他一张纸钱

一张纸钱地焚烧给自己的父亲，烧得是那样仔细。他已经记不起有多久没给先父烧纸了。烧完纸，他又给先父磕了几个头，才慢慢地回家去，边走边回头看。一阵风起，吹得纸钱如蝴蝶般翻飞。

刚到家，蒲松龄就感到身体不适，肋骨疼痛不已，还伴有轻微的哮喘。蒲箬赶紧请来郎中给他把脉。蒲松龄吃过几服通脉理气的汤药后，肋痛明显减轻了。但他从此饭量大增，每天早晨洗漱之后，都必须吃两碗稀粥。几个孩子见他精神好转，还能独自拄着拐棍到院外上茅房，也都放宽了心。

正月十五日元宵节，蒲松龄忽然对蒲箬说："我许久都没有跟你五叔谈天了，你去将他给我请来，我想跟他说说话。"

蒲箬心想，在父亲兄弟五人中，如今也就剩下他和五叔鹤龄了，也确实该让他们俩好好聚一聚，便答应道："好，好，我这就去。"

鹤龄来后，蒲松龄跟他在屋内促膝谈了一个下午。蒲簏想去叫两位老人出来透透气，但被蒲箬阻止了。

"不要去打扰他们哥俩，让他们叙叙旧。"蒲箬说。

"我在屋外听到爹的笑声了，他可是很久都没笑过了呢。"蒲簏说。

"是啊是啊，是很久都没见他笑过了。"蒲箬说。

鹤龄走后，蒲松龄又陷入惆怅。

正月二十二日早晨，蒲松龄拄着拐棍下床，推开窗户叫道："蒲箬、蒲簏、蒲筠，你们都到我屋里来一下。"三个孩子听见叫声，推门而入，以为蒲松龄发生了啥事。

"爹，咋啦？"第一个进得屋来的蒲筠问。

"我看见你母亲了，我看见你母亲了。"蒲松龄说。

三个孩子一阵发慌。

"爹，你说啥？"蒲箬问。

"我见到你母亲了，我见到你母亲了。"蒲松龄再次说道。

"在哪里啊，你昨晚做梦了？"蒲簏问。

"嘞，她就在床边坐着呢。"蒲松龄说。

三个孩子都背脊发麻。他们意识到蒲松龄在说胡话，赶紧扶他到床上躺下。蒲箬摸摸他的额头，烫得吓人。

"爹高烧了。"蒲箬说。

"我去请郎中。"蒲簏说。

蒲簏刚出门，就碰见前来报丧的堂弟，说他爹鹤龄去世了。蒲簏吃了一惊，说："我爹也高烧得厉害，正在说胡话呢，我正要去给他请郎中。"

蒲箬和蒲笏听见蒲簏跟堂弟的对话，从屋内跑了出来，惊诧地问："我五叔怎么了？"

"归西了。"堂弟流着泪说。

蒲箬和蒲笏都愣住了。俄顷，还是蒲箬反应快，吩咐道："蒲簏，你赶紧去请郎中来给爹看病。蒲笏，你在家守住咱爹，我先去五叔家。"说完，蒲箬就跟着堂弟走了。

酉时，当蒲箬正在五叔家帮忙料理丧事时，看见蒲笏急匆匆地跑来说："哥，咱爹……"蒲笏刚张口，眼泪就下来了。

"咱爹又咋了？"蒲箬紧张地问。

"咱爹……也归西了。"蒲笏说。

蒲箬一听，两腿瘫软了，但他强撑着没使自己倒下。

"走，回家去。"过了一会儿，蒲箬咬着牙说。

蒲箬到家后，看到父亲倚窗危坐，双目紧闭，四肢都已经僵硬了。

蒲松龄就这么平静地离开了这个世界，享年七十六岁。

神州文坛一颗璀璨的巨星陨落了。

三月二十四日，蒲松龄被安葬在蒲家庄东的墓地里，与他的亡妻刘氏合葬，这是他生前的愿望。

他终于又可以跟他的爱妻团聚了。

蒲松龄死后十一年，他的子孙为寄托哀思，特请淄川举人张元撰写了一篇《柳泉蒲先生墓表》，刻碑立于墓前，对其一生做了精粹的概括和公允的评价。全文如下：

先生讳松龄，字留仙，一字剑臣，别号柳泉。以文章意气雄一时。学者无问亲疏远迩，识与不识，盖无不知柳泉先生者，由是先生之名满天下。

先生初应童子试，即以县、府、道三第一补博士弟子员，文名籍籍诸生间。然如棘闱辄见斥，慨然曰："其命也夫！"用是决然舍去，而一肆力于古文。奋力砥淬，与日俱新。而其生平之侘傺失志，濩落郁塞，俯仰时事，悲愤感慨，又有以激发其志气，故其文章颖发苕竖，恢诡魁垒，用能绝去町畦，自成一家。而蕴结未尽，则又搜抉奇怪，著有志异一书。虽事涉荒幻，而断制谨严，要归于警发薄俗，而扶树道教，则犹是其所以为古文者而已，非漫作也。

先生性朴厚，笃交游，重名义；而孤介峭直，尤不能与时相俯仰。少年与同邑李希梅及余从伯父历友、视旋诸先生，结为郢中诗社，以风雅道义相劘切，始终一节无少间。乡先生给谏孙公，为时名臣，而风烈所激，其厮役佃属，或阴为恣睢。乡里莫敢言，先生独毅然上书千余言以讽。公得书惊叹，立饬其下，皆敛戢。新城王司寇先生素奇先生才，屡寓书，将一致先生于门下，卒以病谢，辞不往。

呜呼！学者目不见先生，而但读其文章，耳其闻望，意其人必雄谈博辩，风义激昂，不可一世之士；及进而接乎其人，则恂恂然长者，听其言则讷讷如不出诸口，而窥其中则蕴藉深远，要皆可以取诸怀而被诸世。然而厄穷困顿，终老明经，独其文章意气，犹可以耀当时而垂后世。先生之不幸也，而岂足以尽先生哉！

先生祖讳生汭，父讳槃。娶刘氏，增广生刘公季调女。子四人，孙八人，曾孙四人，五世孙才一人。所著文集四卷、诗集六卷、聊斋志异八卷。以康熙五十四年正月二十二日卒，享年七十有六。以本年葬村之东原。又十一年为雍正改元之三年，其孤将为碑以揭其行，而以文属余，以余于先生为同邑后进，且知先生之深也，乃不辞而为之文以表于墓。铭曰：

"有文不显，有积不施，蓄久而炽，为后之基，以征以信，视此铭辞。"

同邑后学张元　撰

雍正三年岁次乙巳二月清明日立

生存・见证

对一个秋天的追忆

　　我原本是要独自去乡间拍照的。

　　周遭的朋友都知道，我最近迷恋上了摄影。摄影不但增添了我寂寞生活的底色，还提供了另一个让我观察世界和人生的窗口。我沉浸在这种光与影的游戏中乐此不疲，以致有人讥讽我终于找到了新的避世方式。我很想跟讥笑我的人辩解，后来还是放弃了。何苦呢，我根本不需要任何人的理解和支持，我只需要跟自己和生活和解。

　　我摄影的习惯，是一个人骑着自行车，在乡道上慢悠悠地前行。遇到想要拍摄的对象，就停下来举起相机，或对着春晖下的一片芦苇，或对着夏阳下的一地野花，或对着秋风中的一棵枯树，或对着冬雨下的一池残荷，按动快门，享受一个摄影发烧友的闲散时光。

　　然而那天，我的拍摄计划全被打乱了。临行前，几个摄友非要嚷着跟我一起去，这让我惊诧莫名。要知道，他们都是资深摄影人，又喜欢热闹，平时去某个地方拍片，总要呼朋引伴，像中国随处可见的景区游客，跟我喜静的性格水火不容。我很想婉拒他们，一来可以免除专业者对业余者技拙的嘲笑，二来可以保持自我的好心情免遭破坏。但一切都来不及了，这几个讨厌的家伙，早已各自骑着一辆价格不菲的自行车，聚集在我居住的小区门口，等着我现身。

我只好硬着头皮，快快不乐地带领这帮嬉皮笑脸的"摄鬼"，向一个古村落进发。这个村落已有上百年历史，属典型的巴渝民居，距离县城大约20公里路。我之前去过好几次，每次去都与上次去不同。不是围墙又坍塌了，便是土墙又斑驳了，抑或房檐又残缺了……岁月这位不老翁，总是长着一口坚硬的牙齿，咬噬着天地间的万事万物。第一次去，我就想给这个古村落拍点照片，可那时我还不会摄影。掏出手机来胡乱地拍了一些，回来翻看时，竟没有一张照片是我愿意看到的，也就索性全都删掉了。

这次去，我是铁了心要认真多拍些照片，倒不是为了替历史做证，或像某些振振有词的人那样，呼吁要保护古村落，抢救民间文化。我没有那个能力，也没有那个使命，我不过是红尘中的一个小角色。即使我椎心泣血地呼吁，声嘶力竭地呐喊，也没有谁会听我的。我拍照仅仅因为我喜欢拍照而已。但我相信，跟着我一块儿去的摄影家，肯定比我的责任感和使命感强。其中有两个人的摄影作品，都曾获得过国家级大奖。

我把希望寄托在他们身上，渴望他们能以过硬的专业本领和良好的艺术操守，为这个时代做出应有的贡献。

时令已是深秋，村道两旁的景色一派萧索。庄稼收割后，农人都不知去向。田塍上的杂草，想努力铺满天涯。太阳灰蒙蒙的，从天空照射下来，将我们投在公路上的身影也抹上了冷色调。偶尔一阵风过，刮起树枝上的黄叶，追着我们跑。有一枚黄叶，像蝴蝶般跟着我。我的车轮向左，它也像左；我的车轮向右，它也向右。我伸出手，想抓住它。它却打一个旋，飘坠在地。那一瞬间，我的耳朵仿佛听见一声惨叫。我刹住车，举起相机，想拍下这枚摔死的黄叶，不料同行摄友的车轮从叶面上碾轧而过，还在黄叶的尸体上洒下一串笑声。

因了这事，我的心情开始郁闷。故意将车轮踩得飞快，把几个摄友甩在身后。摄友们自然没有察觉到我的悲伤，照样有说有笑，他们的笑声让我毛骨悚然。

到达古村落，已近午时。阳光明亮起来，让人生出迷离和梦幻之感。时隔半年未至，古村落又沧桑了许多。居住在村中的人越来越少，幽深的巷道死气沉沉。残垣上，蹲着一只黑猫。见了人，也不叫。估计是猫老了，猫的叫声也老了。不远处的那棵洋槐树，依然枝繁叶茂。我上次来，正碰上花期，满树的白花，芳香扑鼻。成群的蜜蜂，贪婪地采集着花粉。这次是秋天，洋槐树没有开花，那些采过槐花的蜜蜂，也都从季节中消失了。唯有树冠下卧着一条狗，睁着惊恐的眼睛。随行的摄友见了，纷纷举起"长枪短炮"，对着树和狗一阵狂拍，他们都时刻牢记着亨利·卡蒂埃-布列松创立的"决定性瞬间"理论。也许是那条狗从未见过如此阵仗的入侵行为，慌张地爬起身，边吠叫边朝树旁废弃的羊圈逃跑。我清楚地看到，那条受惊而遁的狗，只有三条腿。

我实在是没有心思再继续跟随这几个摄影家走，便转入村落的一条小径。大概许久没有人走，小径上落满了枯叶和小虫子的躯壳，石板上也长满了青苔。小径的左侧是一道裸露着红砖的墙壁，右侧是一排错落有致的瓦房。房屋的窗棂上，挂满了蜘蛛网。一扇扇木门紧锁，锁扣全都生了锈。我慢慢地踱着步，想拍什么，又什么都不想拍。当我走到一扇贴着门神的房门口时，我发现那道门是半掩着的。我轻轻一推，门吱嘎一声就开了。出现在我眼前的，是一个院落。一个老人坐在院落中的竹躺椅上晒太阳，他手中拿着一根烟杆，正在吸烟。我一眼就看出，他烟杆上吊着的烟盒是过去用公牛的膀胱皮阴干后做成的，很结实。那个老人想必已年过花甲，戴着一顶毛毡帽，脸上沟壑纵横，类似木刻。阳光打在他的身上，像极了罗中立的名画《父亲》。

瞬间，我的心头涌起一股难以言传的感情。我悄悄地走过去，想跟老人攀谈，背后却突然响起了按动快门的声音。我一回头，见那几个家伙不知何时站在了我的后面，像发现了稀罕的宝物般，正争先恐后地从不同角度对准老人拍照，脸上洋溢着兴奋和激动。有一个因在跑动中踩到了另一个的脚，双方还发生了口角纠纷。这使我想起，也是他们中的一个，在某次相约去拍荷花的过程中，他担心同行人拍到跟自己一样的景致，竟然在拍完荷花后，用树枝将盛放的花朵全部捣毁。

我站在院落中，目睹摄影家们激情满怀的举止和竹躺椅上那个老人痛苦的表情，拿相机的手颤抖不已。我只好一动不动，脸上犹如火灼。待他们拍摄够了，满心欢喜地退出院落，我才走到老人身旁，开口说道："老人家，打扰了！"转身羞愧地想赶紧离开。谁知，那个老人却说："你能来看我，我很高兴。"我一下子愣住了，心想，他认识我吗？

正是老人这句话，使我那天再也没有离开这个院落。直到傍晚我不得不返城时，才依依不舍地帮他掩上了那扇褪色的木门。那日，我虽未开启相机，却收获了任何人都拍摄不到的一种风景——灵魂的风景。

这是一个正在遭受病痛煎熬的老人。他说自己就要死了，极有可能死在秋天的怀中。寒霜敷在他那沧桑的脸颊上，有种不祥之感。阳光忽然间变得稀薄了，还起了风。我怕老人受凉，凑近他耳根说："老人家，你贵姓啊？我扶你回屋吧，里面暖和些。"他瞅了我一眼，说："没有人知道我姓什么了，我也早已忘记自己姓什么。"说完，他用烟杆朝屋檐下指指，接着说："那里有张板凳，你搬过来坐吧。"我看看手表，快下午一点钟了。那几个"摄鬼"不停地给我打手机，叫我去吃饭。但不知何故，我那会儿就想陪着身旁这个老人，哪儿都不想去，便告诉他们不用管我。我挪过板凳，在老人旁侧坐下来，问道："你不吃午饭吗？"他没有急于回答我，只颤抖着手掏出打火机，将烟锅里的烟叶点燃，抽一口烟后说："一个将死之人，不在乎多吃一顿饭或少吃一顿饭。"我赶忙拿出口袋中的干粮递给他，可他并不接，只顾抽烟，呛人的烟雾在他的头顶盘绕。"你一个人住这里吗？"我问。他将烟锅朝地上磕磕，抖尽烟灰，扭头哭了起来，泪水顺着脸颊在流淌。我突然意识到问错了话，又不知道该如何安慰他，一时显得手足无措，只能抬头望天。不承想，天空也落泪了，几滴雨水砸到我的脸上，冰凉刺骨。"屋里坐吧。"老人说。我立即起身去搀扶他，他摆摆手，一瘸一拐地向门房走去，边走边咳嗽。从走路的姿势上看，他的确病得不轻。我将院落中的椅子和板凳搬到屋檐下，也尾随他进了屋。

屋里黑黢黢的，弥漫着一股霉味。我想拉亮电灯，拉线盒却是坏的，只能借助窗户透进来的暗光略微看见屋内的一切。老人刚进屋，就在靠墙安放的木床上躺下了，身子发颤。我有些紧张，急切地问："老人家，你怎么了？"他镇定地用手指指床头的桌子，我看见桌上放着一瓶"速效救心丸"，赶快倒出数粒让他服下。俄顷，见他渐渐平复，我才长舒了一口气。"刚才惊吓到你了吧？"老人问。"有点。"我坦率地回答。"真是对不住，我自己倒是习以为常了。"老人平静地说。说完，他就合上眼帘，只将十月底的寒冷当作一床薄被，拉来盖住自己起伏不定的胸口。我很想替他生一盆火，放在他的床前，给他暖一暖身子。但我找不到生火的柴块，屋外的雨已淋湿了地面，没有一块干燥的地方。早在几天前，他就烧光了去年冬天储备的干柴。今年春天和夏天，他本来是有体力再去林中砍回些木柴的，可他最终还是作罢。他不需要再为活着做任何准备，他确已把每一天都当作最后一天来过。

我坐在他床前的木凳上，本能地握住他的手。他的手很瘦，冰冷无肉，只剩一张皮，包裹着他易碎的骨头。他的手指动了动，想抓紧我，却使不上劲。他反复试了几次，结果仍是徒劳。这时，我又看见他的泪珠从眼眶里滚落出来，我的心猝然一痛。我知道他内心的想法。他的嘴唇嗫嚅着，想开口说话。好一阵过去，到底没有吐出一个字来。唯有他的泪水更加汹涌了，仿佛他睡的床底下藏有一条暗河。

雨越下越大，我的内心也在下雨。

大约三分钟过去，我松开紧握住他的手，他才睁开泪眼，像一个慈父盯着久别重逢的儿子般盯住我，那目光让我内心发怵。老人嘱我替他点一锅烟，我建议他别再抽了，可他说若不抽烟，自己会死得更快。无奈之下，我只能从命。老人咳嗽着吸了几口烟后，缓缓地坐直腰身，将背靠在墙壁上，开始向我回忆他的往事。

我忍受着烟草的熏呛，静静地聆听他的讲述。那一刻，我感觉自己真就是他的儿子，而他也真就是我的父亲。微风在窗外吹着，窗棂上的蜘蛛网一荡一荡，试图想网住些什么——是老人的谈话，还是衰老的秘密？

数年前，自从他的老伴儿去世后，他就孤身一人了。那时，他便意识到自己活不长久了，才选择困在这个简陋的院落里，等待有朝一日去赴上帝的约。他希望自己死在一个隐蔽的地方，不惊扰任何人，也不需要他人的啼哭和哀叹；更不需要花圈、锣鼓和唢呐。他幻想在一个安静的时刻死去——要么是一个下着小雨的初春之夜，冷风吹着树叶，发出沙沙的声音；这声响是轻微的，比死神的脚步还要轻，不会吓到从林中跑出来偷啃他的尸体的小动物。要么是一个洒满月光的仲秋之夜，月色透过树枝落到地面的枯叶上，有一种朦胧感，让人想到时间、寂灭和永恒。要么是一个雪花飞舞的冬季，天地间一片银白，所有的痛和爱都结了冰，岁月也凝固了，他自然也会成为这画幅中的一具雕塑……

"我的梦想就要实现了。"老人说。我不忍心打断他的话，我或许是他的最后一个倾听者。在我到来之前，他只说给刮过院落上空的风听，说给顺着瓦沟滴下的雨听，说给遥远的星辰和月亮听，也说给偶尔闯入院落里来的那条黄狗或黑猫听……他白天说，夜晚也说，醒着时说，睡梦中也说，直到把自己说成了如今这副凄楚的模样。

老人告诉我，他的老伴儿是因为思念他们那失踪的女儿而死的。"你见过想人把自己给想死的事情吗？"他问。我理解他在说什么，但没有回答，只默默地看着他。

时间的指针回拨到三十六年前的一天上午，老人肩挑两箩筐新收割的稻谷去乡上交公粮，他那时年轻力壮，虽然经常忍饥挨饿，但浑身上下仍然充满了力量。初夏的阳光照在他的脊背上，有种火辣辣的灼痛感。知了在路边的桉树和柏树上聒噪，吵得他心里十分烦躁。他想，做个庄稼人真是苦，自己家人都吃不饱饭，还得挑选上等的粮食去交公。这么思忖着，他轻快的脚步变得迟重，好想抬头望天大喊一声。可当他意识到身后紧跟着的五岁女儿时，心中的怒火一下子平息了。他的女儿小巧玲珑，相貌端庄，走到哪里都似一朵花。他和妻子都特别疼爱这个姑娘，这在重男轻女的农村委实不多见。他唯一的不满，是觉得孩子心思过重，常常一个人蹲在院子里发呆，从不跟村中的其他孩子玩耍，小小年纪就流露出忧郁的特质。姑娘那天之所以愿意跟着他去交公粮，是他答应去乡上的百货商店给她买一双白球鞋。姑娘向父母提出这个请求已经很长时间了，他和妻子都是一拖再拖，找各种理由搪塞。实际上，是他们舍不得花钱。一路上，姑娘都不说话，就那样跟着父亲走，仿佛跟着希望走，汗水打湿了她的黑发和黄色粗布衬衫。到达交公粮的地点后，从各村前来交公粮的人，已经排起了长队，场面好不喧嚣。他担心孩子中暑，嘱她去粮站侧面的树荫下乘凉，自己则站在烈日下排队。几十分钟过去，终于轮到他交粮时，他的脑子晕晕乎乎，加之出发前未吃早饭，周身发抖。他强忍着眩晕，只想尽快完成任务，好去给孩子买鞋。谁知，收公粮的人在过秤时，说他的稻谷水分没晒干，得退回。他当即发火了，与收粮人员发生争执。吵着吵着，他眼前一黑，栽倒在地不省人事。待他苏醒过来，才想起自己的孩子。他摇摇晃晃跑去树荫下一看，孩子早不见了踪影，整个粮站已经人去站空。他顿时慌了神，在乡场上呼天抢地地喊女儿的名字，却听不见女儿一声回应。那天，半个乡场上的人都在帮着他找孩子，仍是没能找到。直至太阳偏西，他才失魂落魄地朝家走。他走走停停，停停走走，短短十几里路，比走过一生还要艰难和漫长。他不知道回家后，该怎样向妻子交代。一直到夜里九点钟，他都还在乡路上徘徊。最后，还是他的妻子打着手电筒在路边的一块石头上将他找到。妻子见他孤身一人，感觉到出了事，急忙问："丫头呢？"他猛地扑向妻子怀里，泣不成声。良久，才自责地吞吞吐吐说："我把丫头弄丢了。"妻子一听，双腿瞬间软了，瘫在地上，跟着哭起来。黑夜放大了他们的悲声，那晚，他们都没有回家，连夜跑去乡场上找了一个通宵。

　　窗外的雨变小了，风也停止了吹拂，但光线更暗了，我只能看清老人的一个轮廓。他还想再抽一锅烟，这次我没能满足他，而是起身给他倒了一搪瓷盅温水，再硬塞给他两袋饼干，让他吃。老人刚撕开饼干袋，我的手机铃声就响了，那几个"摄鬼"在催我返城。我让他们先走，真不用管我，他们很不高兴地挂了电话。

　　嚼完两块饼干后，老人继续他的回忆。女儿失踪的第二天，他们便去派出所报了案。警察热情地接待了他们，又做了详细的笔录，还对他们的遭遇深表同情。警方说，这已是近半年以来乡上发生的第三起孩子失踪案件了，他们一定会鼎力破案，让他们回家耐心等待消息。可这一等，就是一年。他和妻子整天以泪洗面，犹如行尸走肉。春季来临，他们不知道播种；冬季来临，他们不知道御寒。田地一日日荒芜，院落里长满了青苔。他曾跟妻子商量，考虑再生一个孩子。但他的妻子坚决不同意，她相信女儿还会回来，说假如再生个孩子，就会失去寻找女儿的信心，新生的孩子也会冲淡他们对女儿的思念。她无法接受这个事实，禁止丈夫提及此事。她慎重地告诉丈夫，只要她活着，就不会再生育，要寻找女儿一辈子。见妻子的态度如此坚决，他也再不言语，齐心协力跟妻子寻找女儿的下落。

凡逢赶集，他们必会去乡场上查找女儿丢失的线索。他们没有给女儿拍过一张照片，全凭记忆跟人描述，这无疑增加了找寻的难度。后来，也不知妻子是从哪里得到消息，说女儿有可能被人拐卖到了河南。他们来不及细想，翌日一早就辗转乘车去了郑州。那是他们第一次出远门，第一次离开故乡。他们怎么也不会想到，这一去便是数十载光阴。当他们拖着病体重新回到村落时，村庄早已物是人非，只剩下一个空壳了。

到郑州后，他们无依无靠，身上又无多余的钱，只能在火车站流浪了半年，靠捡垃圾为生。只要见到陌生人，他们就会滔滔不绝地打听女儿的音讯。可人海茫茫，在科技尚不发达的年代，要找寻一个人犹如大海捞针。他意识到这点，便跟妻子商量，先去找个活计，把自己的命保住，才能长期寻找孩子。妻子这回没有反对，出来流浪这段时间，他们都深知受苦的滋味。经多方努力，他好不容易在一个建筑工地找到了活干，而妻子则在一家餐馆做洗碗工。每天劳动收工，回到住宿的工棚，他们都会想念女儿。妻子想着想着就会落泪，还经常在睡梦中哭醒，翻身爬起床呼喊女儿的名字。由于思亲成灾，又积劳成疾，他的妻子在好几次洗碗时摔碎了碗，遭到老板娘的辱骂。以至于只要餐馆老板见到他妻子的眼泡浮肿，就会气不打一处来。他妻子多次向老板娘说明原委，希望博得她的同情，可人家只关心自己的生意，根本不在意她女儿的生死。要不是他妻子多次求情，早就被开除了。

他们也遇到过不少好心人，诸如那个名叫张全和王富贵的建筑工友，以及同跟妻子在餐馆洗碗的女工田大姐，在得知他们的遭遇后，一有空闲，就四处帮他俩张贴寻人启事。特别是王福贵，因为张贴启事，几次被城管带去盘问，还因此耽误工期，被老板扣罚工钱。他和妻子要赔偿王富贵的损失，王富贵说什么也不肯收，说："人活一辈子，谁没个难处，能帮尽量帮一帮。"

他们在河南一待就是七年。再后来，他们又去了陕西。去陕西是因他听一个工友说，在那边有一种生存技能叫"赶麦场"，即在每年的麦熟季节，大量的农民跑去陕、甘、宁一带走村串户，替人收割麦子。这群人流动性大，分布面广，兴许可以帮助他们寻找到女儿，至少比固守在一个地方守株待兔要强。他和妻子一商议，卷起铺盖卷就去了，他们不想放弃任何寻找女儿的机会。

到陕西那年，正好赶上麦熟季，在宝鸡火车站，他们果真见到像蚂蚱一样"赶麦场"的人流，人人肩背行囊，手拿镰刀，彼此吆喝、呼唤地拥挤着在爬火车。放眼望去，黑压压一大片，少说也有上千人。由于听不懂对方说话，他和妻子很难融入到这群"割麦大军"中去，大家都提防着他俩。直到两个礼拜过去，有两个心善的人，搞清楚他们的目的后，才勉强接纳他们，同意其跟着队伍去招揽活计。他至今记得这两个人的姓名，一个叫刘军强，一个叫方孝卫。这二人让他们去置办了两把镰刀，就带领他俩上路了。他们没有在北方收割过麦子，也没见过那么旷阔的麦田，割起麦来笨手笨脚，麦田主人都不喜欢。多亏那两个恩人打圆场，他俩才得以待在割麦队伍中，风餐露宿地求生。渐渐地，很多割麦人知道了他们的故事，都在暗中帮忙打听其女儿的去向。可那些当地人都很谨慎，只要他们稍微问及村中是否有外来女子时，被问话的人就会立马目露凶光，转身告诉同村人提高防范意识。有几次，他们都被人强行赶出了村子。

他和妻子都深感绝望。眼看着脸上的皱纹一道道加深，头上的青丝一根根变白，他们的信念动摇了。他想，与其这样无目的地找下去，还不如回到老家，粗茶淡饭地过几年安生日子。至少有三回，妻子都表示支持他的想法。可每次都是收拾好东西，准备动身回家时，妻子又变卦了。她说："我哪怕成为孤魂野鬼，也要跑去跟丫头见上一面。"不得已，他只好依从妻子。他已经失去了一个自己深爱的人，不能再失去第二个。

在陕西待了五年后，他们又折腾到了山西。去山西是因为他们耳闻，跟自己女儿同月失踪的一个邻村姑娘在大同被找到了。他们猜想，女儿应该是被同一伙人贩子给拐跑的，故他们赓即赶往山西，看能否收获意外惊喜。到大同后，他们做的头一件事，就是跑去被找到的邻村姑娘生活过的村落探察详情。所幸他们运气好，女儿虽然没找到，命算是保住了。那日，他们设法溜进村子后，刚开口问话，就被几个地痞围住，一阵拳打脚踢。他见势不妙，挣扎着扛起受重伤的妻子就跑。或许是对方见他们只有两人，不像是有计划有组织的暗探，也就没有再追踪，任其逃之夭夭。

妻子受伤后，更使他陷入绝境。他得一边照顾妻子，一边干活儿糊口。像他这样没文化的人，求生的唯一方式便是下苦力。那时，大同有不少小煤窑，一个偶然的机会，他认识了一个煤老板，对方见他膀大腰圆，又得知他的落魄境遇，就领他到自己的煤窑挖矿，说是给他一条生路。他千恩万谢地跟着煤老板去了，哪承想，到煤窑的当天，他就变成了一头"骡子"。煤老板不分昼夜地让他跟着另外的窑工下井，派人严密把守，他知道自己被控制了。三天过后，他跪地向煤老板求情，希望放他出去，将妻子安顿好后再回窑。煤老板没有同意，只让看守将他妻子抬到工棚，一日三餐给点稀粥咸菜吊命。煤老板告诫他，如果想保住妻子的性命，就老老实实在煤窑干活，别有非分之想，他只能向命运屈服。有好几年时间，他都在白天遇见黑暗，成了一个"地下人"。每次挖煤，他都在琢磨，也许自己就要葬身地底了，将再也见不到自己的妻子和女儿。只要想到这些，他的心就难受滴血，但他不能流泪，眼泪不但拯救不了他，反而还会将他推向濒死的深渊。有一次，他们遇到"井下透水"，十多个窑工，有六个都死了，只有三个生还，他便是其中一个幸存者。事故发生后，煤老板心虚，躲了，他也趁机逃跑，带着疾病缠身的妻子回到了家乡。

回村后，他重修院落，开荒种地，过起了往昔日出而作，日落而息的生活。可惜他的妻子却永远失去了劳动能力，只能每天躺在病床上呻吟。他心疼妻子，深知他们这对患难夫妻经历了什么，发誓要将这只同林鸟伺候好。他给妻子喂饭、抹汗、洗衣、洗脚……每晚入睡前，耐心地陪她说话，直到妻子在病痛中入睡为止。他为转移妻子的注意力，稀释她的孤寂和落寞，还专门买回一台电视机，白天和黑夜都开着。他妻子最爱看动画片，盯着屏幕眼睛都不眨。他知道，那是妻子想女儿了，她是代替女儿在看。遗憾的是，他的细心照顾和无私奉献，还是没能挽救妻子。在一个有雨的冬夜，他的妻子含恨而终。

"她是喊着女儿的名字死去的。"老人说。

我听后，心里说不出有多难过。

天色越来越暗，老人那回忆的丝线缠住了我，我们好似同处在一个黑洞里，在盼望着什么，等待着什么。可这盼望和等待，老是不给我们期限。我怀疑，莫不是这个空茫的古村落，如今单就是为陪伴这个老人而存在的吧，人和村子都在等待着各自的孩子归来。

我不知道该替这个多病的老人做些什么——我又能做什么呢，能还给他一个女儿吗？能让他的妻子起死回生吗？能抚平他的创伤记忆吗？能抹掉他今生所承受的苦难吗？能左右这个人间的正邪祸福吗？我什么都做不了，我只不过是一个过客，一个倾听者而已。

老人让我再给他点一锅烟，我犹豫了一会儿，还是照办了。一个处于痛苦状态的人，一个内心盈满苦水的人，也许唯有借一口烟来镇痛和沥干苦水。我刚按燃打火机，手机铃声又响了，那几个"摄鬼"居然还没离开村落，仍在催我返城。打来电话的摄影家说，他们拍够许多雨景后，躲到一座空房子里打了几个小时的扑克牌了，还见不到我人，倘若再不动身，天就黑了。我没有解释，直接挂断了电话。我只想给老人点一锅烟，不需任何人打扰。但不多一会儿，这几个"摄鬼"就跑来找我了。他们见我坐在老人床前，犹如猫见到老鼠般，又变得兴奋异常，端起相机就开拍，闪光灯晃得老人睁不开眼。突然间，我竟讨厌起摄影来。我很想起身砸掉他们手中的相机，再扇每个人两记耳光。是老人的沉默和慈善遏制了我的冲动，没有当即跟这帮家伙翻脸。

我坐在板凳上，没有说一句话，也没有看摄影家们一眼。大概是他们觉察到了我的不悦，冷嘲热讽地退出了房间。我清楚地听见其中一个人在嘀咕："装什么高尚呢，假慈悲的人，老子见多了。"听到此话，我反而没有了怒火，脑海中只浮现出两个人来——一个是中国摄影家侯登科，一个是巴西摄影家塞巴斯蒂昂·萨尔加多。众所周知，侯登科耗费近十年时间，盘桓于关中秦地，跟踪拍摄"麦客"。他不畏寒暑，深入田间地头，与麦客同吃同住，用影像来呈现、传达、思考、诠释中国土地和劳作于土地上的人的命运关系。他既不居高临下，也不为艺术而艺术，而是从个体生命体验出发，执着于对中国20世纪80年代以降的西北农民、农村、农业现状的考察，将性命、艺术和民族系于一体，以平等的视觉，持续记录故土上普通人的梦想与困厄、冷热与悲欢、沉默与创造，才诞生了《麦客》这样具有世界性影响力的"图像历史"。我猜测，在侯登科拍摄的大量"麦客"胶片中，是否有一张就是这位老人的肖像。我至今难忘初次见到《麦客》时所带给我的震撼，它使我明白，在成为一个艺术家之前，必须先成为一个人。正如侯登科在《东拉西扯说"人民"》一文中说："说及人民，不得不赘及人性。艺术还不至于因为消费和炒作忘却人性。"

而出生于巴西的萨尔加多，其摄影作品同样具有一种博爱之光和人类尊严之感。他曾为深入巴西北部帕拉州的塞拉佩拉达金矿拍摄矿工的生活，险些付出生命代价。因他当年作为政治抗议者在国家情报局"挂了号"，被禁止进入矿区，使他只能不断与警察周旋，斗智斗勇。当他进入矿区后，看到大约有五万名矿工在一起埋头劳作，不使用任何一台机器设备，全靠镐敲击矿石，用手翻刨泥土时，他的心被震撼了，仿佛听到了"黄金的低语"。他在金矿中与矿工们共同生活了几周，矿工们非常信任他，愿意让他看清自己的真实生活，才使他拍摄到了那一帧帧饱含情感温度和人性光亮的作品。无独有偶，时间的火车头迈进 20 世纪 90 年代，那时全球每年有 1.5 亿至 2 亿农村人口流向城市，低价劳动力遍布棚户区，全家人拥挤在狭小的空间内，孩子们在垃圾堆上玩耍。由于重工业和战争，致使一些不发达国家环境恶化，空气中充满橡胶味，贫困正在日益威胁着不同种族之人的生存。萨尔加多洞察到一种新的世界性灾难正在来临，无论是在印度的比哈尔邦，还是在巴西的圣保罗，都能看到生活秩序的颠倒和混乱。尽管萨尔加多当时已离开巴西，前往法国求学，且获得了法国国籍，但他从来没有感受到自己是一个法国人，移民和流放的痛感始终伴随着他。加之他见过太多因无身份证明而长期处于焦虑状态的人，让他觉得自己跟这类离别家园的人拥有相同的命运,实际上都是一群"难民"。于是乎,他萌生了一项以"迁徙"命名的拍摄计划。整整六年时间,萨尔加多都在为完成这项浩大工程而奔波。他先后去过许多国家,访问成百上千的移民,既看到过为获得签证而在美国驻胡志明市领事馆前排队的越南人,也看到过中国香港和印度尼西亚加兰岛上的"船民",还看到过欲侥幸非法涌入西班牙谋生的非洲人……他拍摄下这些流离失所之人的群像,让世界看到他们的生存样态,为时代和历史做证。

我钦佩像侯登科和萨尔加多这样的人,他们才真正配得上"摄影家"这个称号。那天下午,我一直在想,要是来古村落的,不是这帮轻佻的"摄鬼",而是侯登科或萨尔加多,他们看到眼前的这个老人时,会有怎样的反应。是冒犯地举起相机追新猎奇,还是放下相机,跟见到亲人般与老人以心换心地相处?

艺术从来都是抚慰伤害,而不是制造伤害的。

我再一次感到羞愧,在这个贫病交加的老人面前。天的确就要黑了,我只得起身准备离开。老人又说了句:"你能来看我,我很高兴。"刹那间,我的眼泪夺眶而出。好在屋里光线暗淡,老人没有看到我的忧伤。"我要走了,改天再来看你。"我背转身对老人说。"你能给我拍张照片吗?"他请求道。此话让我诧异和心酸。我愣怔半天,才掏出相机,拍下了那天唯一一张照片。老人努力挤出笑容,那笑容是那样僵硬,又是那样自然。"等我将照片打印出来,一定给你送来。"我说。"不急,在我死之前送来就行。"老人回答。继而,他补充道:"要是哪天我女儿回来了,但愿她能看到这张照片。我要让她知道,我和她妈找了她一辈子,我们尽力了。"

我一个人骑着自行车,在黑夜中摸索前行。我备有头套电筒,但不想开光。每个人都有自己的夜路要走,重要的是找准方向。

灵魂遗物

　　假使记忆有颜色，它应该是黄色或紫色呢，还是白色或黑色呢？这我也不知道。我唯一知道的是，这篇文章来自众多人的记忆，却独出于一个人的现实。当现实与记忆相遇，它所呈示出来的颜色将不再是单色的，而是一种混合色，朦胧、混沌，像夜幕下的光晕，只能让人看见斑驳的碎影，不能看见明晰的整体。因为，真正适合讲述这个故事的人，已经死去。我不过是替死者在修复他生前的记忆，以使其尚继续活在人世的亲人不至于那么痛苦，从而获得些许宽慰和勇气罢了。当然，作为读者，你们也可以选择不看不听，毕竟，这个故事太罕见了，估计永远也不会发生在你们身上。但是，世事无常，谁又能担保这样的故事，不会在任何一个人身上发生呢？

　　最先浮出记忆水面的，是一根纤细的绳子。确切地说，也不是绳子，而是一根线——手机充电线。现在，它正被我的朋友李红紧紧地拽在手里，成为一件"灵魂遗物"。事情都过去半年时间了，李红还是无法从那恐怖、暗黑和苦痛的深渊中挣扎出来。她越来越沉默、孤僻，将自己彻底封闭起来，似乎连阳光、空气和水也不再需要。她已然失去了追问活着意义的兴趣。三个月之前，她还会流泪，白天和夜晚都流。如今，是泪也不会流了。倒不是她的泪水已经流干，而是她清楚地意识到，即使流再多的泪，也不能将死流成活。

我和友人们都很同情李红的遭遇，也替她感到惋惜和伤怀。毕竟她今年才三十七岁，正值一个女人的花样年华，大家都不忍心见她凋零和枯萎。可我们又有什么办法呢，每个生命都有自己的劫难，谁也逃避不了。只是李红的劫难太大了，大得足以让她失去对生的信念。

还是从那根线说起吧。

半年前的一个周末，身为一名护士的李红，从医院上完夜班回家，清晨的薄雾裹着街道两旁的行道树，有一种冷寂之感。秋越来越深了，街边除了几个晨跑的人，再就是几个挑着蔬菜进城兜售的农妇。李红在街边的早餐店买了几根油条和两杯豆浆，眨着疲惫的眼睛，没精打采地朝家赶。她念初中的儿子李玉青还在家中，她想跟他共进早餐。自从离婚后，她觉得亏欠孩子太多了。她的职业不允许她匀出更多的时间陪伴孩子，好在孩子从不抱怨，生活很独立。孩子的父亲是个企业老板，每个月会按时给他的卡上打一笔钱，确保他能正常学习和生活。但是李红明显觉察到，她的孩子并不快乐，平素总是沉默寡言。回到家，不是躲进房间玩手机，就是躺在床上睡大觉，从不跟人接触和交流。李红有次专门请了年假，试图带孩子出去旅行，竟然遭到他的强烈拒绝。万般无奈之下，她还曾偷偷带孩子去看过心理医生，结果整整一个月，孩子都不理她。她已经不知道该怎么跟孩子相处，日子实在是太压抑了。为这事，她背地里不知哭过多少次，还学会了抽烟。她的孩子肯定不知道，许多个深夜，在他熟睡后，他的母亲都是独自端把椅子，在客厅的阳台上坐待天亮的。第二天，还得掩藏倦意，故意露出笑脸，尽力给孩子营造一个轻松的家庭氛围。李红想，也许等孩子再长大一点，上高中或大学就好了。到那时，她也就解脱了。

　　然而，她的儿子没有给她这个解脱的机会。那天清晨，李红提着热乎乎的早餐打开房门时，却并不见李玉青的身影。跑去卧室查看，李玉青的外衣外裤还挂在衣架上，拖鞋也摆放在床前，手机也在床头柜上放着。李红以为儿子在上厕所，大喊几声，没人应。去卫生间推门，空无一人。李红慌神了，拿起手机跟前夫打电话，前夫也说孩子没去他处。情急之下，她只能选择报警。当警察匆匆赶来时，李红已经晕死过去。

　　谁也不曾料到，就在李红提着早餐回家的路上，李玉青已经躲在卧室的衣柜里，将手机充电线缠在横杠上，勒死了自己。李红无法接受这个结局，她想不通，孩子为何要这么做。他算好了母亲回来的时间，他不想给母亲见最后一面的机会。他是要以这种方式来惩罚他母亲和父亲，还是惩罚他自己？也许，他谁都不想惩罚，只是他太累了，想去一个再也没人可以找到的安静之地休息一下，换个活法。

　　李玉青的手机微信钱包里，还有两万多块钱的余额。李玉青的微信通讯录里，仅有两个好友，一个是睡他上铺的同学，一个是他的班主任。

　　李红说："也许这个孩子原本就不属于我。"她说这话时，我就坐在她身旁。她手里捧着的那杯红茶，在橘色灯光的照射下发出血红的光。我深知李红的悲伤，故意说些跟死亡无关的话题，以转移她的注意力。谁知李红接着说："我原以为，生下这个孩子，他就命定是我的。可后来我才发现，我生下的并不是一个人，而是一个梦想，一团欲望，一个恶果。不然，我倾尽全力，用善去呵护和浇灌他，他不会以死来回报我，这太残忍了。"

　　我不清楚李红到底经历了什么，只多次听她说，她恨自己的前夫。

在各种场合，李红都曾诅咒她的前夫人面兽心，冷酷无情，言语中充满了硝烟，恨不得将她前夫碎尸万段。可她前夫我是见过的，身材高挑，浓眉大眼，待人温和厚道、彬彬有礼，给人的感觉，是一个有涵养的谦谦君子，并非如李红骂的那样虚伪和阴险，除非我看到的都是假象。倘若真如此，那婚姻莫非的确是一个牢笼，站在牢笼外面的人和蹲在牢笼里面的人，看到的是绝对不同的两种风景？

窗外彤云密布，风飒飒地吹刮着树木和挂在窗棂上的风铎。我能感受到李红内心的焦躁，她点燃一支烟，用力吸了两口，吐出的烟圈瞬间被风卷跑。我起身将窗户关严，希望她能平复心绪。良久，我试探性地问她："你前夫究竟做了什么事情，使你如此记恨他？"李红没有抬头看我，滴落的眼泪打湿了地上的烟灰。我突然意识到此话问得欠妥，欲借故离去。刚转身，李红睁大布满血丝的眼睛望着我说："你别走。"我迟疑了一下，只好复又坐下来，看她点燃第二支烟。

"李玉青的死，他是负有责任的。"李红说。这一句，使她打开了话匣子。窗外的骤雨噼噼啪啪击打着窗玻璃，也击打着李红那颗如玻璃般易碎的心。在李红长达三个半小时的倾诉中，我约略了解到她之所以仇恨她前夫的原因。

时间回放到十四年前，李红产下孩子的第二天，她前夫就离开了他，搬去另一套房子居住，将她们母子俩遗弃在医院。李红说，她那会儿死的心都有。要不是看在孩子的分儿上，她早就去了阴曹地府，永世不再投胎做人。若非李红的母亲，每天拖着老迈的身躯任劳任怨地悉心照顾她，给她一丝稀薄的温暖，她真的觉得活着毫无意义，内心的耻辱感像大石头般压得她喘不过气。

李红深知此事让母亲蒙羞，也让自己蒙羞。她跟丈夫结婚时，她母亲是极力反对的，要不是她以死相逼终使母亲屈服，自己也不可能成功步入婚姻的殿堂。她母亲当时反对的理由，是李红找的这个男人比她大十几岁，又离异，还带着一个孩子，而李红则是一个黄花闺女。借她母亲的话说，这是一朵鲜花插在牛粪上。可李红就是喜欢这个男人，认为他成熟、稳重，有事业心和责任感。李红结婚后，这个男人委实也让她感到安全和踏实，不但让她衣食无忧，还对她百般疼爱。直到临产前，李红都对自己的丈夫赞誉有加，觉得自己这辈子总算找到了如意的男人。

只是李红的母亲，一直对女儿的婚姻持悲观态度，对女婿也不冷不热，形同外人。李红每次领着丈夫去看母亲，任凭丈夫表现得多么热情和孝顺，母亲的脸上都没有过笑容。李红的丈夫知道岳母厌恶他，但为维持婚姻关系不破裂，只好忍气吞声。李红觉察到丈夫心中的苦闷和怨气，渐渐地，她就很少带丈夫去看望母亲了，大多数时间，都是一个人去。

有一次，李红很认真地问母亲："妈，我跟他已经是合法夫妻了，你咋还对他不满，抱有成见呢？"母亲佯装平静地说："我对他没有成见啊，你们好就好。"李红明白母亲的言不由衷，但也不戳破，她怕跟母亲再次撕破脸皮。在这个世界上，母亲可是她唯一有血缘关系的亲人了。

几年前，我曾听李红讲过她母亲的事。她母亲没有固定工作，先后开过杂货店和缝纫店，还卖过水产和猪饲料，整天都在为生计奔波。在李红的记忆中，母亲从来没有过闲暇，总是起早贪黑，也很少管她。但她父亲非常疼爱她母亲。她父亲在县法院上班。每天下班后，父亲做的第一件事，就是买菜做饭，等母亲回来吃。吃完饭，父亲还会给母亲捶肩膀，烧洗脚水。那时李红正念小学，每当看见父亲为母亲做这一切，幸福的潮水都会在她的心中荡漾。无疑，父亲为李红树立了榜样。

可转眼间，这个榜样就坍塌了。李红上初一头学期的一个周末，她回家后看见母亲坐在椅子上泣不成声，父亲则坐在一侧抽闷烟。她当时就吓着了，不知发生了什么事。问父亲，父亲缄口不答；问母亲，母亲沉默不语。一种不祥和恐惧的气氛笼罩着他们家。第二天，李红早早地起床，懂事地做了一顿早餐，等父母笑逐颜开地过来吃饭。谁知，她等来的，却是一个令人悲痛的消息——她的父母要离婚了。

李红承受不了这突然来袭的打击，她长久地跪在父母面前，请求他们看在自己的分儿上，不要离异。她的母亲无奈地抱住她痛哭，她的父亲则板着脸，态度十分坚决。李红已经知晓，是她父亲提出离婚的，说他很压抑，他跟妻子的婚姻早已名存实亡，只剩亲情在维系。其实，李红早就发现，虽然父亲对母亲很好，但他们早就开始分床睡觉了。那时，李红还不能完全理解大人们的感情，也阻止不了大人们的决定。在苦苦哀求之后，她父母到底还是分道扬镳，成了陌路人。

只是，在父母离婚之后，李红才真正搞清楚，他父亲早就跟另外一名女性纠缠在了一起。那位女性李红见过一次，长得比她母亲漂亮，也比她母亲年轻。据说，这位女性是一桩案件的被告，她父亲是案件的主审法官，两人因此结缘，并产生感情。李红曾几度想向父亲求证此事的真假，终究还是放弃了。她觉得，事情既然走到那一步，是真是假又有什么意义呢？但自此，李红开始恨父亲，她认定是父亲辜负和背叛了母亲，她拒绝再与父亲见面。直到前年她父亲去世，李红才被迫出面处理父亲的后事。当她见到躺在棺材里的父亲遗容时，忍不住号啕大哭。她父亲的第二任妻子和她同父异母的妹妹，就站在旁边愣愣地看着她，不知道她到底是在哭父亲，还是在哭自己，抑或哭已成烟云的往事、悲伤和宽宥。

李红很希望母亲能出现在父亲的葬礼上，遗憾的是，直至她父亲入土，她母亲都没有现身。她理解母亲，可她不能强迫母亲。她深知离婚后的母亲，一直在期待她父亲回心转意，直到父亲跟她的现任妻子生了孩子，母亲才彻底绝望了。李红的母亲本想独孤到老，后经李红百般劝解，才同意跟一个丧偶的男人重新组合成家庭。

母亲有了新家后，李红更是感觉自己成了"孤儿"。每逢放假，她哪儿都不想去，只想在寝室里待着。当其他同学都回家去与父母团聚了，她自己却不知道该去哪里。她的情感得不到寄托，心灵得不到安放，仿佛这个世界将她抛弃了。焦虑、自卑、孤独和迷惘，编织成一张无形的巨大黑布，将她死死包裹住，她成了一个有家不能回的游子。这种感觉时刻缠绕着她，待她卫校毕业参加工作，都没有消散。

或许正是有前车之鉴和切肤之痛，李红的母亲当初才会那样反对她的婚姻，她不愿自己的悲剧再次在女儿身上重演。李红到底还是年轻，结婚时没有听从母亲的劝告，陷在爱情的泥潭里不能自拔。若不是她丈夫的行为使她警醒，她依然活在自己制造的童话里，做着天使的梦。

李红说，她丈夫遗弃他们后，她也曾像母亲当年期待父亲回心转意般，期待自己的丈夫能回心转意。甚至她还哀求过、哭诉过，像奴隶希求奴隶主一样。可她丈夫就是心冷，软硬不吃，哪怕李红要跟他对簿公堂，他也丝毫不惧。不得已，李红痛定思痛，主动提出跟丈夫离婚，只求他能定期支付孩子的抚养费。她想，从今往后就是天塌下来，她也会坚强地苦撑，把孩子抚养成人，不让其遭受一丝一毫的伤害。

李红是我堂姐的表妹，初中三年，我们三人是同窗，也是相互最信任的朋友。虽然各自成家后，都很少联系，但仅凭这交情，她儿子李玉青自尽那天，说什么我都应该赶去现场，帮她处理善后事宜。可偏巧那天我不在，跟着一帮无聊的文人，去一个无聊的地方，干无聊的事情去了。待我从外地回来，她儿子已经火化。

我总在琢磨如何才能帮助李红从失子的悲痛中走出来，可事实证明，无论我做什么，都无法稀释她的悲痛。她的身体一天不如一天，脸色苍白，嘴唇发紫，精神恍恍惚惚，魂魄好似脱离了她的肉体。医院领导见她萎靡不振的样子，担心工作出错，给单位制造麻烦，准许她休假，在家调整一段时间。李红基本足不出户，清早起来，就跑去阳台上呆坐，手里拿着那根葬送掉儿子的手机充电线，在自己的脖子上晃来晃去。我怕她想不开，经常抽空去看她。她见了我，也不说话，只一支接一支地抽烟。我自知帮不了她，我所能做的，不过是陪她坐坐。

生活永远不能给人以完整，这不完整有时是一种酷刑，有时是一种炼狱，牵引着人走向自身的劫运。我想，李红经得起这劫运的折磨吗？一切都不确定，一切都是未知。那么，索性留给时间吧，也唯有时间才是任何创伤和灾难的良药。

这样想过之后，我去看李红的次数逐渐减少。她需要一个安静的空间，需要在这个安静的空间里，让泪水浸泡，让痛苦淘洗。否则，她很难使滴血的伤口愈合，很难完成自我的重生。

果不其然，在一个飘着微雨的黄昏，李红给我打来电话，希望我明天能陪她去见一个人。我问见谁，李红说："我儿子的班主任。"我这才想起，那是李玉青两个微信好友中的其中一个。李红说，她思忖了许久，觉得有必要去见见这位女老师。她曾跟这位老师打过两次照面，一次是送李玉青去报名，一次是去开家长会，但都未及深聊。她相信，可以从这位老师的口中，了解到儿子的死亡隐情。

我没有犹豫，答应了李红的请求。作为一个母亲，待到儿子死后，才想到去真正了解儿子，这看似很荒诞，却是中国许多家庭的现实。李红说，她之前只知道给儿子洗衣、做饭，要求他这样，要求他那样，不是送他去学美术和书法，就是送他去学钢琴和口才。她跟众多家长的想法一致，不希望孩子输在起跑线上，总盼望着他能出类拔萃，光耀门楣，替她争气，洗刷掉烙在她身上的耻辱。谁知，在儿子离世后，她才猛然醒悟，自己根本不了解儿子，从来没有走进过他的心灵和精神世界，更没有设身处地去理解和感受他的喜怒哀乐。

她第一次感到自责和忏悔，意识到自己是个不合格的母亲。她将孩子变成了满足自我私欲的工具，还美其名曰在无私奉献，在呕心沥血。她为自己吐出的一长串冠冕堂皇的母爱口号感到可憎。人人都心知肚明这个社会竞争的残酷，但孩子并不是为父母脸上贴金的试验品或牺牲品，他有权选择自己的道路。我们在渴望一个孩子成功的同时，也应该允许和尊重一个孩子的失败。因为，这个社会扭曲的价值观异化了人的成长，把成功固化成一种模式——钱权并重，舍此，便统称为没出息。纵观历史，诸多成功人士，恰恰都有一个失败的人生。

李红悟透了这个道理，但已经晚了，她的孩子已经化为了尘埃。好在，她还愿意重新去了解儿子，盼望死去的儿子还能在自己的心中复活。

李玉青的班主任姓裴，教语文，是位气质优雅的女性，大约三十岁出头，待人热情、温润。她知道我们来找她的目的，将我们领去办公室，分别倒上一杯水，就坐下来跟我们聊天。可她刚开口说出李玉青三个字，便哽咽了，惹得李红也跟着抽泣。过了好一会儿，裴老师才继续她的说话。

在裴老师眼里，李玉青无疑是个出色的学生，可谓品学兼优，还是班上的语文科代表。他在学校从不乱花钱，把父母给他的钱都攒着，既不买零食，也不买衣服。裴老师唯一见他大方花钱的一次，是班上有个家境贫困的同学患重病，急需手术费，学校替她组织募捐活动。李玉青公开捐了一百元钱后，又偷偷找到裴老师，私下再捐赠了一千元。而且，他请求老师替他保密，他说自己是真心想捐，救人一命胜造七级浮屠。他不想其他人知道此事，以免不理解的同学和家长讥讽他炫富。

裘老师说到这里，再次哽咽。稍后，她接着述说李玉青的往事。她说李玉青很信任她，不但在学习上主动向她请教问题，周末还时常发微信同她探讨人生。有好几次，李玉青都在微信里言及生与死的话题，裘老师意识到李玉青提出的问题过于沉重，远远超出了他的年龄，便多次开导他，还想找机会将此情况跟李红沟通，可如今一切都来不及了。

我对裘老师谈到的一件事，印象特别深刻。她说李玉青除了跟她说话外，几乎不跟同学交往。课间十分钟，也不出教室活动，只顾埋头看书。他最喜欢看的课外书，是经典名著小说。至少有两次，在晚饭后的时间，裘老师都撞见他独自拿着一本小说，躲在校园东南角的木椅子上专注地阅读。而且，李玉青的数学和外语老师，都曾向裘老师反映，他在课堂上偷着看小说。裘老师也曾严厉地教育过他，他写的保证书还在裘老师的抽屉里放着。

裘老师说，李玉青是个早熟的孩子，性格孤僻，长期活在自己的世界里。他最忌讳的，是谈到自己的父母。脱口说出这句话时，裘老师意识到什么，故意降低了声音，朝李红看看。李红露出僵硬的笑容，说："没事，你请继续讲。"裘老师只好小心翼翼地说道，有一次，她请李玉青去办公室谈心，想问问他的家庭状况。当裘老师问及他的父亲为何不来看他时，李玉青面向墙壁，哭得稀里哗啦，把裘老师吓得赶紧岔开话题。

李红再也听不下去了，越听越觉得自己有罪。裘老师那天讲诉的事情，是她从来不知情的。李玉青在家中的表现，向来是那么阳光和乐观，仿佛丝毫没有过忧愁和痛苦。他对李红也很孝顺，言听计从，从不顶嘴。小区里的邻居，都以李玉青为榜样去教育自己家的孩子，这让李红打心眼里感到骄傲和自豪，但她竟然没有觉察到，李玉青为让她开心，一直在跟她演戏呢。

从裴老师的办公室出来，李红的脸上挂着霜打的表情。我知道她想哭，却死劲儿憋着。待她的脚刚跨出校门，眼泪就下来了，边哭边抽自己耳光。天空的细雨变成了中雨，我撑开伞递给她，不接，任凭雨水洗涤着自己，也洗涤着自己的悔恨和沮丧。

李红到底还是无法排遣丧子之痛，隔三岔五跑去他前夫的公司吵闹，要求还给她儿子，搞得公司全体员工议论纷纷，将之当成一个笑话四处传播。或许只有这样，李红才能出一口气，获得些许心理平衡和慰藉。

她前夫姓姜，人称姜总。有天中午，我正准备午休，突然接到姜总打来的电话，说想约我见个面。我不知所措，问有啥事，他说李红疯了，完全失去理智，搞得他没法在公司露面。他不想报警，考虑到我是李红最信任的朋友，欲请我去劝劝她。我思来想去，还是答应了。毕竟，我也不希望看到李红自此一蹶不振。那样，对他们两人都没有好处。李玉青已经死了，无论他们怎么闹腾，死去的人也不可能再复活。我唯愿他们都能好好地活着，才是对死者最好的安魂。

姜总约我见面那天，我没有告诉李红，也不敢告诉她。见面地点在他公司旁边一个临街的茶社，因是上午，茶社里并无多少茶客，只有几个老先生，摇着蒲扇在喝茶叙旧。姜总选择的座位靠窗，透过玻璃，能看见公路上往来如织的车流，以及公路之上飘移的云朵。我多年不见姜总了，他还是没变，快人快语，说话从不绕弯子。我刚落座，他便滔滔不绝地诉起苦来。

他说自己对李红问心无愧，还在她身上花费了大量钱财，没想到李红竟然对他恩将仇报，纠缠不休，非要将其置之死地而后快。"最毒不过妇人心啊！"姜总说。看得出，他情绪很激动，的确被李红折腾得够呛。我几次想插话，都没有机会。又过了好一阵，我实在不愿再听他唠叨，便强行打断他的话，问道："你既然如此疼李红，为何在她产后第二天转身而去呢？"不料这一问，却使姜总瞬间闭嘴，偏头望向窗外。天空上，先前的白云已经飘走了，只剩下一片苍蓝。俄顷，他喝了一口茶，说："我本来不想向任何人说出这个秘密的，今天既然你问及此事，那我不妨给你说一说。反正，我也没必要隐瞒什么了。"我听姜总此话另有玄机，只好埋头品茗，不再置喙。

紧接着，姜总的一番话，让我惊诧莫名。他说，他的生活原本很平静，只因认识李红后，被她搞得翻江倒海。那是在一次饭局上，他喝醉了酒，夜已深，同桌的其他人都散去了，唯独李红迟迟不愿离去，嚷着要送他回家。一阵狂吐过后，他已醉得不辨南北，瘫坐在路边。之后的事，他就记不住了。翌日醒来，他居然发现自己躺在宾馆的床上，李红赤身裸体睡在他旁侧。

即是从那天起，李红天天逼他离婚，还谎称自己怀孕了，要是姜总不依从她，她就去跳楼。姜总百般告饶，希求拿钱平息事端，可李红不吃这套，她要的是姜总这个人。反复威逼之下，姜总最终还是妥协了，果断跟妻子离婚。他的妻子同意将孩子留给他，但抽走了他三分之二的财产。

姜总离异后，李红不顾母亲的反对，迅速跟他去民政局办理了结婚手续。姜总见事已至此，也便巴心巴肠跟李红过日子，像女儿一般善待她。但半年时间不到，矛盾就发生了。李红天天盘算着要生个孩子，可她偏偏无法怀孕。那段时间，他们都在跑医院，几乎将市内市外专治不孕不育的医院跑了个遍。医生也查不出他们什么毛病，钱花了不少，药也吃了一大堆，结果仍是竹篮打水一场空。

李红的脾气越来越暴躁，动不动就摔碗砸家具，两人的感情很快出现裂痕。姜总见李红求子心切，在朋友的建议下，征得李红同意，带着她去医院做试管婴儿。可遗憾的是，两次卵泡培育都不成功。做一次试管，李红的身体都会被注射几十针药剂，在肉体和精神的双重折磨下，在一次又一次期望和失望的撕扯下，李红几近崩溃。

越得不到孩子，李红越想得到孩子。姜总劝她将自己跟前妻生的孩子好好抚养，将来会如亲生孩子般孝顺，可李红说那能一样吗？甚至，她还对姜总说，她准备找人代孕，价格都谈好了，八十万。幸而被姜总制止了，他对李红说："那是犯法，你知不知道，万不可铤而走险。"

求子的不如意，使李红患上了严重的抑郁症，她整夜整夜睡不着觉，每晚躺上床，都要在手机上播放助眠音乐。直到天都亮了，李红还大睁着眼睛。姜总也不敢再跟她同枕而眠，只好去另一间屋子睡觉。

蹊跷的是，一年后的某天夜里，李红主动跑去要求跟姜总同房。由于分开太久，姜总已然失去了跟她过夫妻生活的兴趣，为顾及李红的感受，他还是勉强尽了义务。又过了一段时间，李红兴奋地告诉姜总，自己怀孕了。姜总将信将疑，但见李红一天天鼓凸的肚皮，他又不得不信。

讲到这里，姜总再次偏头望向窗外，刚才飘逝的那朵白云，又出现在了蓝天上。他再次喝一口茶，又长舒一口气，摇摇头说："我知道，那个孩子不是我的。"我呆呆地看着他，良久，问道："你凭什么如此断定？"姜总轻蔑地笑笑，说："她产后，我多次要求领孩子去做亲子鉴定，都被她强硬拒绝了。"

我再次埋下头，盯着茶杯，不知道说什么好。姜总说："我理解孩子对于某些女性来说，意味着什么。故我念在跟她夫妻一场，同意按月支付孩子抚养费，已算是仁至义尽了。"

窗外，好一片喧嚣声。我们起身，离开茶社，融入滚滚红尘。

李红的精神状态实在太差。就在我写这篇文章十天前，她的母亲因病去世了。我和我堂姐，还有另外几个朋友，相约去参加她母亲的葬礼。我堂姐一见李红那面黄肌瘦的样子，就忍不住背转身落泪。要不是我提醒堂姐注意场合，不知她将怎样失态。我们都很怜悯李红，知道她生活不易。现在她母亲又离世，一个亲人都没有了，只剩她孤零零地活在这个炎凉人世。堂姐说，要是逢年过节，不知李红该有多么冷清和落寞，身边连个说话的人都没有。李红离婚后，堂姐曾劝她再婚，可李红死活不愿意。她跟堂姐说："婚姻都是靠不住的，男人也是靠不住的。"堂姐的回忆，让我想到那天在茶社里，姜总说过的另外一段话。他说："也许李红从来就不爱我，他设置陷阱让我入彀，并非是要一个婚姻，而是要一个家；她跟我在一起，也并非是要一个丈夫，而是要一个父亲和一个孩子。"

我始终在琢磨姜总说的这段话。倘若他所言不虚，倒也不是完全没有道理。李红从小缺爱，这使她一生都在恐惧中成长。大概真的只有家和孩子，才能让她感到安全和踏实。姜总给我讲诉的一切，让我看到另一个李红——一个让我既熟悉又陌生的李红。我的内心五味杂陈，但我又能说什么呢？我不可能去对李红进行道德评判。道德评判是容易的，也是轻浮的，难的是真正理解和宽容一个人——哪怕那个人已经臭名昭著，身败名裂。

或许正是这样，当我再次接到李红的电话，请我陪她去见另一个人时，我依旧爽快地答应了。我知道，她是要去见李玉青生前的室友——她儿子仅有的两个微信好友中唯一的同龄人。她渴望从这个孩子口中，能理出儿子弃世的蛛丝马迹。

这个孩子姓庞，长得跟李玉青酷似，以至李红一看见他，就呆住了，眼泪止不住地往下流。直到好半天过去，她才从幻觉中走出来，正视眼前的孩子。

庞同学成熟，也精明，他知道李红想了解什么，没等李红先开口，便兴致勃勃地聊起了跟李玉青有关的故事。孩子到底是孩子，尚不懂得生活的残酷，也不明白一个丧子母亲的痛楚，故他在讲起李玉青时，边讲边笑。我在一旁暗示他严肃点，被李红察觉。她说："没事，让孩子自由地讲。如今，我是多么希望李玉青也能跟我嬉皮笑脸地说话啊！"庞同学听李红如此说，立刻收敛了笑，俨然是一副成年人派头。

下午的天空阴沉沉的，没有一丝风，知了躲在路边的行道树上，长一声短一声地聒噪。庞同学耐着性子，给我们讲了许多他和李玉青之间的趣事。他说他们俩是"闺密"，谁也离不了谁。庞同学出生乡下，家中穷，有两个姐姐。大姐很早就没念书了，跟着父母去义乌打工。二姐在另一所学校上初三，学习很拼命，假期也不回家，留在城里勤工俭学。他周末回家，都是跟着爷爷奶奶生活。爷爷腿脚不灵便，奶奶有糖尿病，完成作业后，他都免不了要帮忙做些家务。李玉青去过他们家好几次，每次去，都要给庞同学的爷爷奶奶买两大包营养品。庞同学说，当他奶奶得知李玉青的死讯时，眼泪唰地就下来了，还连续几天晚上无法入眠，嘴里老念叨："这么好一个娃，怎么说没就没了，可惜啊！"李红听到这番话，忍不住失声痛哭。

庞同学说，李玉青除了看小说和电影外，最喜欢的事，就是去乡下玩耍。他喜欢融入自然，喜欢花草树木，喜欢在野湖里游泳。有一次，他去庞同学家，晚饭后，李玉青提出去河边走走。皎洁的月光笼罩着大地，蛐蛐在草丛中鸣叫。庞同学走前面，李玉青走后面，两人边走边聊天。聊着聊着，话题不知怎么就聊到了各自的父母。庞同学说，他已经三年没有见到自己的父母了，要是他们哪天突然回来，他可能都不认识他们了。庞同学还说，他其实挺想念父母的，他爱他们，又恨他们。爱他们为了家，远走天涯，靠体力养活全家；恨他们从来不打电话问候他，问候爷爷奶奶，仿佛他们都不存在似的。李玉青听庞同学说完，拍拍他的肩膀，说："跟我相比，你也许算幸运呢。"庞同学说："你这话什么意思，你父母又没外出务工。"李玉青沉默半晌，说："我虽然有父母，也相当于没有，我是个来历不明的人。"庞同学还想继续追问，一只萤火虫亮着黄色的尾灯，从他们眼前飞过，将他们的注意力牵走了。

李红听到"我是个来历不明的人"时，情绪顿时失控，站起来铁青着脸，气得两眼圆睁，把我和庞同学都搞蒙了。我见势不对，赶紧起身跟庞同学告辞，拉着李红匆匆离开。我们走出没多远，庞同学健步追上来，对李红说："阿姨，这部新手机是李玉青死前送给我的，还说给我充了一千块钱话费，嘱咐我要是想父母了，就给他们打电话。我一次都没用，我把它交给你吧。"李红凝视着手机，流着泪说："他既然送给你，你就留着做个纪念吧。"

这之后，李红好似变了一个人。她再也不去找姜总哭闹，每天除了上班，哪里都不去。我堂姐三番五次要带她出去散心，结果她连堂姐的面都不见了。她说："我知道你们是来看我笑话的。看吧，我让你们看，我本身就是个笑话。"李红越这么说，堂姐越不放心。她多次叮嘱我，如果有空，就常去看看李红。

堂姐说得没错，我们都应该常去看看李红。

她的抑郁症一日比一日严重，我担心哪一天，她连我也拒绝见了。

我最近一次去看她，是今年端午节。我提了几个粽子给她送去，敲了很久的门，她都不开。开了，也不叫我进屋。进了屋，也不叫我落座。落座后，也不跟我说话。她只默默地盯着窗户和窗户上挂着的风铎。我也不知道说什么好，我说什么都是多余。坐了近半个小时，我只得起身离去，好似我从来没有去过她那里。

　　堂姐说，李红的枕头底下，每夜都放着两样东西，一样是治疗抑郁的药物，一样是勒死李玉青的那根手机充电线。

舍斯托夫的往事

我不知道该不该把这个故事讲给你们听。

夜已然很深很深了，四周旷阔而静穆。那弯新月依旧高挂在苍穹，将清辉洒在一棵老树和一堵石墙上，朦胧中尽显凄寂。我点燃一支烟，望着昏沉的夜色，思绪如水波起伏。记忆不停地鞭笞我，丝毫不留血痕。唯有钻心的阵痛，敲骨吸髓地折磨着我的肉身和灵魂。一切都似已远去，却又那么清晰。往事一幕幕纷至沓来，让我忧惧不安。许多个黄夜，推窗独对屋外的风雨或星辰，我都想要逃离，躲到人世的边沿或角落去，像抛开时间、光和爱等虚幻的话题一样，不愿去触及问题的实质和核心。是我懦弱吗？无数次，我这样问天问地，也问自己。为何明明是一条没有脚的鱼，却偏偏梦想走到陆地上去赛跑；为何明明是一只没有翅膀的蜗牛，却偏偏梦想飞到天空上去搏击。难道，那些聚集在灯盏下翻转的小青虫，根本就不是在为梦想起舞，而分明是在扑火吗？

舍斯托夫说："假如您有了哪怕是芥粒大小的信仰，那么您将无所不能。"真的如此吗？凝视着这句当年你抄写在硬壳笔记本上送给我的临别赠言，我的内心五味杂陈。如果此话可信，那你为何终究还是背叛了自己的信仰，沦落到如今这步田地。当然，这也不能全怪你。那时我们都太年轻，好高骛远，无知无畏，做什么事都充满了激情，这从我们抄录的格言上可窥一斑。仍拿你我都热爱的舍斯托夫来举例，你曾摘录过他的这段话："信仰并且只有信仰，才能摆脱人的罪孽。信仰并且只有信仰，才能使人从必然性真理的支配之中脱离出来，而必然性真理掌握了人的知识是在他尝了禁树之果以后。只有信仰才能赋予人以勇敢无畏和力量，去正视死亡和疯狂，而不是优柔寡断地向它们顶礼膜拜。"而我摘录的，则是另外一句："只有当人看不到任何可能性时，人们才去信仰。"抄完后，我们彼此念给对方听，听得彼此都泪水涟涟，心潮澎湃。可那时，我们怎能理解透彻这位哲学家的话呢？更不会知道，舍斯托夫其实是个极端的怀疑主义者。

岁月倥偬，韶华易逝。二十几年后，当我坐在孤灯下，翻看泛黄纸页上小如蚂蚁般歪扭的钢笔字迹时，你教我如何不想你，想我们往昔所遭遇的点点滴滴——青春、奋斗、笨拙、热血、幼稚、凌辱、天真、羞耻……

记得我曾向你承诺过，倘若你今生能以信仰之力创造繁花似锦的前程，我定然会为你摆设一台庆功宴，大快朵颐，一醉方休；倘若你今生不能以信仰之力实现自己的梦想，我也会陪伴在你餐桌上的残羹冷炙旁，坐待天明，成为最后一个离席的人。

然而，你到底还是没有给我这个机会。这辈子，我恐怕再也无法兑现自己的承诺了。如今别说是共进一顿午餐或晚餐，就是见你一面都难。你我之间，相隔的不只是铁窗，还有理想与现实之间的鸿沟、怀疑与宽容之间的罅隙。我该怎样回溯过去的你，又该怎样梳理眼下的你呢？我好似听见舍斯托夫在说："不要讥笑，不要哭泣，不要诅咒，而要理解。"那么好吧，索性就让我以一个同窗的身份，试图去理解你，靠近你，深入你，剖析你，拥抱你，抚慰你。正如那个你所熟悉的名叫彭柏山的历劫之人所说："人，不能在顺境里认识人生。必须在痛苦中，在寂寞里，认识这纷繁的世界。"

一九九八年夏天的风，吹刮着记忆。临近放暑假了，老师都懒得再管我们。在他们眼中，我们不过是一群没出息的穷孩子，这恰好给了我们自由。一个周末，我约上几个臭味相投的同学，一起去你的家中玩耍。在那个懵懂的多幻想的年龄，我们都老想着到什么地方去。连头顶的一只鸟飞过，我们也渴望跟着它奔跑。你没有拒绝我的提议，只悄悄将我拉到旁边耳语，担心我们去后看到你那破败的家，会奚落和怜悯你。可你哪知道，其实我的家比你的家更破败，更寒酸，更千疮百孔。再说了，如果我们真是你想象的那类人，又怎么会走得那么近，简直形影不离。只有穷人的孩子，才要相互温暖和砥砺。你听完我的回答，凝重的脸上开出一朵笑靥。那笑靥至今让我难忘，就像有人第一次在我喝的苦水里加入了小勺白糖。

你的家跟我的家一样，坐落在一个库区，进出都得坐船。不同的是，我的家在半山腰上，过河后还要爬几十分钟的山路才能到达。你的家则在河岸旁，船抵岸即到。也就是说，我们都是在水边长大的孩子。水既是我们的摇篮，也是我们的道路。我每次回家或离家，舟行人移，都会浮想联翩。我把自己的遐想写在水上，变成一朵一朵的浪花，再去拍打一个少年人的梦想之涯。我从没问过你，当你在水面上往返的时候，也曾有过类似的心境吗？毕竟，我们穿过的，并非同一条河流。

故我们坐船去你家的那天下午，一种熟悉的场景扑面而来，让我感觉去的并不是你的家，而是我自己的家。我坐在船头，任凭风撩起我长长的头发，不说一句话。你知道，我是厌倦回家的。只有其余几个从未坐过船的同学，显得兴奋异常。伸手掬起河水洒向空中，水珠落在你的脸颊上，感觉像是流出来的泪滴。艄公是个上了年纪的人，对几个孩童的玩水视而不见，一副心事重重的样子。他的任务是将我们撑过河，至于我们要去哪里，他丝毫不关心。河负载着船，船负载着我们，我们又负载着我们的迷茫和忧愁。

约莫半个小时后，船靠岸了。随行的同学都还没坐够，赖着不想起身。那个艄公也不催促，装上一锅叶子烟点燃，慢慢地抽，眼睛直溜溜地盯着我们，像盯着年轻时的他自己。天气依旧闷热，太阳似一个火球，悬在山巅之上。你率先跳下船，将缆绳拴牢，暗示同学们下船。这时，从岸边的菜地里跑过来一个男人，帮我们稳住船头，却不说话。你低头朝那男人喊了句："伯伯，你去忙你的。"那个男人咧嘴笑笑，傻傻地走开了。同学们都已看出来，你喊伯伯的这个男人是个哑巴，头脑似乎也不大正常，但大家都心照不宣，故意不去触碰敏感的话题。可你的脸上还是露出了尴尬，你并不想同学们看到眼前的这一幕，更不想掀开遮挡你隐秘家族史的那一角布帘。你领着同学们在一条窄窄的田坎上走着，你的伯伯在菜地里望着我们呵呵地笑。田坎的尽头，就是你的家。一座青瓦房落满了竹叶，石板泥墙也早已斑驳，一群小鸡和几只鸭子在院坝里啄食，圈里的三头猪，将头放在栅栏上，哼哼唧唧，在偷偷地打量我们这几个陌生人。你搬出凳子，招呼我们落座后，便张罗着准备做夜饭。或许是你的父亲听到屋外的谈话声，拄着拐棍走出来，说道："小琴回来了。"你嗯了一声，回答："爸爸，他们是我的同学，来我们家玩儿。"你父亲立刻热情地说："哎呀，欢迎欢迎，我们家穷，大家千万不要见笑。"我们都异口同声地问候："叔叔好。"同学们面面相觑，都不知道你父亲怎么了。他看上去很苍老，有着一张饱经风霜的脸孔。可以肯定的是，他的腿不好，腰也挺不直，几乎要扶着墙才能缓步行走。我们意识到了什么，也窥探到了什么，但谁都不挑破，只嚷着要帮忙烧火做饭。

你刚拴上围裙，你母亲和妹妹就干活回来了。你母亲背着一捆干柴，妹妹背着一筐红薯藤，两个人的额头都在淌汗。你母亲性格开朗，背虽驼得厉害，但明显比你父亲精干，她一见到我们就对你吼道："你这妹崽，有同学来也不事先说一声，连个准备都没有。"我们都喜笑颜开地喊："娘娘好，不用准备，我们都是自家人。"唯独你妹妹始终沉默着，连跟你也不打声招呼，放下背筐，洗净手，就躲进房间里去了。你母亲几次叫她出来择菜，她也不搭理。只听你对母亲说："妈，她不出来就算了，别逼迫她。"

那天的晚餐真是让人难忘。你母亲拿出鸡蛋，取下腊肉，做了满满一桌子菜，跟过年似的。她的厨艺很好，做的饭菜浓香诱人，同学们都赞不绝口。席间，我们边吃边聊天，你父亲估计很久没那么开心了，不停地喝酒。还劝我们也喝，同学们都推杯。我怕你父亲扫兴，率先倒了一小杯酒，陪他喝。酒过三巡，大概是受到气氛的感染，你和其他同学居然也倒上满满一杯酒，喝起来。那是你第一次喝酒，你和另一个女同学呛得眼泪都出来了。谈笑间，你妹妹仍是沉默寡言，也不上桌，无论大家怎么劝，她还是坚持夹点菜，站到旁侧去吃饭。她只愿意活在自己的世界里，仿佛她之外的一切，都是不存在的，给人的感觉，就是一个人间出逃者。还有你那个伯伯，他一个人住在左边的两间破房里，吃饭时，随便你们怎么叫他，也不来吃，孤孤单单地坐在屋檐下，守着黑夜。即便你后来铲一碗肉给他端去，他也是迟疑了半天才勉强接下。我们每个人嘴上虽然都在说着轻松的话语，可心里都在暗自揣测，你们家族到底经历了怎样的劫难。怪不得在我们出发前，你要将我叫到旁边耳语。你其实是不想让我们来你家的，你忌讳我们知道你生存的真相，你不希望我们剥下你尊严的外衣。可是，你又是一个重情重义的人，是那种有人想借一张皮，你连骨头也会砸碎给他的那种女子。在友情面前，你屈服了。你很珍惜同学们之间的情谊，那或许是你当时唯一可以感受到的人世光亮和温暖，故你才鼓起勇气将伤口裸露给我们看。在友情和隐私之间，你选择了友情。

那餐饭，吃得很久，同学们个个喝得微醺，以致你母亲收拾完碗筷，跟你父亲入睡了，我们还坐在院坝里，望着天上的月亮自说自话，像是一群幻梦中的小孩。也不知道是谁兴起，提议去划夜船，大家都跟着附议，你也壮着酒胆，竟然同意了。于是，我们亦步亦趋走到河边，上了你邻居家的一条木船。我和你都是划船的能手，我们合力将船朝河中心划，不会划船的同学就盘腿坐在舱中，看我们晃动的身影。月光照在夜晚的水面上，分外宁静。河流两边的山峰奇怪而高耸，黑压压形成一道屏障，将我们夹住。雾气从河面上升起，氤氲朦胧。整个天地都沉寂了，我们好似处于创世之前的混沌里，又似处于宇宙蛮荒中的水上。时间失去了刻度，我们都感觉融入了永恒。当船划到河流中心位置时，我们都放下了桨，任凭船儿在水上漂浮。它愿意怎么漂就怎么漂，反正我们早已忘记来路，也不追问去路。就在大家被静寂包裹得昏昏欲睡时，你竟嘤嘤地抽泣起来。同学们都慌了，瞬间从微醺状态中清醒过来，急切地问你怎么了，你却说不出一句完整的话。只有月亮照着你，也照着你的泪花。过了好一阵，待情绪渐渐平复，你到底还是向大家倾诉了压在你心底多年的秘密。那秘密像一根一根带刺的藤条，既抽打着我们每一个人的心，也抽打着一个漫长难熬的夏夜。

话题从你妹妹讲起，你说她只比你小两岁。也是一个暑假，也是一个溽热天，你的大舅去世了，你跟随父母前去吊丧。你妹妹那天感冒发烧，只能留在家中，交由你伯伯看管。你伯伯天生哑巴，智力又有障碍。你母亲本不放心将女儿嘱托给他，可你父亲说没问题。无奈之下，你母亲也只好听从你父亲的安排，匆匆忙忙地领着你出发了。谁知，你们翌日返回家中，发现妹妹像变了一个人。神情呆滞，浑身哆嗦。你父母以为她感冒加重了，要带她去乡上看医生，你伯伯偏出来阻挠。他的脸上和手上都是血痕，门牙也掉了一颗。你父亲意识到事情不妙，问你妹妹发生了什么事，她只是哭，不敢说话。直到第三天，你们才知晓真相——你妹妹被村里的一个恶棍诱奸了，她那时才上小学六年级。那个恶棍盯准了你们家中无人，又知道你伯伯的状况，才斗胆跑去你们家作恶。当你伯伯看到你妹妹颤抖着身子从房后的柴堆里出来，觉察到侄女遭受了欺辱，扑过去要与那个恶棍拼命，不想反被恶棍打得落花流水。

你父亲不服气，跟你伯伯一样，决心去找恶棍讨回公道，将其绳之以法，岂料却被对方打折了腿。你父亲又去乡派出所报案，等来的结果是反被恶棍倒打一耙，诬陷是你伯伯凌辱了你妹妹，他那天正好路过你们家，见义勇为将你妹妹救下，骂你们不识好歹。你们之后才听说，那个恶棍有个在县城为官的亲戚暗中保护，他才有恃无恐，平安无事。你父亲多次进城上访，仍是失望而返。加之他左腿被打残废，行动不便，时间长了，也就失去了继续为女儿讨回公道的信心。

从那时起，你们家就笼罩上了一层阴影。你母亲原本性格泼辣，反复受挫之后，也变得胆小如鼠。你伯伯也一天比一天忧郁，可能是他觉得对不住你妹妹，也对不住你们家，才不敢踏入你们家半步，一个人过着清苦日子。你妹妹呢，很长一段时间都不敢去上学，每晚跟你躺在同一张床上睡觉，都把你搂得紧紧的，还经常在你耳边说："姐姐，我怕。姐姐，我怕。"只要听到妹妹说这话，你就忍不住泪水长流。你恨自己，没有力量去为妹妹伸冤；也恨生为底层人的渺小和懦弱，不敢去挑战和对抗强权。你们一家人都在忍气吞声。长久以来，你都觉得遭强暴的不是你妹妹，而是你。你妹妹所承受的伤痛和屈辱，也是你们一家人共同在承受的伤痛和屈辱。

河流无声，静夜无言。你的倾诉，听得同学们毛骨悚然。我们的内心都在燃旺一团火，既不知道该怎么安慰你，也不知道能够为你做点什么。说到最后，你还不忘恳请我们，务必替你们家保守这个耻辱的秘密。那晚，我们都哭了。月光照着我们，也照着我们的哭声。

从你们家返校没几天，你给我写了一封长长的信。在信中，你告诉我，自己一定要发奋读书，将来一定要出人头地。你不但要带你妹妹远走高飞，修复她所遭受的创伤，还要将你的父母带离那个落后的小山村，去一个没有人认识你们的地方生活。一句话，你要为你们家修一条路——一条没有荆棘、没有坎坷、没有泥淖、没有崎岖的幸福之路。

舍斯托夫说："真和善，对于有局限的生物，对于被逐出天堂的人，都是'禁树'上的果实。我知道，在地球上实现没有真和善的自由的理想是不可能的，确切些说，也是不需要的。然而，却给了人以这种自由的预感。"二〇二一年冬天，当我见到你从看守所寄出来的信件时，我的脑海里立马浮现出这段话。信是你妹妹捎来的，你让她来找我，希望我能帮帮你。这是时隔二十三年后，我再次见到你妹妹。她虽然比你年轻，感觉却比你苍老。你妹妹依旧木讷，脸上挂着冰霜，但我能看出她内心的焦急，泪花明明在眼眶中打转，却强忍住不掉落。我向她询问你的情况，到底因何被捕，她支支吾吾，说了半天也没说清楚。我大概知道你是非法吸收公众存款，还有可能被定性为诈骗罪。你妹妹说，你的事轰动了整座小城，牵涉一百多人，其中半数以上都是有头有面的人物，涉案金额达六千万人民币。我听后，傻眼了。我不敢相信这是真的，你一个小女子，一个在我眼中有正气、有追求、有底线的女人，怎么会干这种事，可事实让我不得不信。

你妹妹说，她快被逼疯了。为救你，她卖了房，卖了车，如今已是走投无路。她还说，在这个世界上，唯有你最心疼她。就在被捕前，你还给她买了几万块钱的皮衣。如果可能，她愿意用她的命换你的命。我知道，你从来没有放弃修复你妹妹从小遭受的心灵创伤。但我不知该怎样安慰她，也不知该怎样帮你们。你不会不明白，很多事情，人是爱莫能助的。即便是神，也无济于事。但我还是要感谢你，在危难关头能够想到我，这充分证明我在你心中的地位。可我又纳闷，你既然那么信任我，为何在你被捕之前，从不向我透露你的半点秘密呢？

的确，最近这几年，你都是人们街谈巷议的风云女性。至少在我们家乡那座城市，很少有人不知道你，以至于我都不敢靠近你，躲得远远的，再不像从前那样亲切自然地相处。我深知我们已经不是一类人了。偶尔，在孤独寂寞之时，我也曾想过拨打你的手机，约你出来喝杯茶或吃顿饭，聊聊往昔的光阴、内心的失落和无法排遣的空虚，后来还是放弃了。因为有过几次，我拨通你的手机后，你都在忙，不是跟某个领导在饭局上，就是跟某个老板在酒吧里。再后来，我还时常在新闻上看到你，诸如车行开业的剪彩仪式上、商会的表彰年会上、妇联的慈善捐赠大会上……

每次看到关于你的消息，我都会盯着照片凝视良久。你的气质越来越优雅，形象越来越靓丽，笑容越来越灿烂，变得我都快认不出来了。我想，那就是你梦寐以求的生活，你终于摆脱了苦难对你造成的影响，迎来了属于你的王者荣耀。我总以为，从此，你的人生将青云直上，接受所有人的祝福和艳羡了。哪承想，转瞬之间，你竟从天堂堕入地狱。

我问你妹妹，为何那一大批从你手上捞取油水的人都不向你施以援手，她沉默半晌后说："我现在才懂得，什么叫'树倒猢狲散，墙倒众人推'。"在你出事的第二天，围着你转的所有人都作鸟兽散。尤其那些有官职的人，更是像避瘟神般远离你，想尽一切办法试图跟你撇清关系，以免惹火烧身，官位不保。而那些民间的投资人，都担心钱无法收回，纷纷商议如何才能止损，哪管你是死是活。

你妹妹六神无主，说身边已经没有一个可以拿主意的人。要不是你在写给她的信中提及我，她也不会想到跑来见我。她说自从你被捕之后，隔三岔五有人去找她，告知她只要给钱，他们准有把握将你从看守所放出来。来找她的人中，全是各路自诩神通广大的能人，个个都说自己后台硬，还列举出不少成功案例。你妹妹救人心切，蠢蠢欲动，而且已在想法筹钱了，她想为你拼死一搏。她只能以这种方式来爱你，回报你。若她晚来找我一天，极有可能造成惨重损失。

我自知帮不了你，会辜负你的信任。我唯一能做的，或许就是劝你妹妹冷静，不要错上加错。我也不敢保证你妹妹会听我的劝，毕竟她在局中，我在局外，我不能替她去做决定。你妹妹离开的时候，是流着泪走的。她跟我讲，她现在除了担心你，还要担心你父母，更要担心你儿子。你父母就生了你们姐妹俩，你出事后，他们整天住在乡下你替他们修建的独栋小楼里以泪洗面，夜不能寐。你儿子还在上初二，那天他在律师的带领下来看守所探视你后，多次问你妹妹她妈妈是不是坏人。任凭你妹妹怎么解释，他都郁郁寡欢，将信将疑，还出现厌学情绪，不想去校园，怕在同学面前抬不起头。

你妹妹正忧心该如何面对今后的生活。看着她远去的背影，我心中百感交集。舍斯托夫说："我们的全部基础都坍塌在永恒的上帝面前，我们的全部根基也都瓦解，如同无限空间中的物体——这我们已经知道——失去了自己的重心，在无限时间上——这我们大概随时可知——失去了自己的不可入性。"

一九九九年春天的风，吹刮着记忆。眼看就要毕业了，你却突然离开了学校，成了一名肄业生，我们都替你感到惋惜。同学们都不知道你去了哪里，大家都在猜测，有人说你去了东莞，有人说你去了福建，还有人说你去了香港。毕业典礼那天晚上，我跟同去过你家的几个同学，偷偷买了十瓶啤酒、数袋瓜子和花生，跑去教学楼顶看星星。夜风撩起我们的衣衫，也撩起我们青春的思绪。那晚，我们谈了许多话题。我们谈童年趣事，也谈同窗趣闻，还谈舍斯托夫。最后，我们自然免不了谈到你。大伙儿都觉得，要是当时有你在，那该多么好，说不定天上的星星都会明亮几分。谈着谈着，我们都泪如雨下。

同学们都以为，你是因得罪了那个令人恶心的班主任而被开除的。那个老师，我们早就想揍他了，一直缺乏勇气。他经常借故将女生叫去他的办公室，动手动脚。班上的每个女生，都对他恨之入骨。但碍于师道尊严，敢怒不敢言。唯独你，多次对他提出过警告。诚然，他也警告过你，说如果你敢举报他，他就会让你无法毕业。有一次上班会课，那个老师色心又起，他随便找了个理由，要跟全班每个同学握手。其实大家心里都清楚，他是想跟女生有肢体接触，才导演了这出戏。当他依序要跟你握手时，你猛地站起身，甩手给了他一个耳光，还骂了一句："流氓。"那个老师呆头愣脑，不知所措。瞬间，教室里爆发出一阵热烈的掌声。这事过后没多久，你就没来上学了。

直到多年以后，我才真正搞清楚，你弃学并非跟那个老师有关，而是跟你死去的伯伯有关。自从你妹妹遭受凌辱后，他就处于深深的愧疚之中。他觉得是自己没有照看好你妹妹，才发生了那样的悲剧。他不敢直面你们一家人。你曾安慰过你伯伯，说此事不全怪他，让他不要太自责。但他只是流泪和摇头，握紧的拳头能捏出水。你心里明了，你伯伯虽然是个智障者，乡邻不但瞧不起他，还时常调侃、揶揄他，可他的心理却比许多人都要健康。这个世道即是如此，强者永远不忘从弱者身上去寻求刺激和快慰，却又永远在比自己更强者面前奴颜婢膝和摇尾乞怜。你伯伯大概正是看透了人世冷暖，在一九九八年的中秋节（也即离我们去你家两个月时间不到），他跑去你父母面前下跪、磕头。你父母不知如何是好，赶紧搀扶他起身，递月饼给他吃。他那次没有拒绝，吃完大大一个月饼，就回屋去睡觉了。那夜的月光分外皎洁，照得整条河湾亮如白昼。翌日清早，快到九点钟了，你母亲见你伯伯的屋门都未开启，有些反常，赶忙叫你父亲过去推门查看，屋内空空荡荡，床上的被褥折叠得整整齐齐。你父亲深感不祥，屋前屋后四处寻找，结果在河边的苇草丛中找到你伯伯的尸体。

你伯伯死后，你抑郁了很长一段时间，根本没有心思上学。你认为你伯伯的死，是恶的胜利而不是终结。你发誓要改变家族的处境，只有家族强大了，才能遏制恶的入侵，保护家人不受伤害。于是，你毅然选择了辍学，去做了一根撑起家族大厦的顶梁柱。

整整十年时间，我完全与你失去了联系。你好似从人间蒸发了，也渐渐从我的记忆中退场。在这十年中，我的生活也发生了诸多变化，参加工作，结婚生子，过起了跟天底下大多数人一样的平淡无奇的日子。成天忙忙碌碌，浑浑噩噩，努力在无意义中寻求意义，在一潭死水中激起星点浪花。过往一切俱成烟云，曾经的豪情壮志、理想信念，皆被现实的齿轮碾压成了齑粉。

我与你再次相逢，是在二〇一一年的初春。记得那天气温很低，窗外黑云压城。我坐在编辑部里审读一部小说，这部小说是一位农妇写的，看得我心情落寞。我想起身透口气，桌上的电话响起。我看是个陌生号码，没有接。过了一会儿，电话复又响起，接通后，传来一个女士的声音，说是我的读者。我来不及问话，对方就开始谈她读我几部作品的感受。起初，我真以为是一个读者的来电。但听着听着，我感到这声音无比熟悉。我打断对方的话："你的声音，很像我的一个同学。"对方停顿许久，朗笑起来，说："大作家，看来你还真没忘记我啊。"那一刻，我眼眶泛潮，就是流不出泪。

第二天正好是星期六，我们相约见面，地点在我们编辑部旁边的凡泰思咖啡馆。你特意将自己打扮了一番，身穿一件淡绿色丝质长裙，看上去高贵而典雅。跟十年前相比，你真是从一只丑小鸭变成了白天鹅，一举手，一投足，都流露出一个女企业家的风度。而我呢，除了年龄增大，面孔愈加沧桑外，依然是一介穷书生本色。

一阵寒暄过后，你端着的架子慢慢放下来，我们仿佛又回到了从前念书的日月。我能感觉到，你的外表虽然变了，但骨子里的东西还是没有变——正义、激情、勇气等品性，仍在你的血管里流淌。或许是在我的面前吧，你那天彻底卸下了伪装，摘掉了面具，把积压在心底多年的委屈悉数吐露。我一边给你递纸巾，一边听你倾诉。

你离开学校一年后，你妹妹也辍学了。你不放心将她留在乡下，就将其带在身边出来谋生。你妹妹十分依赖你，刚到大城市，她就如一只胆怯的小兔子，寸步不离你左右。最初几年，你和你妹妹吃尽了苦头，你们一起去餐馆洗碗，替公司散发传单，去理发店替人洗头，还曾落入一伙传销组织，幸而你急中生智，才带领妹妹脱离虎口。这种浮萍般的动荡生活，令你们身心俱疲。直到你认识了你前夫，你们才结束了流浪，有了一个安定的住处。

你前夫虽也出生底层，文化程度不高，但能力超群、胆识过人，你俩相识不到半年，就登记结婚了。他那时在一家公司做高管，天天西装革履，气宇非凡，特别讨女孩子欢心。这类男人，对于像你这种从小在缺少爱的环境中长大的女孩而言，无疑具有十足的杀伤力。你前夫承诺，他不但要给你创造一个美好的未来，还要给你妹妹和父母创造一个新世界。你也需要这样一个男人，你太知道生存的艰辛和磨难了。你早就想借个肩膀靠一靠，早就想拥有一个避风港。

结婚前三年，他都对你呵护有加，特别是在你们有了小孩后，他更是心疼你，不让你出去做任何事，只在家中做全职太太，幸福的潮水迅速将你淹没。而且他还在自己供职的公司，替你妹妹谋了份差事，免除了你的心病。这样的关怀让你心旌荡漾，巴心巴肠跟着他过日子。在他的扶助下，你貌似看到一个辉煌的宫殿，正在你的眼皮底下巍然耸立。

　　可你万万没想到，祸福总是相伴随行。你做全职太太还不到一年时间，他却突然告诉你他辞职了，说要自己创业开火锅店，以便给孩子和你强大的经济保障。面对这个充分的理由，你没有办法拒绝。你的前夫的确是个有经商头脑的人，火锅店开业后，生意异常火爆，以至于你不得不出山帮助其管理店铺。然而，事情的引爆点就在你的出山。他同意你共同经营店铺，但不允许向员工公开你们的夫妻关系，只让你以大堂经理的身份参与管理。你质问他为何如此，他说这叫科学管理。为此，你哭过、闹过。最终，还是妥协了，你不想家庭坍塌。许多次，你都扪心自问，自己如此一个有血性的女子，怎么竟然在他的面前丧失了反抗的能力。后来你才了解到，其实你妹妹早就发觉姐夫的不对劲，时常跟公司的一位女士暗通款曲。只是她担心影响你们的家庭和谐，才忍气吞声，假装视而不见。火锅店开业没几天，那位女士便从公司辞职，成了你们店里的员工。

　　那位女士并未引起你的警觉，你只将她视为与其他员工一样的普通员工。渐渐地，你发现了一丝苗头，只要有你前夫在的时候，她就有恃无恐，还要性子怠工，可你前夫总是对她百般宽容。你曾提出辞退她，遭到你前夫的回绝，事情也就不了了之。要不是有一天你外出办事归来，捉住了你前夫和那位女士的偷情现行，你还不知道该如何向他摊牌。

　　事情败露后，离婚已成必然。你前夫非要与你争夺孩子的抚养权，经过长时间协商，最终仍是你妥协了。你不想再消耗精力，只想凭借自己的能力重新去打下一片江山。离开了丈夫，你又变得一无所有，之前的种种，恍如梦幻。从前夫的屋子里搬出来那天，你妹妹看着两手空空的你，酸楚难言。你们站在楼下的天桥上，抱头痛哭，过路的行人川流不息，却没有一个人愿意停下脚步来询问你们一声。那时，你们是多么无助，多么绝望，感觉被这个世界抛弃了。

你和你妹妹互相打气，掏出手机反复播放国际歌，当听到"从来就没有什么救世主，也不靠神仙皇帝！要创造人类的幸福，全靠我们自己！"这句歌词时，你们满腔的热血真是已经沸腾。这之后，你带领你妹妹跨入了保险行业。短短两年时间，你们姐妹俩在保险业界做得风生水起。挖到第一桶金，你开始自立门户，拓展业务领域，实行多项目平衡发展，先后创办了一个汽车销售中心、一个二手房中介中心、一个美容美发中心和一个特色中餐厅。你摇身一变成了商界名人，三教九流的人都簇拥着你。尤其是平素那些趾高气昂的男人，见了你都是毕恭毕敬，或溜须拍马，或谄媚舔肥……此前，你从来没有体验过这种做"女王"的快感。在一个男权占主导性的国度，女人从来都是附属性的存在，不但地位不平等，连人格也不平等。可现在不一样了，你掐住了资本，便掐住了男人的精神劣根，也掐住了女人的精神命门。每天都有男人打你的主意，幻想掳走你和你创立的一切——财富、名望、尊严……

今生，你本想独身到老，不再组建家庭，你说你已经对男性彻底失望了。我知道，你的失望跟你妹夫也有关联。无论你在面临逆境还是顺境时，都没有忘记你妹妹。你一直在替她物色对象，前些年，有人给你妹妹介绍过好几位优秀男士，你都不满意，怕她受欺骗。你不能让她重蹈你的覆辙，故你把关非常严格。直到你亲自在员工队伍里挑选了一位你俩都满意的男士，才同意妹妹结婚。你妹妹的婚礼是你亲手策划的，你不允许它有半点闪失。你包了一架飞机，载着亲朋好友，飞往马尔代夫替你妹妹举行结婚仪式。你在妹妹的婚礼上哭得稀里哗啦，当你看着你妹夫牵着你妹妹的手走下舞台时，你摊在椅子上，有种无力感，觉得自己的心头肉被人挖走了。过了一会儿，你忽然从椅子上立起身，冲上前去死死将你妹夫拽住，在场的人都傻眼了。要不是你的一个朋友提醒你，你还会更加失态。见大家都愣怔着，你才对你妹夫说了句："倘若你今后对不住我妹妹，我跟你没完。"你妹夫尴尬地笑笑，对天发誓，将永生善待你妹妹。

哪承想，任何海誓山盟都经不住岁月的考验。你妹妹怀孕不久，你妹夫就死在了街边的公共厕所里，死因是吸毒过量。这个结论，让你姐妹俩都难以接受。你怪自己眼拙，竟然被那个死鬼瞒天过海。你领着你妹妹去医院做完人流出来，狠狠地扇了自己一巴掌。你再度陷入抑郁状态，做什么事都力不从心。你妹妹为使你振作，天天给你煲汤、熬粥，陪你做锻炼，还私底下替你物色夫君。你告诉妹妹，不要在你身上耗费时间，好好替你经营生意，更不要替你找男士，你已经决定一个人过到老。你觉得在这滚滚红尘中，没有一个男人能配得上你。但后来不知是你妹妹的行为感动了你，还是越成功的人越孤单之故，你选择嫁给了一个离异的中学教师。你看中那个教师心慈面善，既不贪图你的钱财，也不贪图你的名声。你喜欢这样的本分人，也唯有本分人才能使你内心踏实，没有恐慌。

你跟中学教师结婚后，逐渐又找回了生活的重心。认识你的所有人既羡慕你，又极端不理解你，他们都纳闷，为何你这个富甲一方的女人，偏要去嫁给一个教书匠，真是一朵鲜花插在了牛粪上。对他人的议论，你从不入心。经历过人世的风雨，你清楚自己要什么，也清楚该怎样去过自己的后半生。

那次，我们在凡泰思咖啡店坐到很晚。从里面出来，街上已是华灯初上。分手的时候，你问我："听了我的故事，你会嘲笑或怜悯我吗？"我不知该如何回答，迟疑半晌，才答非所问地说："谁为袖手旁观客，我亦逢场作戏人。"

舍斯托夫说："演员越是拼命想要演好自己的角色，越深信他们的表演，已然被人当作严肃的、真正的事业了。"我不能说你就是个演员，或在生活中演戏。但实际上，谁又不是生活中的一个演员呢？你出事后，我更加确信了这一点。只不过，你的戏演得太过了，以至入戏太深，把自己演成了一个悲剧角色。

你妹妹来找过我不久，一个男士也来找过我，他自称是你的男朋友，还拿出几张你和他的亲密照片给我看，以此证明你俩确系恋人。我相信他，因为我相信你不会随便跟一个男人拍亲密照。更何况，你已深陷囹圄，他依然不离不弃地想方设法搭救你，这样的男人，我想即使再坏，也不会坏到哪里去。事实也是如此，通过几次接触，我认为这个男士是可靠的。

他说你们认识还不到三个月，你就被捕了。他还说，你也许根本不爱他，你只是急需要钱解围，才勉强跟他恋爱。他早就看穿了这一切，只因他的确喜欢你，才不对你刨根问底。你只是跟他说，你的生意出了问题，欠了上千万的钱，不少人在向你追债，逼得你东躲西藏。他是做工程的人，听你说后，二话没说，就转给你两百多万，让你拿去应急，并承诺用余生来与你共渡难关。直至你被关进看守所，从律师那里，他才知悉你所犯何事。真相揭开后，他也痛苦过，埋怨过，甚至咒骂过你，但擦干泪水，他依然控制不住想念你。他说，只要有一线希望，他都会肝脑涂地，继续为你付出。

我先不去评判他的对错，仅凭这份对爱的执着，就胜过你那位本分的中学教师丈夫。你丈夫在得知经侦人员已介入调查，并冻结了你所有的财产后，果断提出跟你离婚。说自己一个中学教师，担不起那么大的风险。一旦你入狱，他可能会受牵连，丢了饭碗。听他这么说，你没有犹豫，也没有伤感，赓即跑去民政局办理了离婚手续。离婚当晚，你收拾好东西，已经夜里十点多钟了，你丈夫不让你留宿，要赶你出门。说担心门外有人盯梢，暴露了住址，会遭到讨债人围堵。你没有多说一句话，拖着两个皮箱，含泪走出了小区大门。我清楚地记得那天是二〇二一年五月三号，你走出小区后，不知该往何处去。因正值假期，你料定我应该在县城，便给我打来电话，让我开车送你去乡下父母家住。我接到你时，你已疲惫不堪，坐在后排座上双目紧闭。一路上，我们只说了简短的几句话。大约五十分钟过去，我们回到了你的出生地，熟悉的场景又一次扑面而来。二十三年过去，弹指一挥间，想起当年去你家消夏的点点滴滴，往事历历在目。如今再次重访，早已物是人非。河流虽还是那条河流，但河面上的船只却不见了踪影。自从乡村公路修通后，已经很少有人坐船了。公路旁有几块油菜地，菜花尽落，青色的籽实密密麻麻，车灯照在上面，有无数小虫子在翻飞。公路右侧，是一条支路，支路的尽头，是一座三层小洋楼，那便是你的老家。目睹斯情斯景，我还在回想二十多年前那座青瓦房是什么模样，却听见你说："这栋楼房，去年才竣工。这条支路，也是我私人出钱修通的。"说完，你就哽咽了。我正要打方向盘，将车开进院门，你突然又说："等等，不用进院了。"我刹住车，问："怎么了，已经到家了啊？"你说："我怕回家后，父母承受不了。"

车内出现短暂的静寂。我只好摁下车窗玻璃，让夜风吹进来，解解闷。"能给我点支烟吗？"你说。我掏出一支烟点燃，递给你。你猛吸了几口，发出呛人的咳嗽。我望着月光辉映下的小洋楼，感觉它离你近在咫尺，又远在天涯。

我们就那样在车内呆坐着，俄顷，你像作告别之言般跟我说起了内心的凄楚和惶恐。你说你早就预料到有今天，从离开校园那天起，你就踏上了一条不归路。你还坦承自己从来都是被欲望和仇恨牵着在走，而不是被爱和慈悲牵着在走。你说自己太渴望功成名就，太渴望光宗耀祖，太渴望摆脱贫困和权利的压榨，太渴望把自己活成一个人。可对于一个女人而言，想要实现人生的奋斗目标，哪有那么容易。你必须得扭曲自己，越扭曲越好。世间处处是陷阱，稍有不慎，便会陷落，要么成为别人的猎物，要么成为自己的傀儡。讲到最后，你还背诵起了艾略特《四个四重奏》里的几句诗："为了占有你没有的东西，你必须用一种剥夺的方式去做。为了成为你还不是的那个人，你必须沿着你还不是的那个人的道路走。"

听完你的自述，我陷入了更深的沉默。我本来想具体问问你集资的事，又觉得没有必要了。我无论问什么，都是对你的二次伤害。舍斯托夫说："做一个无可挽回的不幸者是一件可耻的事。一个无可挽回的不幸者往往得不到尘世法则的庇护。他与社会之间的所有关系，都被永远打断了。"

现在，你所经历的一切，统统成了你的罪证。你再也不用跟命运抗争，再也不用把自己装扮成生活的演员。你也不必再去牵挂父母和孩子，担忧未来和前途，终于可以如释重负，卸掉人性的枷锁了。

你的男朋友跟我说，无论你在狱中待多久，他都愿意等你。他还跟我说，他会每个月按时给你父母和孩子支付生活费。他问我，自己这样做是不是太傻了。我说，只要他不后悔就不傻。在这个世界上，就是聪明人太多，傻子太少。许多时候，做个傻子比做个聪明人更难，也更令人尊敬。

写罢此篇长文，我看了下日期，二〇二三年五月六日，这恰好是你被宣判后的第十天。你的非法吸收公众存款和诈骗罪名成立，被判处有期徒刑十四年。开庭当天，我本来是要与你妹妹，还有你男朋友一起去现场的，后来想想，还是没有去。我不愿正视这样的场面，我相信你也不愿正视。我那天偷偷去了你的老家，我看到了你那白发苍苍的父母，看到了那栋气派的小洋楼，看到了那条宽阔的炒油路，却唯独没有看到你的身影。我知道，你已经走上另外一条路了。

阅读·省思

谁在清洁散文的"精神故园"

——读林贤治散文集《故园》

寂寞的午夜，窗外秋雨淅沥。暖色的孤灯下，我端坐陋室，一页页翻读林贤治先生新出版的散文集《故园》（武汉大学出版社，2020年10月），竟是那样的意绪难平。胸腔内好似涌动着万顷波涛，要撞毁这夜的围栏和心的堤坝。

久违了，这样因阅读而带来的不眠之夜；久违了，这样因阅读而产生的精神震动！

毋庸讳言，《故园》的出版是近年来散文界的重大收获。我相信它的价值将如金子般灿烂，它的分量将如岩石般厚重。也许，在当今这个势利的文坛，不会有更多的人关注到这本薄薄的小书——它实在是太素朴了，宛若乡村大地上的一棵野草，极易被繁花所淹没。况且，林贤治先生从来也不是一个当红的"作家"，他永远都是挺立在厚土上的一棵树，根系深深地抱紧泥土，独对黑夜和星空、风暴和雷霆，这致使他写出的著作历来就没有大红大紫过。唯有那些心灵孤寂和灵魂疼痛的过客，才会默默地钻入他的书里汲取养分和血液，寻求光芒和力量。

《故园》拢共只有22篇文章。其中，有10篇在他早年出版的《平民的信使》和近年出版的《孤独的异邦人》中都收录过，余下的11篇文章，均为新作，分别刊载于《花城》《红岩》《作家》《钟山》和《随笔》杂志。文章刚发表的时候，我就曾在各大刊物上读到过，且经久难忘。如今再次集中阅读，依然如遇电光石火，有一种肉体和灵魂都被撕裂、烧焦的感觉。

作为一个编辑散文、创作散文和阅读散文多年的人，我为有幸读到林贤治先生《故园》这样的书而备感欣慰。老实说，对于当下的散文界，我是失望的。这种失望，也包括我对自己的失望。我们有那么大一群热爱散文的写作者，却没有几人能写出像《故园》这样的力作，幸耶不幸？就拿时下比较火的几位散文家来说，他们在媒体和评论家的共同吹捧、包装下，俨然已成"散文大师"，赢得了众多拥趸的追慕。但倘若你认真读读《故园》，便可知道那些"成功散文家"的作品，到底处于怎样的水准。

作品才是作家唯一的尊严。

有些作家轰动一时，便销声匿迹。而有的作家貌似默默无闻，其作品却被读者常年阅读和铭记。比如苇岸就是典型的例子，难道我们不该从中思考些什么吗？

在《故园》中，林贤治先生隐去了他作为思想者的身份，以一个"故乡人"的立场和视角，去书写他曾经生活过的"故园"。或许是隔了时空距离之故，当作者回首往昔的生存经历时，他的笔底便多出了一份冷静和反省，多出了一份深刻和洞见。《通往母亲的路》以三万多字的篇幅，写尽了一个乡村女人的命运。其中流淌着的，是一个儿子对已逝母亲的追忆、感怀、忏悔和抱屈。而在《柳眉》《凤娟》《歌唱家》，以及《宗元》《疯女人》《一个家庭的戏剧》《浪子归来》等文章中，作者更是将一群乡村小人物的命运呈现得淋漓尽致。这些人物都是作者的乡邻，有的仍健在，有的已去世。他们曾跟作者一起，经受了时代的阵痛和生活的摧残。每个人物的身上，都烫着一道社会的"疤痕"；每个人物的心灵上，也都烙着一枚鲜红的时代"徽记"。细读这一篇篇文章，总是让我热泪盈眶、心痛难耐，不由得联想起奈保尔的《米格尔街》和舍伍德·安德森的《小城畸人》里的人物：他们都一样的渺小，一样的卑微，也都被各自所处的时代裹挟着，饱受命运浮沉的悲欢。

书的主题和底色是一致的，关注的点和面也是一致的。这样的散文是有态度的散文，也是有人文关怀和价值判断的散文。

特别值得提及的是，在《故园》的后记中，作者提到他病逝的三姐。虽说得隐忍，却使人肝肠寸断。林贤治先生曾想为他的三姐写一篇祭文，终因无法面对失亲的悲痛而作罢。好在这本书中所写的人物，有的是他三姐的同龄人，也是他三姐生前所熟知的人物。作者写这些人物的生离死别，大概也是在写他三姐的歌哭悲欢吧。如斯，也可告慰他三姐的在天之灵。作者写道："这里走过三代人，其中有几位还是三姐的同龄人，他们的命运，贯穿了中国南方一个村落的七十多年历史。没有田园诗。虽然村子周围的原野、道路和林子，以及父老兄弟在田间劳动的场面，可以构成中世纪式的恬静的风景，但是所有这一切，都只是镶嵌在一部乡村命运史中的细节而已。整部历史是嚣骚的、冲突的、撕裂的，即如一条浑浊的河流，常有不测的风涛兴起。"

林贤治先生多年前写过一篇文章，叫《论散文精神》。他在文中坦言："人类的精神是独立而自由的，失去精神，所谓散文，不过是一堆文字瓦砾，或者一个收拾干净的空房间而已。"又说："散文精神对于散文的第一要义就是现实性。""散文是精神解放的产物。当时代禁锢，端赖个人的坚持。"无疑,《故园》即是作者"散文观"的实证。在一个众声喧哗、娱乐至死的时代,林贤治先生数十年独处一隅,背对文坛,清醒地保持着自己的独立性。他拒绝合唱,拒绝鲜花和掌声,拒绝红地毯和演讲台,只借助手中脆弱的笔,安静地在纸上耕耘着他的一以贯之的思想。

这样的人是可敬的!

遗憾这样的人实在是太少了!

当许许多多的作家都在追求艺术的新奇,热衷于玩各种文字游戏和开各种文学研讨会的时候,当许许多多的作家都在跑关系争荣誉,热衷于各种文学奖项和自我炒作的时候,所幸还有林贤治这样对文学心存敬畏的人,在孤独而勇毅地跋涉着,用一颗充满了正义和慈悲的心,真诚地写出《故园》这样的作品,努力维护着文学的尊严。

林贤治先生是一个有精神洁癖的人,他不允许自己的文字有丝毫的不洁。他用一生的文学实践和持守,捍卫着个人的文学理想,这既清洁了他自己的"文学故园",也清洁了他自己的"精神故园"。

和落日相遇

——关于苇岸的札记

一

我知道你时，是在《太阳升起以后》。而那时的你，却已经成为"落日"。

从此，我为"落日"而痛苦，我成了一个守望"落日"的人。我从落日西去的余晖中，窥到一个清瘦的背影，在大地上孤寂地行走，走过立春和雨水，走过惊蛰和春分，走过清明和谷雨，走过立夏和小满，走过芒种和夏至，走过小暑和大暑，走过立秋和处暑，走过白露和秋分，走过寒露和霜降，最终到达理想的彼岸——一个以信念建立起来的素食者的国度。

二

我跟你一样，都是来自"大地上的孩子"。泥土和青草、池塘和野花、雪水和春风喂养了我。因之，你作品里彰显出来的"大地道德"，构成对我的诱惑。每当我回到故乡，仰躺在山坡上，或行走在草地上时，我都会不自觉地想到你这个"大地之子"。你对大自然的观察和体验、书写和颂赞，都是对生命本身的敬重和对理想生活的身体力行。你的生活是简朴的，你有一颗干净的心和一个晶莹剔透的灵魂。

有这样的心的人是不死的，有这样的灵魂的人是不死的。

三

故虽然"落日"下山了，但你仍然活着。你变成了太阳，每天都在升起。你活在大地上的每一个角落，活在二十四节气里，活在你薄薄的小书的文字间，活在读者对你作品的阅读和缅怀中……

我每次读你的文字，都感觉是自我灵魂的净化和升华过程。你对"人的完善"和"文学艺术"的苛求，都有着宗教般的虔诚，你做到了真正的"文如其人"。我读你，其实是在修炼自己的心。你的人格的真、道德的善、思想的重和灵魂的深，都在使我的心变得宁静和饱满、内敛和祥和。

你和你的文字，给了我一种方向和力量。

四

我常想，作者和读者之间，其实是一个互寻知己的过程。宛如星和月，蝶和花，山涧和流水，孤旅和天涯，心魂和梦想……

这样的知己一旦找到，便成永恒，不会因时间和空间而改变。这是我读你的文字时得到的启示。而且，以你为初始，我长久都在寻找跟你观念、精神、气息、品性相近的"同类人"，比如亨利·梭罗、蕾切尔·卡逊、奥尔多·利奥波德等。从他们的作品中，我读出了与你作品中透射出来的一样的寂静、安恬和智慧之光。这样的光，可以烛照人生的美好，获得内心的圆满。

你说："艺术和写作是本体的。"这样的认知使得你很早就与别的写作者区别开来。你的诚实、严肃和坚执，又使你成为一位"圣徒"，而你的清澈见底、不染杂质的文字便是你的"艺术庙宇"。我只要从你创建的这座"艺术庙宇"前走过，似乎都能聆听到有阵阵梵音静柔地传出，让人精神充盈、心灵美妙。

写作也是一种佛法。

五

如何看待生命，尤其是除人以外的那些小生命，是我在读你的作品时一直在思索的问题。放眼当下的文学界，当不少的作家都在以自我为中心，写出的作品大量充斥着人类的骄奢淫逸和傲慢自大时，我却一次又一次从你的作品里读出了"众生平等"的思想。我读到你如何去亲近蚂蚁和胡蜂的生活，如何去聆听河流和白桦林的私语，如何去观察田野和农事的变化……你始终立足于大地去仰望苍穹，你以博爱和平等包容一切，你又以谦逊和悲悯善待一切。

你的笔下，始终充溢着神性的光辉。你写下的每一篇文字，都是大地上生长出来的"经文"。

六

静寂和孤独，这是我在阅读你的作品时感受到的两个美好词语。

这两个词语，皆属于智者。唯有智者，才能持守静寂，远离浮躁和功利，用一颗细腻而敏感的心，去感受生活的世界和时间的回响；也唯有智者，才懂得享受孤独，以特有的省思与体悟，去穿透宇宙的幻象和接近活着的本真。

这既是一种哲学，也是一种伦理。

七

只有对人类的生存危机深有体察的人，才会以文字去警醒世人，并极力倡导大家过一种简朴的生活，学会"诗意地栖居"。你的作品无疑是一封封这种理念的诚挚的倡议书，它能唤醒早已活得麻木和冷漠的人们，重新善待自己，善待生灵，善待土地，善待万物。

人最大的悲哀和不幸即是迷失自我，被欲望所困，离自己的心越来越远，自己成为自己的迷障和心劫。可你的文字让人回归自己，让人的心灵越加变得强壮。一言以蔽之，在你的文字面前，我懂得了如何做一个诚实、质朴和亮堂的人。

八

你是一个讲求奉献，而对自己却严苛到极致的人，这从你的作品里可以看到。你不同于有的作家，善于在文字中掩饰和伪装自己——作家也分有灵魂的作家和没有灵魂的作家。有灵魂的作家知行合一，人文合一；没有灵魂的作家口是心非，人文分离。前者的文字跟人一样，都是赤裸裸的，你一眼就能洞穿其内心、精神，乃至骨骼。而后者的文字虽然也可能充满强大的道德感染力和人文精神，但你一旦见到作者本人，就会大失所望——这失望缘于作者的猥琐、自私、狭隘，更有甚者，完全可以称为肮脏、卑鄙和下流。

你无疑是属于前者的。你对天地万物的爱和对自我人格圆满的追求，使你一直坚持自己的信念——素食主义。以至当病魔威胁到你生命的情况下，你为未能将信念贯彻始终而感到深深的自责和忏悔。故你在临终时才说："我平生最大的悔恨是在我患病、重病期间没有把素食主义这个信念坚持到底，我觉得这是我个人在信念上的一种堕落。"能说出这样的话的人将是怎样的诚实和高洁！在我看来，尽管你没能将你的信念坚持到底，但你已经获得了人格和灵魂的圆满。这圆满，还体现在你临终时请求给自己撒骨灰时，让朋友为你朗诵你心爱的法国诗人雅姆的那首名叫《为他人得幸福而祈祷》的诗的愿望上。

你最终以付出的爱收获了上帝的爱。

九

我想谈谈你的散文。

每次读你那些充满寂静之美的文字，我都被它所深深吸引。你文字里弥漫出来的那种诗性和质朴的品质，是真正散文的品质。没有矫饰、不要花样、不玩技法，完全遵从内心的节律和思想的波峰。因为你对生命体察得深、感受得深，对自然爱得深、洞察得深，故你才不会，也不用将心力耗费在"研究散文"本身上。你只需借助文字忠实地记录自己的观察和思考就够了，这使得你的作品多是短章式或片段式的。然而，恰是这些看似漫不经心地从心里流淌出来的吉光片羽，却胜过无数作家炮制出来的"洪钟大吕"。

那些每天都在谈论散文、研究散文的人，其实是最不懂散文的。他们跟你不同，他们喜欢热闹和喧嚣，喜欢圈子和地位，喜欢话语权和存在感，喜欢廉价的吹捧和虚假的抚慰。我不知道这样的写作者在面对你的文字时，是否会感到羞愧和汗颜。

你一本薄薄的小书的分量和价值，远远超过了许多人的"著作等身"。

十

和落日相遇，也是和朝阳相遇。

我阅读你，珍爱你，是因为在当今时代，已很难再遇到像你这样的人，也很难再遇到像你创作出的作品。你的品质和精神是我所需要的，也是这个时代所需要的。我把你视为我的精神和人格的外化。

你走了，也没走。

你是回归了大地。

大地常在，你就常在。

你是一枚落日，落日退去，余晖永存。

我与西班牙小毛驴

——读希梅内斯《小毛驴之歌》

十多年前，一个冬天的夜晚，我置身于中国西南乡村一间破旧的老房子里，窗外是刺骨的寒风，大地静谧，唯有屋内木桌上点燃的蜡烛给这个荒凉的村落增添了久违的温暖和浪漫。我斜卧床头，像深陷梦中——我和我手上捧着的一本小书，在那个冬夜，同样寂静。蜡烛的幽光照在我手中的书上，也照在我的心上。渐渐地，我看见一个诗人，骑着一头毛驴，从书中向我迎面走来，他们来自西班牙南部的安达卢西亚地区一个名叫莫盖尔的小镇。那个诗人名叫胡安·拉蒙·希梅内斯，他骑的那头毛驴也有个好听的名字：普拉特罗。他们是一对生活中的伴侣，一对精神上的挚友。现在，他们正畅游在家乡安达卢西亚的田野上，聆听蝉声与鸟鸣，沐浴阳光与清风，欣赏野花与草色，展开心灵的对话，寻找灵魂的归宿……

这是我第一次接触希梅内斯的《小毛驴之歌》（北京出版集团公司、北京十月文艺出版社联合出版，孟宪臣译），像邂逅一位仰慕已久，却素未谋面的朋友，心情难免激动。最早听说希梅内斯这个名字，是在已故散文家苇岸答《散文天地》杂志"名家荐散文"栏目时所开列出的"我最喜爱的五本散文集"中，只不过苇岸所提到的希梅内斯的书名叫《小银和我》，而不是我现在读到的孟宪臣先生译的《小毛驴之歌》。苇岸在他的推荐语中说："它以一种巨大的升华灵魂的力量和令人百读不厌的魅力，向我们展示了在西班牙田园背景中，一位诗人与一头毛驴的深挚关系。我深信，无论惟新是求的人类怎样变动，这册瑰伟的小书都将永存。"也许是喜爱苇岸散文的缘故，我对他所推荐的书也深信不疑。于是，苇岸对希梅内斯作品的推崇就一直珍藏于我心深处，使我从来不曾停止在书山文海中苦苦寻觅希梅内斯的身影，以及那头充满人性光亮的西班牙小毛驴。

我庆幸自己是在一个乡村中阅读这部作品的，这是一本宁静之书，寂寞之书，智慧之书。读这样的书，除了要有一颗安静的心，自然还要一个安静的环境。希梅内斯的文字是柔软的，就像他骑的那头毛驴是柔软的一样，"它矮矮的个子，毛茸茸的，它的毛柔软得赛过棉花，也许有人会说它没长骨头呢。它的瞳孔黑黑的，宛如黑色玻璃做的甲壳虫"。但越往下读，读得越深，你就会读出那柔软文字背后的坚韧。那坚韧，来自一个苦闷青年内心的善良和仁慈，对故乡的眷恋和对大自然的神往，以及在苦难面前重新找回作为人的尊严的勇气。

希梅内斯出生于 1881 年 11 月 23 日，他的童年是幸福的，其父亲以种植果园和经销葡萄酒为生。富裕的家境给了他物质的欢乐，父母的宠爱又给了他心灵的温暖，加之莫盖尔清新的空气、幽雅的街道、古朴的民风更是给了他人性的熏陶。这一特殊的人生背景与生存环境，注定了希梅内斯从骨子里是一个充满浪漫气质的人。在他的眼中，故乡莫盖尔就是一处人间天堂，弥漫着神性。"我走到园子里，向蓝色的天神问好。小鸟们正在举行音乐会，黑八哥站在一个掉在地上的橘子上，黄鹂栖在橡树枝头，一只绿羽毛的小鸟趴在桉树上，大家尽情地啼叫、欢唱……我们好像生活在一个充满光明的世界里，这世界是一朵巨大的火红玫瑰花。"对大自然的敬畏，使他爱上抒情诗创作。1900年，十九岁的希梅内斯终于鼓足勇气，放弃了因遵从父命而进入的当时西班牙南部最著名的塞维利亚大学法律专业，怀着极大的抱负与满腔热忱到达全国文化中心首都马德里，继续他的抒情诗创作。他大胆革新，积极探索抒情诗写作技巧，突破旧体格律诗的束缚，摈弃矫揉造作，主张朴实的诗风，开辟了新抒情诗的先河，成为20世纪名副其实的西班牙现代抒情诗的创始人。1956年10月25日，"由于他的西班牙语抒情诗为高尚的情操和艺术的纯真树立了一个典范"，瑞典皇家学院授予他诺贝尔文学奖。

荣誉并未给希梅内斯带去精神上的慰藉，名气也未能抚平他心灵上的创伤。正当希梅内斯以他那唯美的抒情诗征服世界的时候，一个噩耗如晴天霹雳击碎了他那原本就脆弱的身心——他的父亲，因患病永别人世。失亲之痛消散了他写诗的激情，噩梦每晚都会光临他的房间，向他示威。悲伤如汹涌的洪水将他淹没，此时的希梅内斯不再是一个头上闪着荣耀光环的诗人，而是一个深陷泥淖中的稻草人，不能自拔。于是，他被迫到法国的波尔多市疗养了相当长一段时间。1904年，希梅内斯由于过度忧伤，难耐怀乡愁肠之苦，遂决定重返故乡莫盖尔。他坚信，只有故乡莫盖尔才能真正治愈他灵魂中的伤痛。果然，回到故乡之后的希梅内斯，面对那些曾经哺育过他的山川河流、树木虫草，心境逐渐好转，情绪逐渐恢复，写诗的激情如决堤之水重又在他心中燃烧起来，迎来了他诗歌创作历程中新的高峰期。与此同时，他还邂逅了一个能够与他的生命对话的朋友——那头在他孩提时代就跟他一起玩耍的银灰色小毛驴"普拉特罗"。每天，他都与这位朋友结伴，倾诉衷肠，畅游山水，与自然对话，与天地共舞，像一对人间的精灵。那头毛驴是理解希梅内斯的，它天天都驮着他在莫盖尔的土地上漫步，希望头顶的阳光能驱散深埋在他内心的孤独与寂寞。希梅内斯更是理解那头毛驴，在他眼中，它就是从自己躯体里跑出来的魂灵——一个信念的化身，精神的支柱。莫盖尔是安静的，希梅内斯是安静的，普拉特罗也是安静的。但同时他们又是流动的，充满活力和韵律的，你看，他们正在合力演奏一曲"小毛驴之歌"。

时间在夜的暗影中流逝，夜风再一次撕破了我的窗户纸。我起身重新找了张塑料纸将窗户挡上，虽然我的身子一阵哆嗦，但并不感到冷。正如希梅内斯在书中写到的那样："人们都觉得浑身发冷，于是躲到屋子里把门窗关得紧紧的。我和普拉特罗可不怕冷。我对他说：'你瞧，你有一身绒毛，背上还搭着我的被子；而我，有一颗火热的心！'"是的，希梅内斯的内心是温暖的，他的温暖来自战胜孤寂之后的平静，来自对天地万物的博爱精神。其实，希梅内斯的内心是脆弱的，又是坚韧的，他把自我的苦痛转化成了对自然的善待，以此来拯救自己那孤独的灵魂，将人性中残缺的部分提升到一个崇高的境界。

在那个夜晚，我一下子理解了什么才是真正的文学。真正的文学是永远不会脱离与大地的联系的，它关注的是生命的痛觉、人生的抵抗与忍耐，关注社会底层的现实处境与精神困惑，并用温暖、朴实、简单的文字去呈现泥土的重量，借以消泯仇恨，使更多的人都能重返大地之上，懂得诗意地栖居。同时，我还理解了要成为一个真正的作家所应具备的品质和素养。一个真正的作家必定是心怀苍生、具有同情心、历经磨难却仍心存大爱，并将追求真理视为自己终身信仰的人。

感谢希梅内斯，感谢《小毛驴之歌》，是他们让我懂得了人生的价值判断与精神标尺！感谢那头小毛驴"普拉特罗"，是它让我学会了珍爱与我同在一块土地上短暂求活的生命！

不知什么时候，窗外肆虐的冬风停止了，下起了雨。雨滴清脆，仿佛普拉特罗跑动时的蹄音，更像是希梅内斯俯首聆听大地时心脏跳动的响声。做一头毛驴也许是孤寂的，但对普拉特罗而言，却是幸福的，因为它遇到了希梅内斯。还有什么能比两个孤独的灵魂相遇更高兴的事呢？希梅内斯和普拉特罗同是西班牙的两个"傻孩子"，"每当我们从圣何塞大街回来的时候，总是见到一个傻孩子坐在他家门口的凳子上，一动不动地瞧着人们走过去。像他这样的孩子还有好几个。"可就是这两个傻孩子，却成了西班牙历史上不朽的精神象征。

在《小毛驴之歌》这册书中，作者不只是在表达对故乡的爱慕之情，更是企图借助对故乡自然风俗的眷恋传达出对穷苦人的怜悯与同情。希梅内斯的心永远是慈悲的，他像关爱自己的毛驴一样去关爱那些挣扎在贫困中的人。"她们可能从海边或者山里来的；你看，一个瞎了眼，另外两个搀着她的手臂。她们也许是去看路易斯医生，或者她们是去医院……看她们三个走得这样慢；那两个老太婆小心谨慎，好像她们三个人都在害怕厄运的降临。""小姑娘患肺病了，脸色很难看，煞白煞白的，医生嘱咐她要经常到外边去晒太阳。五月里的太阳叫人感到温暖，可是她出不去了。"像这样的句子在书中比比皆是，与其说希梅内斯通过《小毛驴之歌》这本书所传达出的是对故土的深挚大爱，莫如说是因为他对生存于自己故乡的人爱得深沉。遗憾的是任何一个生命都是有限的，希梅内斯和他的毛驴对西班牙付出了太多的爱，换回的却是自己生命的苍老与衰竭。首先承受这一回报的是那头毛驴——普拉特罗，也许是它不想再看见他的主人每天都为了那些穷苦之人的命运而备受精神折磨，抑或是真的再也无力承受来自整个西班牙的孤独，它的生命迅速衰老，某一天，终于倒在了莫盖尔的土地上，不再起来。"一天，我突然看到普拉特罗躺在一堆稻草上。两只眼睛无精打采，一副难受的样子。它的脑袋钟摆一样无力地垂到胸前。医生对我说：唉，不行了。"普拉特罗死后，希梅内斯一直活在对它的怀念与自责中："亲爱的普拉特罗，如果你真的像我想象的那样，你现在在天上的牧场上，你的背上驮着一些小天使，那我也就心满意足了。也许你把我忘记了吧？请你告诉我，你还记得我吗？……""等一下，普拉特罗，让我来跟你做伴。我感觉你没有死，好像什么也没有发生。你仍然活着，我和你在一起……我孤身一人来到你身旁。"

希梅内斯太思念他的小毛驴了。1956 年，当他被授予诺贝尔文学奖时，他的妻子患癌症而亡。他再次深受打击，未能亲赴斯德哥尔摩出席授奖仪式。1958 年，他在一次车祸中不幸致残，不久，即与世长辞，离开了那块曾令他魂牵梦萦的土地，与先他而去的普拉特罗和妻子长眠在莫盖尔的墓地里。他终于又可以跟他忠爱的普拉特罗在一起谈心了。

我第一次感觉冬夜里的乡村是那样寂静，我轻轻地合上书页，心绪是那么复杂。当我把燃尽的蜡烛重新换了根点燃的时候，我仿佛看见那头毛驴——普拉特罗——重又复活了。它站在希梅内斯的坟前，仰着头颅，泪如雨下。一阵风从窗外吹进屋来，蜡烛的火苗闪了闪，却越燃越旺。我想，那阵风肯定是从西班牙南部吹来的，风携带着希梅内斯和普拉特罗的精神信念与心灵秘语，不仅温暖了一个置身于中国西南乡村的寒冬夜读者，还温暖了世界上所有读到《小毛驴之歌》这册书的幸运之人。

薄田泣堇的独乐园

——读薄田泣堇《旧都的味道》

　　我很早就想写一写薄田泣堇了。自从多年前我第一次读到他的那本《旧都的味道》(百花文艺出版社，2011 年 1 月出版)，便有了写他的冲动。但后来几次提笔，犹豫再三，还是放弃了。我怕自己如果写不好，会辜负他的文字。像薄田泣堇这样优秀的作家，是不该随意去触碰的，只需静静地阅读他笔下的文字就够了。否则，任何的评说和分析，都有可能是对其作品本身的冒犯。

　　既然如此，那为何我还是鼓足勇气，决定来写写这位日本作家呢?究其缘由，是他的书对我个人的意义实在太重大了。可以这样说，每当我遭遇苦闷和彷徨之时，他的文字都能够抚慰我，将我从悲凉中拯救出来，让我重获希望。要知道，无论古今中外，能够真正使人内心获得宁静，读后有顿入禅境之感的书是不多的，而薄田泣堇的书无疑是可以归入这为数不多的好书之中的。

　　尤其是他这本《旧都的味道》，文章篇幅均很短小，多则千余字，少则数百字。但就是这些短文却暗藏着大格局，有一种静水流深的境界。这种境界，很多作家都难于达到，包括那些名声很响、来头很大的作家。特别是在不少作家都越写越油滑，越写越故弄玄虚的当下，薄田泣堇的作品就愈加凸显出他的价值和魅力。他的这些散文，清新婉约，流利质朴，充满宁静之美和安静之力。他在短文中营造出来的氛围和意境，更是令人神往。我每次读这些文字，都有蝴蝶飞入菜花丛中的感觉。他笔下的每个字，都落满了春天的讯息。

薄田泣堇原名淳介，1877 年出生于冈山县浅口郡。他早年写诗，后转入散文写作。可能正是因为他有过长时间的诗歌写作训练，使得他的散文也诗性弥漫，有着诗歌的品质，审美性极强。薄田泣堇幼年时，家庭条件是相当不错的。他的父亲笃太郎也是个诗歌爱好者，酷爱俳句写作。只要他每次写出新的诗句，就会得意扬扬地念给儿子们听。薄田泣堇也因此受到他父亲的熏陶，在年幼时就在心里播种下了文学的种子。那时，他的父亲给自己取了个俳名——胡月庵清风，过着半农半俳的生活。父亲的逍遥状态，给了薄田泣堇非常大的影响，也对他日后的人格成长和性格形成起到过至关重要的作用。然而，好景不长。没过多久，他的父亲便与祖父分了家，独自带着他一起生活。分家后的父亲经济状况日趋拮据，朝不保夕，连供薄田泣堇上学的钱都拿不出。笃太郎不愿意变卖田产，继续供薄田泣堇读书。而薄田泣堇也不愿使父亲为难，加之他那时已经开始对学校教育深感怀疑，于是，当他在冈山中学读到初中二年级时就主动退学，从此走上了独立的道路。

对于一个作家来说，也许越是坎坷的经历对他的发展越有帮助。退学之后，薄田泣堇仍然没有放弃自学。在他看来，学习并非一定要在课堂上，在生活和大自然中一样可以学习。而且，说不定，通过这种方式所收获的知识和技能，会比在课堂上和书本里收获到的更多、更丰富。果不其然，短短几年时间，薄田泣堇便展现出他超强的自学才能，尤其是在数学和英语方面，取得了惊人的造诣。

1894 年，在友人的鼎力推荐下，薄田泣堇进入东京汉学塾，当了一名助教。他很珍惜这份工作，也懂得充分利用已有的平台充实自己。在这期间，他除了讲授数学和英语，几乎把业余时间全花在了图书馆里。他像一个求知若渴的人，埋首于古籍名著中，广泛涉猎日、中、西文学著作，这大大地扩大了他的文学视野，提升了他的文学修养。他最爱读盖茨的诗和歌德的《少年维特之烦恼》，他不断地从前辈作家的作品中吸收养分。那时，他已经开始为自己日后的创作做准备了。1897 年，薄田泣堇初试锋芒，以杜甫"花密藏难见"诗句为题，写了一组共十三首诗，发表于《新著月刊》。这一组诗赢得了当时的文坛大家后藤宙外、岛村抱月的高度赏识。1899 年，他的处女诗集《暮笛集》问世，更是好评如潮。这部诗集对他接下来的发展起到了关键性的作用。1900 年，在众多读者和评论家的关注下，他赴大阪担任文艺杂志《小天地》的主编。命运开始垂青于薄田泣堇，这让他身心俱悦。其后两年，他相继发表诗集《已逝的春天》和《站在公孙树下》。这两部诗集使他在日本诗坛的地位更加稳固，成为继岛崎藤村之后，日本现代诗坛的重要人物。

然而，命运有时总是喜欢作弄人。正在薄田泣堇创作势头正健的时候，疾病却像寄生虫一样找到了他。1903 年，在健康状况十分糟糕的情形下，他不得不被迫移居京都。到京都后，他以为自己的病情会有所好转。不想，京都的气候并未给他带来惊喜。1904 年，他又被迫从京都返回乡下静养，且结识了作家纲岛梁川，沉湎于"内省静观"的世界。但对于那些具有创造力的人来说，疾病是不容易把他们打倒的。在生病疗养期间，薄田泣堇仍然潜心创作，试图用毅力将病魔打败。1906 年，他出版了长篇叙事诗《白羊宫》，达到了他诗歌创作的最高峰，在当时的日本诗坛引起轩然大波。

按理说，一个诗人写到如此份儿上，完全可以名利双收，坐享其成。然而现实总是残酷的，在诗歌艺术上取得的成功，并未给薄田泣菫带来经济上的减负。病魔依然在折磨着他。加上他那时已经结婚，生活的重压使他捉襟见肘。为给家人一个好的生活环境，他只好停止了诗歌写作，转向小说和散文随笔创作。1912年，待他的病情刚刚有所好转，他便即刻再赴大阪，在大阪新闻社任编辑。同时，开始在晚刊上开设专栏随笔《茶话》。这些随笔文字发表后，反响强烈，以至于读者已经淡忘了他的诗人身份，而理所当然地称他为"随笔作家"，这大概是薄田泣菫自己都没有想到的。在随笔上的成功，使他的写作一发而不可收，不少作品已属精品。这之后不久，他即升任报社的学艺部长。如此一来，他的生活窘况得到缓解，基本不会再为吃饭发愁。可遗憾的是，正当薄田泣菫的事业如日中天之时，他却不幸患上了帕金森病。那年，他刚好四十岁。这一厄运使薄田泣菫心灰意冷，他感觉自己的人生快走到头了。但是他还没有最后绝望，他每天躺在床上与病魔抗争。他暗暗发誓，只要自己尚有一口气，就不会停止创作。

薄田泣菫的确是条硬汉，在命运反复的蹂躏之下，他仍颤抖着拿起笔来写他的随笔。虽然他患帕金森病后的创作数量明显下降，但创作的质量却丝毫没有减弱。有时实在无法拿笔，他就采取口述的方式创作。短短几年时间，他主要出版了《茶话》《新茶话》《日熏草香》《独乐园》《草木虫鱼》《树上石下》和《泣菫小品》等随笔集，给日本文坛留下了一笔宝贵的精神财富。1945年，薄田泣菫病势加重，只好投笔缄口，彻底告别了创作，直至郁郁而终。

薄田泣菫一生为人正派、宽厚、严谨，他一直独善其身，患病之后，更是将自己孤立于文学圈子之外，埋首写作随笔，与他笔下的自然风物、山河虫鱼相守，寄物于情，抒怀自适。他的汉文功底深厚，喜欢假古人以言事，写出的随笔安静，妙手天成。

《旧都的味道》几乎收录了薄田泣菫的所有随笔代表作。书中篇章最多的，是写草木和动物的。这些小随笔，心气浮躁的人是读不进去的。只有心静时，你才能体会到他文字的妙处。他写的文字都是他心境和人格的外化。让我们来看看他是怎样写茶花的：

——"今夕，我独坐一室直到天黑。灰色的薄暮，黑猫一般蹑手蹑脚悄悄从屋子的一个角落爬到另一个角落。阴影叠印在墙上，摇曳于壁龛的柱子上。那里悬着一只花篮，从厚厚的墨绿的叶丛中，两三朵杯形的小白花，微微吐露着气息。"

这是多么具有灵气的文字，鲜活而干净。再让我们看看他是如何写树的：

——"秋的黄昏渐渐降临。嘴里没说，头脑已作如是想。节奏昂扬，线条明快。静静的十月夕暮，薄紫的晚霭悄悄从草叶上滑过，慢悠悠在树与树之间渗透、弥漫。潮湿阴冷的大气里，草木入定一般纹丝不动。不知不觉间，它们渐渐进入我的心中，尽情地扩展着柔软的枝叶，蜷曲着粗笨茎，飘散着浓郁的花香。"

文笔的清新，勾勒出环境和画面。要是文字修为差的人，是断然写不出这样细腻、生动的语句的。又让我们看看他是怎样写动物的吧：

——"燕归来。紫黑的羽衣，雪白的前胸，勤奋的身影，迅疾地穿梭于城中的大道上空。看到这幅情景，一种未曾感知的青春的新鲜之情袭上心头。阳历三四月间，繁花似锦，万物静寂，诱人睡意。人们沉浸于一种迷醉和慵懒的状态，甚至那久欲一尝的春之芳醇都激不起其一点兴味。然而，一旦燕归来，看到那灵巧的羽翼，沉滞的春心迅速鼓涌起来，硬化的血管跃动着新鲜的血潮。世界一下子明朗了，春的悒郁转化为春的快乐。"

这便是薄田泣菫文字的魅力和光辉。随便翻开书的任何一页，你都可以享受到文字带给你的奇妙感受：让你忘掉生活中的烦忧和不如意，获得美的熏陶和重塑，减少各种欲望和功利，培养自己健全的人格和心理素质。

这本书，除了写草木和动物，还收录了不少作者追忆友人的篇章。诸如他写尾崎红叶、森鸥外、德富芦花、岛村抱月等，人物个个活灵活现，用近似白描的手法刻画人的精神世界和内心情愫，给人印象深刻。

薄田泣堇是一位不可多得的散文随笔大家。他的文字既是他自己的"独乐园"，也是世界上所有追求美的人的"独乐园"。

行走在森林中的文字客

——读谢尔古年科夫《秋与春》

多少年来，作为一个职业读者，我有一个习惯，喜欢带一本书，跑到僻静的山野里去静读。这一习惯不知使我与多少有趣的灵魂相遇过。特别是在春秋两季，天气不冷也不热，是去山野静读的最好时候。一个人安安静静地坐在一块石头上，或坐在一条溪流边，手捧自己喜爱的书，随意而陶醉地慢读，没有功利，没有浮躁。白云在头顶缓缓移动，野花在身旁随风摇曳，时间仿佛也是静止的。我成了天地间的一个修行者。若是读累了，就放下书，躺下来睡上一觉，或站起来活动活动筋骨，看看远方的风景，以及风景里包裹着的那个童话般的自然世界。

这样的日子，是我莫大的福祉。只是，如今能够让我愿意去的山野越来越少，值得我带到山野去读的书更是越来越少。好多我曾带去山野读过的书，现在大都忘记了，盘留在脑海中的，只是阅读时的模糊印象而已。唯独有一本书，却被我带去山野读过多遍，书中的文字犹如山野的景色一样迷人，以至我无论走到哪里，都想把它带到身边。出差去他乡也好，回到故乡的怀抱也好，我都时常带着它。即使没有时间阅读，入睡前拿出来粗略翻翻，哪怕只看几行字或用手摸一摸，幸福感也是满满的。这本书名叫《秋与春》（敦煌文艺出版社，2015年8月出版），作者是一位还不大为人所知的俄罗斯作家——谢尔古年科夫。

我第一次遇见这本书，是在前年夏天。下班后，我无所事事地在街上走着，落日的余晖铺在嘉陵江上，有一种苍茫之感。溽热使我的内心焦躁不安，我又不想过早地回到蜗居的小屋，便跑去附近的书店闲逛。一排排的书码放在书架上，令人眼花缭乱。我东瞅瞅，西瞧瞧，没有找到一本中意的书。失望之余，我准备转身离去，继续忍受暑气的熏蒸。不想，就在我回眸的一刹那，书架底端一本淡灰色封皮的书吸引了我——此书便是《秋与春》。我弯下腰，抽出书来刚翻了一页，顿时觉得一股凉意袭来，那种诗意而静谧的文字像薄荷一样解暑。我躲到书店的一个角落坐下来，一个字一个字地读。书的开篇就写道："我走在森林里，天上下着雨。我伸出双手接雨，心想，手和天是连着的，不论远近，它们都能感觉到天的存在。抚摸脸庞令人惬意。抚摸过自己的脸庞，你就好像抚摸了这个世界。"我承认，我被这个开篇征服了。我经受不住那种意境幽深、朴实又诗性的文字的诱惑。我忘记了周边的环境，也忘记了自己的存在。直到夜幕降临，华灯初上，书店里看书的人都逐渐散去，我才猛然觉得时间不早了。没有丝毫犹豫，我便去前台付了款，将这本书带回了家。

入夜，我匆匆吃了点东西，便光着膀子继续躺在凉席上阅读此书。那真是一个难忘的夏夜。我好似跟随作者一起，在森林中穿行。我看到了森林在不同季节里的变化，看到了树与树的相守，听到了树与树的私语。每当春雨来临，树丛里的蘑菇都纷纷撑起伞挡雨；当月光照耀在树间，那些觅食的小动物全身都裹满了月色。要是等到太阳出来了，整个天空都滚下自己的金球，夜莺在赤杨丛中歌唱，青蛙在沼泽地里呻吟……每个画面都充满了向上的力量。

我每阅读几页，都要合上书望望窗外。望一会儿，又会看看书的勒口处作者的照片。我想看看能写出这样的文字的人到底长成什么样子。照片上的谢尔古年科夫有着一张冷峻的脸，头发全都被岁月染了霜，络腮胡子野草般茂盛，两只眼睛炯炯有神，如黑夜里的两点光源。我总觉得，他的形象应该是一个思想者或哲学家，但他的身份和经历告诉我，他只是一个普普通通的护林员。他一生中最知心的朋友，只有森林中的那些树木。他通过与树木交谈来与世界对话，来与上帝对话。他是一个活在树中的男人。

1931年2月28日，谢尔古年科夫出生于哈巴罗夫斯克。出生后不久，他便跟随父母辗转各地，过着动荡不安的生活。他的童年和少年时期主要是在符拉迪沃斯托克度过的，分别在萨哈林、黑龙江畔共青城、莫斯科等地求学。在谢尔古年科夫的记忆里，生活的不稳定让他很早便意识到人生的坎坷。或许是想逃避生活吧，十三岁时他开始写日记，十五岁时开始写诗。他想通过文学来点缀生活，稀释生活的枯燥和乏味。因之，谢尔古年科夫早年的作品里，总是充满了梦幻和童话色彩。1950年他考入哈尔科夫大学新闻系，后该系转到基辅。1955年，谢尔古年科夫修完学业，毕业后被分配到巴尔瑙尔的《阿尔泰青年报》工作，在此期间，他改写散文和小说。他的第一个短篇小说《哆—来—咪》完成于1956年，发表在他供职的《阿尔泰青年报》上。虽然工作给了谢尔古年科夫生活的保障和写作的平台，但对于他那洒脱不羁的天性来说，报社的陈规陋习让他苦不堪言，深深地制约着他作为一个作家的自由和发展。最终，半年之后，谢尔古年科夫遵从自己内心的选择，辞职离开了报社，过起了逍遥自在的生活。

随后有差不多十年时间，谢尔古年科夫响应高尔基"到人们中间去"的号召，尝试过诸如牧人、矿工、水手等工作。这段经历大大丰富了他的创作，增加了他作品的宽度和厚度。他不断从生活中汲取养分，与底层人民打成一片，这使他深刻地意识到，生活真的是创作的源泉。如果脱离了生活，写出的作品只能是一堆被抽干了血液的干尸。在从事过多种职业之后，谢尔古年科夫觉得自己还应该继续接受生活的锻打，1957 年至 1966 年之间，他毫不犹豫地选择了去做一个护林员。在这九年之中，他一直生活在森林中，观察和记录自然。他以自己的孤独，对抗着外部世界的喧嚣；他以自己的安静，聆听着森林里的天籁之音；他以一颗干净的心，体察日月的流转和星象的变化。就像他在书中写的那样："生活在森林里，我学会了什么？我觉得什么对我有好处呢？这些都需要等待。因为我与森林密切相关，我不能在需要的时候就抛弃它，尽管也曾放弃，我不得不耐心而绝望地等待，就像有些寡妇等待已经牺牲了的丈夫。我与这个世界的所有关系都建立在等待之上。"

没错，等待使谢尔古年科夫心灵放松，也使他活得更加本真和简朴。1960 年，他根据自己在森林中生活的体验，写出了第一部中篇小说《森林卫士》。小说出版后，迅速风靡全国，他的名气也不胫而走。紧接着，1979 年，他又写出了《秋与春》，此书无疑奠定了他在二十世纪下半叶俄罗斯散文中的地位。

《秋与春》这本书不厚，分为秋与春两个部分。秋这部分一共三章，春这部分一共四章。整本书没有大起大落的情节，像是一个终年躲在森林中修行的人写给自然界的长信。他写得是那样的深入、细致，又是那样的平静、灵性。森林既是作者的栖身之所，又是他的心灵宇宙。书中的每篇文章，都是对大自然的礼赞和祈祷。

——"我看待森林、大地、阳光、青草，不是把它们当作我的对立面——说，这是我；这不是我，而是别的东西——而是把它们当作我自己的延续，就像我的胳膊和大腿。只不过既有内在的我，又有外在的我而已。胳膊、大腿——是我内心的延续，那么森林、天空、阳光延续了我的什么呢？手指、眼睛、思想、感情？在我之外的一切，都是我的延续。阳光是我思想的延续，天空是我对姑娘的情感的延续。"像这样融客观与主观为一体的文字，在书中随处可见。他既是在描写大自然，又不只是在描写大自然。这是一个哲人的呓语和思索。

——"森林马上就要入睡、死去，大地即将被寒冷封锁，可我想活着，而且要快点，再快点。我似乎从来没有这么迫切地想活着。好像生命在此之前一直沉睡，而现在苏醒过来了。夏天时我还生活得逍遥自在，好像我身后不是那么多年的光阴，而是永恒。我不慌不忙，对时间视而不见，睡了一天——也不可惜：一天的时间在茫茫历史长河中算得了什么？"从这些诗性而睿智的语句可以看出，谢尔古年科夫是一位天生的大自然的膜拜者，大自然给予他一种生命哲学。他长期用文字书写所思所想——与世界保持着宗教层面的对话。

也许恰是他在森林中的"封闭式"生活和沉思默想，使他体悟到其他同时代作家无法体悟到的"神性"，才写出了《秋与春》这样独具艺术特色、无可复制、令人心动、发人深省的散文。独特的生存体验让他保持了对文体探索的兴趣和热情，用他自己的话来说，他创造了一种叫"沉默"的体裁的作品。所谓"沉默"，即"创造无形的语言"。在《秋与春》中，这种"沉默"的特点尤为突出。

我一直在想，按时间推断，当谢尔古年科夫创作《秋与春》时，苏联仍处于专制恐怖之中，许多有良知和血性的知识分子为寻求正义，不惜付出了生命的代价，而他选择了"远离政治"，到森林里去修身养性，与大自然为伴。他这是一种逃避吗？然而，在我对《秋与春》的反复阅读之下，我似乎明白了。他是在以另外一种方式歌颂永恒和爱，并试图重建人与人、人与自然的和谐之美。这种歌颂和表达是可以超越战争、杀戮、仇恨和死亡的。

"秋"与"春"既是自然天道的秩序，也是人心、人伦的秩序。谢尔古年科夫通过他的作品所要传达的主题永远只有一个：人的生死与复活。想到这一点，我不禁再次对这个俄罗斯作家肃然起敬。

访谈·体会

写作是人生的一种陪伴

访谈者：书香重庆网记者

时间：2017 年 7 月 3 日

书香重庆网：最近，您的新著《谁为失去故土的人安魂》出版，我没记错的话，这应该是您的第十部专著了吧，能给大家介绍一下这本新书的创作情况吗？

吴佳骏：这是我比较看重的一部书，写它耗去了我整整五年时间。断断续续地写，不疾不徐，直到现在才出版面世。这部书，集中体现了我对文学的自觉追求和审美取向，我试图用一种朴实而又新颖的风格，去写一种跟大家平时读到的散文不一样的散文。自我从事创作以来，经过十多年的写作训练，我已经形成了独属于我自己对文学的认知和理解。无论别人怎么品评我的作品，我自有我的判断和坚守，不会因他人的言论而改变。因此，这部书，是我对散文进行探索性写作的一次成果展示。至于这成果到底是好是坏，那就留给读者去鉴定吧。我只要写出来，任务就算完成了。

书香重庆网：您创作的这十本专著，您最喜欢的是哪一部，它们的特色是什么？

吴佳骏：这个问题不好回答，就像一个人生了多个孩子，你问他最喜欢哪一个，孩子的父母一定会很为难的。不过，需要说明一下的是，这十本书里，其中有几本属于自选集，也就是内容上有重复。如果从内容不重复的角度来看，其实也就只出版了几本书。这几本书，耗去了我十六七年的光阴。换句话说，每一本书，都是我人生足迹和心路历程的见证。

书香重庆网：很多人认为您在散文创作上是重庆非常有潜力和实力的作家，对此您怎么看？

吴佳骏：首先，我得真心谢谢喜爱我作品的朋友们对我的厚爱和鞭策。我曾经在多个场合说过，作者与读者之间，是一个互相寻找知己的过程。中国的作家千千万，写得好的不少。我不过是这千千万的写作队伍中不起眼的一个，能得到那么一部分人的垂青，实乃人生之幸。其次，说到有没有潜力和实力，我自己也说不准。因为，写作之事，如鱼饮水，冷暖自知。加之未来的路还很长，作为一个写作者，不能被眼前的一点所谓的虚荣所蒙蔽。你必须清楚，你跟当下优秀作家之间的差距。要把自己的作品放在一个全国性的范围内来考量、比较和评判。不能坐井观天，自我感觉良好。那样的话，就可能自掘坟墓，被虚荣和自负所埋葬。

书香重庆网：您推出新书的速度如此快，质量也很高，这说明您付出了很多努力，能给大家分享一下您的创作心得吗？

吴佳骏：或许大家看到的只是一种假象。你们看到我不断出书，感觉很高产。实际是这些书稿都写了若干年，只是凑巧都集中在这几年或某一段时间里出版了而已。我只是个普通的写作者，绝非盖世之才。所谓积土成山，非斯须之作，那都是平时积累的结果。老实说，我是一个不自信的写作者。当写到一定的时候，我会越写越怕写，对写作的要求也会越来越高，越来越懂得爱惜自己的羽毛。这是从量到质的蜕变过程，也是对写作境界的自觉追求过程。倘若认识不到这点，那之前的都算是白写了。

书香重庆网：有人爱上写作是因为学生时代想给爱慕的人写情书，也有的是为了倾诉心中的故事等等，您当初爱上写作是什么原因，能分享一下您发表处女作时的心情吗？

吴佳骏：我写作的动因，没你说的那么浪漫。现在回想起来，我也说不清自己为什么走上了写作之路。没有一个崇高的理由，也没有一个明确的目标，纯粹就是一种爱好。就像喜欢唱歌的孩子，每天上学放学的路上都会不自觉地张开嘴唱。对着野草唱，对着花儿唱，对着树上的鸟儿唱，对着河里的鱼儿唱……唱了，心里就舒坦了。至于说到我处女作的发表，那对我来说也是终生难忘的。那是2004年夏天，记得当时刚参加工作，在一个小县城。我下班途中路过一个报刊亭，看到有《青年文学》杂志卖，就买了一本回家。然后，照着杂志上的地址寄了一篇稿子《飘逝的歌谣》到编辑部。稿子寄出，一直没有回音。就在我自己都差点忘了的时候，一天，我突然接到杂志社编辑的电话，说我那篇稿子已经被他们发在第12期刊物上了，希望我有新作再寄去。当时心里还是很兴奋的，不过，很快就过去了。后来发得多了，也就没有那种兴奋了。

书香重庆网：对很多人而言，写作是枯燥乏味的，作家必须耐得住寂寞，而您仿佛把写作当成了一种乐趣，您创作的动力是什么？

吴佳骏：我创作的动力就是没有动力。你说得很对，我的确是把写作当成乐趣的人。我从不强迫自己去写，也不会为了某个任务去写。

我只写自己愿意写的东西。大凡搞写作的人都知道，写作这事是需要感觉的。没有感觉，你就是 24 小时不间断地写，也写不好。感觉到了，就可能一气呵成。毕竟写散文不像写小说，每天都要逼着自己像挤牙膏那样去编故事。我是个很看重生活积累的人，喜欢阅读生活。把生活和体验放在心里发酵，待哪天灵感突发，就会提笔把内心的感受写出来。只有会生活，才会写作。一个不热爱生活的人，写作也好不到哪里去。

书香重庆网：您在创作的过程中有没有遇到过挫折，您怎么克服的？

吴佳骏：大的挫折没有。我对写作没啥野心，也不像有些作家那样抱着为文学史写作的雄心壮志。我从来没想过自己的作品将来要流芳百世，我没那么大的能耐。我写作，我快乐，足矣。如果写出的作品，还有那么些人阅读，就更感欣慰了。假使哪一天我写出的作品没人读了，或我自己不满意了，一根火柴烧了即可。所以，我不存在有啥挫折需要去克服的问题。写作对我来说，不过是人生的一种陪伴而已，就这么简单。

书香重庆网：有没有让您最感动的人或事？

吴佳骏：有啊，举两个例子。一个是多年前，我曾经常收到陌生读者来信，谈读我作品的感受。我家里至今还珍藏着一个小箱子，里面都是读者的来信。现在时代不同了，很少有人再写信，但我依然会偶尔收到一些读者的博客或微信留言，谈读我作品的看法。甚至，他们还把我的作品制作成音频传给我，真的让我很感动。另一个例子，来自我的父亲，有很长一段时间，他都收藏着给我寄来样刊的杂志信封，厚厚一叠。我曾背着他将信封拿出去扔了，他又背着我偷偷地捡了回来，因为那上面写着他儿子的名字，这是我永远无法忘记的事情。

书香重庆网：作为编辑，您认为什么样的文章是你们最需要也是最喜欢的？投稿的作者应该注意些什么？您对广大写作者有什么好的建议？

吴佳骏：当然是最喜欢好作品。只是每个编辑对好作品的标准不一样罢了。单就我自己的审美来说，无论你是写小说，还是写散文，最起码的，应该有扎实的内容、真诚的情感、斐然的文采，懂得如何写作。在此基础上，如果能再增加思想的深刻、洞察的力度、创新的勇气，那就更难能可贵了。文学说来说去，最终要解决的，无非还是一些常识性问题。有些人把文学说得玄而又玄，仍不过是换汤不换药，旧瓶装新酒罢了。

对于投稿者而言，我经常会遇到一些人，他们老是对编辑不信任，觉得编辑都没认真看稿，便四处托人找关系，认为只要跟编辑混熟了，发稿就能水到渠成，从不去认真思考自己作品与他人作品的差距。他们总喜欢以非文学的因素来干预文学本身，这是最要不得的心态。因为你越这么做，编辑可能越看不起你。有本事的作者，从来不会这么委屈自己。因此，要相信自己，安静地写作，没有哪个编辑不喜欢有才华的作者。倘若你真的写得好，写作自然会给你福报，心急永远吃不了热豆腐。

书香重庆网：目前，很多人习惯电子阅读，有人觉得现在是信息爆炸时代，只能碎片化阅读，对此您有什么看法？传统的书籍和电子书您深爱哪一种，为什么？

吴佳骏：正常的。时代在变，出现这种情况，也算与时俱进，不值得大惊小怪。我们应该明白，作家有写得好的，也有写得不好的。读者也有优秀的读者和不优秀的读者。好作家写出的作品满足优秀的读者，差作家写出的作品满足品味不高的读者，各取所需。你的素养和品质，决定了你会去读什么样的书。一个内心笃定的读者，他自有鉴别能力，碎片化的东西不会对他造成多大的干扰。

说到我自己，我自然是偏爱传统书籍多一些。原因不用多说，只说一点，我只要把一本好书拿在手上，即使不翻，也会获得一种喜悦和宁静。

书香重庆网：事实上，大量阅读对写作者的助益不言而喻，能给大家推荐几本您喜欢阅读的书吗？

吴佳骏：没什么推荐的，每个人口味不一样。我喜欢的书，未必别人喜欢。只要去读能够深入到自己内心去的书，就是好书，就是构成自己心中经典意义的书。

真诚是为文的第一要义

访谈者:《中学生》杂志　孙永庆

时间: 2018 年 2 月 12 日

《中学生》杂志: 您的散文仅《语文教学与研究》杂志就选载了十多篇, 还有多篇散文用作中、高考阅读题, 受到师生们的青睐, 请谈谈您学习语文的体会。

吴佳骏: 汉语是我们的母语。学习语文, 不但要正确使用汉语, 还要能从中体察汉语之美。尤其当下, 别说是师生, 就是一些作家也深受西方语境的影响, 他们写的文章, 很多都是西方话语的模式和腔调, 少有汉语的凝练、简洁、干净, 也不讲究"言有尽而意无穷"的意境之美。我个人十分注重对古典文学的阅读, 比如《诗经》《楚辞》, 唐宋诗词, 以及各朝笔记小说等。它们不但可以丰富一个人的传统文化修养, 还能让你写出一手漂亮的文章。

《中学生》杂志：您多次谈到，读散文是寻求一种情感的慰藉和心灵的洗礼，写散文要注重感情的投入，正如刘勰所说，"缀文者情动而辞发"。您的《躲在父亲背后取暖》就是一个范例。针对学生的作文状况，您能具体谈谈吗？

吴佳骏：真诚是为文的第一要义。尤其散文这种文体，带有较多的"非虚构"成分，每篇文章里都藏着"我"。只是高明的作者藏得深一点，平庸的作者藏得浅一点。说穿了，文学是"心灵的事业"，只有从你心里来，到读者心里去的作品，才能引起共鸣。任何没有经过内心发酵而写出的文章，都不是好文字。我曾经做过几年语文教师，我发觉不少学生写作文都喜欢"为赋新词强说愁"，爱在词句上玩花样儿。这是不可取的。应该心里怎么想就怎么写，写出自己真实的感受和想法，哪怕语句朴实些、普通些也不要紧，朴实是另一种华丽。

《中学生》杂志：您不止一次地说过，童年经历是一块胎记，镶嵌在人的灵魂里，并时刻影响他现在的生活和思考。也就是说，童年的经历会影响人的一生。

吴佳骏：从某种程度上说，文学就是对记忆的回溯和提纯。一个人的出生不能选择，生长的环境会深刻地影响他的人生观和价值观。我是农村孩子，自幼经受过苦难生活的磨砺。很小的时候，我就见惯了乡下人的苦乐悲欢、生离死别，这一切都刻在我的脑子里，挥之不去。以至于，在我从事写作之后，童年印象便如洪水般向我冲来，影响着我笔下的文字，并使我一开始写作，文章里就充溢着一种悲悯情怀和对弱小生灵的同情。这些由记忆引发的思索，会一直左右我对文学的认知和判断。

《中学生》杂志：您把自己对当下社会的感受和思考，转化成了笔下的文字，它们来自您对生活的观察，以及生命的直觉。请解释一下"生命的直觉"好吗？

吴佳骏：所谓直觉，实际就是一种"敏感"。像记者对新闻点的敏感，病人对疼痛的敏感，作家对文字的敏感，这是一种能力。当然，这种能力，是要建立在人生阅历基础之上的。只有遍尝人情冷暖，看尽世态炎凉，在遭遇某些事件的时候，你的直觉和敏感才会生效。麻木和冷漠的人，不适合从事艺术工作。

《中学生》杂志：在这个市场经济时代，一些作家的价值观开始动摇，他们降低了对文学的敬畏，越来越倾向于一种"玩"的心态。这种心态很可能会影响到师生的写作，请您给师生们提点建议吧？

吴佳骏：沉住气，耐得住寂寞和诱惑，培养自己的心力。学会与自己谈心，与孤独相处，与自然对话。当别人都在朝前赶路时，我们不妨停下来歇一歇，想一想，甚至向后退一退。若此，也许就能安顿好自己的心。要学农夫插秧那样，"退步原来是向前"。

《中学生》杂志：你在《文学：时代与救赎》中说过：中国的如司马迁的《史记》，鲁迅的《呐喊》《彷徨》《野草》，巴金的《随想录》，路遥的《人生》《平凡的世界》等；外国的如托尔斯泰的《战争与和平》，陀思妥耶夫斯基的《罪与罚》《卡拉马佐夫兄弟》，索尔仁尼琴的《古拉格群岛》，赫尔岑的《往事与随想》等，都曾影响过成千上万的人，成为畅销书。阅读这些书，读者不但可以从中获得丰富的人生经验和智慧，而且还能完善自我的人格、提升道德境界，并找到活着的尊严。能否结合您的阅读经历，谈谈如何阅读的问题？

吴佳骏：阅读没有一定之规，也不必一窝蜂地去赶热闹。要多读经典，多读有益的书。当然，经典太多了，一辈子也读不完。这就要求我们学会选择，选择那些自己真正喜欢的、符合自己审美趣味的、能进入到自己的内心和灵魂里去的书。同时，阅读趣味还不能太单一，各类书都应该看一看。只有博览群书，下笔方才有神，这就叫"搜尽奇峰打草稿"。

《中学生》杂志：读您的散文《洋槐树上的钟声》，我记住了这句话："我在书中死去，又在书中复活。是书，拯救了我。"有故事啊，谈谈吧。

吴佳骏：那个时候我在学校教书，环境清苦，每天面对的，除了农村学生无助的眼神，就只有冬天的寒风和夏日的骄阳。恰好那段时间，我自己也遇到一些生活困难，精神上很落寞。每天放学后，当孩子们散去，留下我独自在冷清的瓦房宿舍里时，我不知道该干什么好，于是就看书，把自己的精神疆域扩大，与圣贤对话，与书中的人物谈心。不知不觉间，光阴也就过去了。是那些书，让我走出了人生的"窘境"。

《中学生》杂志：您的散文《母亲的世界》《一只墨水瓶改装的煤油灯》里写了母亲和姐姐因苦难而熄灭了自己的读书梦，而现在的孩子们大多已不存在读不起书的困境，可他们却不太喜欢读书了，真让人感到茫然。我觉得学生们读读您的这些散文，也许会重新点燃起读书的渴望？

吴佳骏：或许吧，要真如你说的那样，我也算没辜负这些文字，以及我所经历过的那些苦难。其实，有时想想，文学最大的作用，可能就是软化人的心灵。我不能妄评现今的孩子，人生的悖论恰在于，当哪天我们长大了，碰过壁、摔过跟斗之后，才幡然醒悟，原来我们蹉跎了多少岁月，悔之晚矣！

《中学生》杂志：说到苦难，想起了有人提倡"苦难教育"，我认为没必要刻意为之。可让学生阅读有关苦难的书籍，如您的《生灵书》《雀舌黄杨》等，让他们去感悟散文里的意蕴，"在经历过风雪之后的她看来，喝清水也能增加血液的浓度。苦难也能把一个人浸泡成熟，并成为精神上的强者"，是这样的吗？

吴佳骏：苦难的确可以教育人，但我不提倡所谓的"苦难教育"。为苦难教育而去假惺惺地拥抱苦难，这事很滑稽。一个富家子弟，很难真正理解一个衣不蔽体的孩子的心境。所以，我们要做的不是"苦难教育"，而是要学会宽容地去理解别人的苦难，并从中学会珍惜自己现有的生活。

《中学生》杂志： 如果学生们感悟到苦难的真正含义，对他们的健康成长，对他们的阅读和写作会有帮助吗？

吴佳骏： 当然有了。真正的文学，都暗含一种"苦难"的质性，哪怕那些喜剧作品，其背后都有悲剧底子。感悟苦难，会增添悲悯，让一个人的心不那么硬，不那么冷。如是，他笔下的文字就会多一些温暖，多一些光亮。

《中学生》杂志： 您曾说："有的时候到书店，是去寻找一种氛围，不一定是要在书店里面详尽地看一本书，他找的是那种感觉，就像一个写东西的人走到书房一样，你要的是那种状态和气场。"这和读散文感受苦难一样，让学生走出课堂，到书店去，到博物馆去，到名人故居去，接受这种环境熏陶，对学好语文和写好作文应当是大有益处的。

吴佳骏： 读再多的书，最终都不如读生活这部大书，读自然宇宙这部大书。古人云：尽信书，不如无书。如果我们只知道从书本到书本，而不食人间烟火，那就成了十足的"书呆子"了。写的文章必定没有生气，既嗅不到花香，也听不到鸟语；既没有河流的喧哗，也不见草木的葱茏。因此，我们需读万卷书，但也别忘了行万里路。

散文是灵魂的事

访谈者：教师，青年文学评论者　彭鑫

时间：2019 年 5 月 31 日

本访谈根据现场录音整理。

一、散文是灵魂的事

彭　鑫： 佳骏兄，谢谢你接受访谈。我们课题组在开发乡土教材《重庆当代散文选读》。我们有很多关于散文的问题向你请教。你写散文经年，出版了十余部散文集，你的作品不但深受读者喜爱，还得到评论家的广泛赞誉，比如周晓风、王本朝、何平、王兆胜、邓伟、李永东、张育仁等学者在评论文章里给予高度评价。你获得首届、第四届"巴蜀青年文学奖"、第五届"重庆市文学奖"、第五届"冰心散文奖"、首届"紫金·人民文学之星"文学奖等。我很想问问你，你到底怎么理解散文？

吴佳骏：散文是灵魂的事。它见情见性，容不得作者半点伪装和矫情。它是一门从你心里来，到我心里去的艺术。你只有摘掉面具，脱下伪装，赤裸裸地把心交给读者，读者才有可能买你的账，你的作品也才有生命力。好散文不是写出来的，是活出来的。

彭　鑫：能谈谈你的散文观吗？

吴佳骏：我尊重散文，就像尊重生活给予我的一切。我的散文观是没有散文观，但我写散文，主要还是见证生活、人生和人性。你看那些散文写得好的作家，他们的作品都很有特色，语言也炉火纯青。只是每个写作者的风格不一样，有的唯美，有的沧桑。

彭　鑫：那你的散文风格属于哪种？

吴佳骏：或许是我的经历和气血之故，我写出的作品多沉郁风格。一个经历过苦难的人，你要让他写风花雪月，那不太可能。但是话又说回来，不是经历了苦难的人，写文章就一定要苦。比如沈从文，他经历了那么多苦难，但是写的文章却很唯美。我之所以写散文，是要给自己一个交代，不在乎杂志发不发，我只写对生命有交代的作品。

彭　鑫：你在《掌纹》的后记里说过几句话，一读就让人忘不了，比如："好在，每篇文章，我都写得用心。如斯，于己于人，也算是一种交代"。这篇后记很短，可字里行间充满着感人的力量。比如这几句："这些文字，改变不了什么，仅是我个人的一种赎罪而已。读者诸君倘能从中读出一些深意来，也许，我的罪责，将会有所减轻。"你常说，散文质量与作者稳定的价值观密切相关，能具体谈谈吗？

吴佳骏：很多作家写散文也好，写小说也罢，他的价值观是不稳定的，这是一个致命的问题。比如说，他今天听到一件事，感觉挺有意思的，回到家就据此写一个作品。因为一件事仅仅有意思，就把它写入作品，这样倒也没什么不好。但是长期这样，他的作品就难有大的气象和境界。一个有稳定价值观的作家，他不会那样去写，他内心有个过滤器，会将可写可不写的东西过滤掉，只保留给自己思考相关的素材，储存到心中发酵。价值观不稳定的作家，一辈子都在东写西写，不明白写些啥，全凭激情驱动写作。而价值观稳定的作家，不管他这辈子是写一篇文章还是写一百篇文章，也不管他是出一本书还是出一百本书，最终都是在写一篇文章或出一本书。鲁迅、史铁生等人，皆如是。

彭　鑫：你觉得你的散文创作深度是如果达到的？

吴佳骏：昨天开会，《人民文学》主编施战军老师点评我的作品。他说了一句话，我感到很欣慰。他说："佳骏写文章，有一个特点。他认准了一个东西，假如将这个东西比作是一个洞，他就会想办法把洞打穿，必须把洞里面的东西给掏出来才罢休。"他这话的意思是什么呢？举个例子，一个杯子，我想把它装满。虽然我现在只能装到一半，但是我一定会想法把这个杯子装满。我不可能只装到一半，就放弃了。我认定了这个题材，认定了我想要表达的东西，认准了我这一辈子选择的东西，我就要坚持到底，永不放弃。但是有些作家不一样，就像装这一杯水，装到半杯，装不下去了，就不装了；或者干脆把这半杯水倒出来，摊在盘子里，这样面积是宽了，但是深度就浅了。

彭　鑫：很多评论家说你的散文里面有强烈的悲悯意识，这种悲悯意识源自哪些东西？跟你的人生经历、创作观念有哪些联系？

吴佳骏：我的作品如果有悲悯的话，我想它应该来自我的生活经验，来自我的出身背景。因为我是出身底层的一个小人物、小灵魂，我见过了底层人们的不易与艰辛。我同情他们，我和他们是一个命运共同体，所以我不可能去审视他们，也不可能俯视他们，更不可能有高高在上的心态，他们的苦对我来说感同身受。

彭　鑫：你的散文，常常书写苦难，感动了许多读者。想请你谈谈你的散文与苦难的关系。

吴佳骏：首先要明白一点，我写苦难，不是有意要去写苦难，或者为了写苦难而写苦难，而是我所体验的生活、我身边的人们，他们的生活原貌就是这个样子。他们也有欢乐，但是我不愿选择这一面来写散文，就像一个医生，他的职责就是治病。我不是要借文字去刻意宣扬苦难，而是对记忆的唤醒，记录或见证一类人的生命历程——那种人与土地的无奈与精神疼痛，以及生为底层人的苦乐悲欢、生离死别。我写苦难不是为了让人活不下去，而是希望这个社会变得更加美好，就像莎士比亚写了一辈子的悲剧，但是没有人会因为读了他写的悲剧而想去跳楼。

彭　鑫：那你怎么理解文学作品的批判意识，是否写作时都需要具有批判意识呢？一部作品是不是一定要有批判才有深度。对这些，你怎么看？

吴佳骏：首先，有无批判不是评鉴一部作品优劣的标准，但是，作为一个成熟而优秀的作家，我觉得批判是必要的，也是必须的，这是一个作家的责任和使命。当然，批判也有各种类型，批判制度是批判，批判人性也是批判。像鲁迅的作品，揭露中国人的自私与麻木是批判，而跟鲁迅差别很大的作家写的作品，因为他们写出了生活的荒诞，这无疑也是一种批判。

但不管批判还是不批判，最重要的是，你在写文章时要扪心自问：到底是哪一点触动了你，是主人公的命运触动了你，是情感遭遇触动了你，还是生活本身触动了你？你写的作品总要有一点触动你心灵才是好的。不能一开始动笔，就想到这篇作品要不要有批判。如果动笔之前先存有一个批判意识，那就类似主题先行一样糟糕。

彭　鑫：读了你的作品之后，感觉你有精神洁癖和沉思性格。这两点对你的散文创作有什么影响。

吴佳骏：这其实是一个文如其人的问题。人无完人，人也不是神。我也可能有肮脏的一面、堕落的一面、卑鄙的一面，但是有一点：任何毛病，都不能动摇我的原则。不管你给我什么好处，只要不符合我的做人原则，我都不赞同，甚至拒绝。比如说很多人想发表作品，就采取各种方式——请客吃饭、去找领导施压等等，但是这些对我都没有用。你的作品不好，无论你怎么样，我都不可能发，就是这回事。公共平台和资源不是我私人的，做人还是得有底线，不能昧着良心搞交易，那样必定乱套。这些所谓的"精神洁癖"，延伸到写作上，决定了我对文章语言的挑剔、对审美的挑剔、对结构的挑剔、对题材选择的严谨等等。

二、散文写作最根本的是心法

彭　鑫：喜欢你散文的粉丝特别多，想替粉丝们问一问你的散文创作秘诀。

吴佳骏：写散文其实没有什么秘诀。散文可分为三重境界：第一重写的是生活和体验，第二重写的是知识和学养，第三重写的是精神和灵魂。因此，写散文，技法重要，但根本的是心法。而心法，与作者的生活阅历、稳定的价值观、人文情怀密切相关。要想写好散文，唯有净化自己的灵魂和修炼自己的心，否则，凡一味在形式上和技法上耗费心力的作者，都是舍本逐末，缘木求鱼。

彭　鑫：你在接受访谈时，多次谈到"真诚是为文的第一要义"。很多作者，心里想做到真诚，可是笔下就是难以做到，这是何故？

　　吴佳骏：或许是卡耐基说的"人性的弱点"吧，人很难面对真实的自己。也许你知道自己对不起某个人，但是你不敢说，还在文章里替自己辩解，甚至伪装成正人君子。中国作家都少有自我反省和忏悔意识，解剖他人容易，解剖自己难。大多数人都习惯批判别人，唯独不敢批判自己，更不敢像卢梭写《忏悔录》那样真诚地去著书立说。

　　彭　鑫：你的散文深度介入了生活，这点很难做得到。现在很多散文写点小感悟、小哲理，感觉比较"浮"，"浮"在生活的表面。你觉得怎样才能真正"沉"到生活深处，写出深度介入生活的作品？

　　吴佳骏：介入生活不深，是因为感受生活不深。感受生活，很多人都在谈，但是他们的理解常常是片面的。比如，他们是这么理解的，要了解基层生活，就在区县生活个十天半个月；要了解农民，就跑去跟农民同吃同住十几二十天。他们认为这就叫体验生活、深入生活。但这并不是真正的深入生活，写出来的东西自然没有深度。真正的深入生活，除了身体力行，还应该是"心灵体验"。比如看到一个女明星，不是看她的美貌与气质，而是要看到她内心的挣扎、她隐秘的痛苦和她难言的忧愁。如果你洞察不到这一点，你写的作品就永远没有深度。再比如说看到一个矿工，脸上很脏，身上瘦骨嶙峋。他的生活是贫穷不堪的，但是他依然有他的快乐、他的骄傲、他的尊严。但是很多人只看到外面的这层，看不到内心的那层。准确把握和揭示人内心的东西，这对作家来说非常重要。

　　彭　鑫：今天重庆市作协组织的《细节之美》讲座，刘庆邦老师讲到：只有"心重"的人才能当作家，"心轻"的人是当不了作家的。我觉得真的很有道理。

　　吴佳骏：刘庆邦老师的"心重"与"心轻"可以这么理解："心轻"

其实就是没心没肺，毛毛躁躁；而"心重"的人轻言轻语，举手投足都温文尔雅。心轻的人对万事万物都是麻木的。心重的人，善于体察世间万物。举个例子，如果你心重，你的心就比较敏感，当你看到一处美景时，你心里会想我不能去破坏它。比如两个人正在谈话，心重的人不会把杯子重重地放在桌子上。因为他觉得那样会破坏谈话的氛围，伤害对美的发现。其实，"心重"和"心轻"，暴露的是一个人的修养和人格。

彭　鑫：你怎么看写作数量、时间与质量之间的关系？

吴佳骏：也许在三年中，有些人写了一百篇，你只写了一篇。但是你这一篇的光芒却超过了他那一百篇。写作不要去管别人，要有自己的写作方式，要找到适合自己写作的节奏和方法。一定要意识到这个问题，不要去管别的作家写作是快是慢。当一个写作者的情感和生活积淀不够的时候，还要强迫自己去写，那只会越写越坏，越写越差。写到最后，连写作的感觉都没有了。

不管你写作了三年、八年还是十年，写了几十篇还是几百篇作品，你把你的作品拿出来给大家评判，这个是硬指标，其他都是扯淡。不管这个人怎么说、那个人怎么说，只要能拿出一个让大家服气的文本，什么都不用解释了。写小说是这样，写散文是这样，写诗还是这样。

彭　鑫：你对散文的短与长怎么看？

吴佳骏：散文的优劣不在长短，长有长的好，短有短的好。但是，当下散文界有一种不好的风气，散文越写越长，甚至写到一篇文章长达几万字、十万字，好像患了"话痨症"，一旦落笔，即滔滔不绝，写个没完。可是读起来，却空无一物。近年来，我一直在写"微尘三部曲"，即《小魂灵》《小街景》《小卜辞》，全是一些短章，最长不超过1500字。这些文章先后在刊物上发表后，读者反馈普遍不错，都认为这些短文以小见大，新开一格。我有时对朋友说："也许我的千字文就是我的长篇。"

彭　鑫：确实。很多文章虽短却情感含量大、思想含量大。

吴佳骏：这是因为文学作品的意境和象征性。一首好的诗就可以是一个长篇。

彭　鑫：我记得你在 2018 年第 4 期《红岩》"中国文存"栏目的编前语里说："我的耳畔，仿佛传来屈原的歌吟。他的每一句诗，我都把它当作一句最短的散文。"

吴佳骏：是的。真正懂得散文真谛的人，都是惜墨如金的。他们会用最少的语言，表述最丰富的感受，传达最精妙的思想，构建最健康的审美。在当今这个消费至上和娱乐至死的时代，我们的写作更是需要一种节制的美学。

彭　鑫：像顾城的《黑眼睛》就只有两句话，但是好多长诗都比不上这两句。

吴佳骏：散文写长了，容易犯一个毛病：结构掌握不好，很容易混乱。这会让读者审美疲劳。你如果写得不好，没有人有耐心读得下去，缺乏吸引力。假如你写了 3 万字，你让别人咬着牙齿读完，却没有得到阅读快感与审美体验，别人凭什么读完？别人还不如去游半个小时泳，晒半个小时太阳。

彭　鑫：确实，在"消费主义"空气弥漫的当下，散文更需要一种节制美学。我还有一个感觉就是，写作最终还是要形成自己的风格，对不？而为什么大多数作家都没有自己的风格呢？

吴佳骏：其实前面咱们已经说到风格的问题。文学要有风格，可要形成自己独特的风格也非易事。有些人写了一辈子都没有自己的风格。像汪曾祺那样的，中国文学史上也只有他一个。很多人，有时觉得陈忠实好，就模仿陈忠实的风格；有时觉得苏童好，就学苏童的风格。他找不到自己，永远跟着别人屁股后面跑，这样的人难有自己的风格。

而没有自己风格的写作者，就难有文学的辨识度和创造力。

三、要像对待黄金一样对待散文语言

彭　鑫: 很多人说文学就是语言的艺术，你觉得语言在文学作品里面有一个什么样的地位?

吴佳骏: 语言自然是头等重要。车有车感，语有语感。比如说宗璞的作品语感就很好，这是很多作家做不到的，不少作家差就差在语感上。为什么我们要强调语言的重要性? 比如说，看一篇小说，我还没开始看他写的故事，先看他的语言，他的语言吸引了我，我才看得下去。我先看他的语言过不过关，其次，才看他作品的结构和主题等。我要看他的语言是不是文学语言。他的一句话，有没有多余的词。散文写作者，要像对待黄金一样对待语言。

彭　鑫: 有一种感觉，好像很多诗人写的散文，语言都很好。

吴佳骏: 我曾经说过这种现象，诗人写散文比较容易取得成功，这里原因很多。在诗人写的散文中，除了有思维方式、视角、结构等不同于他人之处以外，最主要的一点，是"语言修养"好。由于经历过长期的诗歌写作训练，致使他们的文字极富韵律感和节奏感。用词极其准确、简洁、凝练，且不乏灵动和弹性，"言有尽而意无穷"，形成独特的"审美建构"和"叙事诗学"。记得有俄裔美国诗人、散文家约瑟夫·布罗茨基就曾经专门撰文谈到过没有从事诗歌创作经验的散文家，语言容易变得啰唆和夸张。所以诗人写散文是占有一定优势的，尤其是在语言方面。"语言素养"对一个作家的重要性，再怎么强调也不为过。

彭　鑫：听说你常看古典诗词和散文，你觉得作家应该如何学习古文的长处，为己所用？

吴佳骏：对古人文章要学习，但也不能抱残守缺。学古，终究是为了创新。学习古文，我觉得最重要的一点，不是学它的思想，不是学它的情感，而是学它的修辞，学习对汉语的运用。因为很多作家，尤其是写小说的，语言西化现象很严重。

彭　鑫：现当代的很多文学作品，感觉失去了汉语本应有的节制之美和含蓄之美，你对这方面有哪些看法？

吴佳骏：古人对汉语的节制之美，可以说发挥到了极致，一字不多，一字不少。举个例子，忠县的石宝寨有个故事。石宝寨上有一个洞，洞里会冒水。传说这个洞以前不是冒水，而是冒米。寨上住了一个和尚，洞里一天冒出的米正好够这个和尚吃一天。可是这个和尚贪心，想洞里流出的米多一点，就把洞凿大了些。但从此之后，这个洞再也不冒米了。这个故事，如果请当代的作家来写，可能写一千字、两千字，形成一篇小小说。但是古人十几个字就写出来了："相传，石穴有米出，可饭一僧，僧嫌米少，凿大，米竭。"这十几个字，有一种《世说新语》的味道。昨天有两个编辑谈到散文创作时说，散文比小说更要讲究语言。因为散文篇幅短小，假如语言无味，叙事干巴巴的，那就减少了审美的力度。

彭　鑫：现在很多作者写散文时常常是比喻、排比满天飞。过度地追求修辞，会不会对散文的语言之美构成伤害，进而影响散文的审美体验？

吴佳骏：也不能说使用了很多修辞手法的散文语言就不好。有些作者生活阅历少，他只有通过修辞讲究语言的华丽，来给作品增加文学色彩。就像有些作家写散文，因为没有阅历，只能空洞地抒情，写的都是像"桃花缠绕在三月的流水上"之类的句子。这种句子，表面上看起来华美、诗意。可是很空，不知道到底要表达什么，可能这些人写着写着就不那样写了。

不管什么样的修辞，用得恰到好处就是好的；用得不恰当，就是不好的。就像美一样，有繁复之美，也有简约之美；有华丽之美，也有朴素之美。词也有豪放派，有婉约派。但是你要说到底是豪放派好，还是婉约派好，那要看你个人的喜好。但是，你不能因为喜欢豪放派，就去排斥婉约派；也不能因为喜好婉约派，就去排斥豪放派。

简而言之，喜欢什么派不重要，重要的是反对陈词滥调。我写东西，基本不用成语。有些人写到大雨，一下笔就是大雨倾盆，能不能换一种表达方式呢？大雨倾盆，从古到今，有千千万万的人都这样说过，你还在继续这样说，有什么意思？不能泥古不化。文学要讲究语言的陌生化。不用成语，用其他的词语完全可能表达得更生动、更形象。

四、刊物栏目的生命力在于特色

彭　鑫：中国文学期刊，有散文栏目的杂志不少。个人最喜欢的是《红岩》"中国文存"栏目。我一直记得你在 2015 年第 1 期《红岩》"中国文存"栏目的编前语《中国文脉与散文尊严》中写过这样一段话："《红岩》作为西部文学的一块精神岩石（于坚语），素来注重散文的建设和发展，立志于为当下的'精典散文'提供一个展示平台。鉴于此，从本期起，特将原'散文随笔'栏目改版为'中国文存'。所谓'文存'既有'存档'之意，也有'召集'之意。我们将以包容、开放的姿态，广发'英雄帖'，诚邀各路散文高手，奉献出有立场、有风骨、有情怀、有担当、有境界，且具有探索精神的优秀散文，为未来中国散文的郁勃振兴贡献经验。"《红岩》"中国文存"栏目创办后，得到众多读者和评论家的好评，你能具体谈谈这个栏目吗？

吴佳骏：我们策划这个栏目的初衷，就是为了汇集当下最有艺术水准的散文，给这些散文一个较好的展示平台。中国目前的期刊，正如你所说，重视散文的刊物不多。大多数刊物就将重心放在小说上，感觉散文完全成了刊物的"配菜"。"中国文存"便是在分析、调研的基础上创设的，立志于恢复散文的尊严。根据实际情况来看，它实现了我们的初衷，得到了广大读者的首肯，向该栏目赐稿的实力作家也很多。

彭　鑫：何平教授曾评价说："《红岩》的'中国文存'是近年引人注目的散文栏目。"个人感觉《红岩》"中国文存"办得出色与你的精神洁癖有很大关系。虽然很多刊物也有散文栏目，但是他们的栏目不一定能被读者记住。我觉得很多刊物的散文栏目，编得很随意，没有一以贯之的东西，不知你怎么看？

吴佳骏：策划栏目，从某个方面来说就像写作。一本杂志，栏目不好，没有特色，没有辨识度，别人记不住。这种特色用在小说、散文方面来说是风格。为什么当下写作"同质化"现象很严重，就是因为没有个性化的风格。比如说，你写的东西和我写的都是一样的，差不多，内容差不多，语言差不多，风格差不多，还有什么价值，还有什么意义。如果一张桌子上摆放着一百部作品，唯独有一部作品，与其他九十九部都不一样，那它就独立出来了。办刊物也是如此。

彭　鑫：我觉得《红岩》"中国文存"的编前语，非常有特色，读起来很有意思。所以我专门把 2015 年第 1 期到 2019 年第 3 期的"中国文存"编前语复印了订在一起，共有 23 篇。集中起来读，感觉更有味道。你对你写的这些编前语有怎样的看法？

吴佳骏：我在《红岩》"中国文存"编前语里，批判了当前散文界一些不好的现象，当然可能也有我的偏见和局限性。但是我批判不是为了讽刺谁，也不是看不惯谁，戳谁的脊梁骨。可能是有些人心眼小，愿意自娱自乐。我举个例，有个人裤子上烂了一个洞，很丑，可是他自己不知道。我是"好事之徒"，把这个说穿了，他不但不感谢我，反而恨我，觉得我出了他的丑。你让他丑而不自知，他反而什么事都没有：反正我自己没看到，别人看到无所谓。但是你把他的丑说穿了，他就会对你有意见。因为你让他的"自尊"受了伤。他没有勇气面对真实的自己。他只能接受别人说他的好，不能接受别人说他的不好。但对于写作者而言，心胸还是要大一些才行。

彭　鑫：我觉得如果把你的"中国文存"编前语编成一个集子，也就是一部当前的散文史，这是一种有趣的读法。

吴佳骏：著名学者林贤治老师就曾建议，让我将这些文章结集出版。目前，也有出版社联系我，谈这批文章的出版事宜。但我想说的是，这些文章还上升不到"史"的高度，我不过是对当下的优秀散文进行发现和遴选罢了。即便有点意思，也是"一个人的散文观察"。个人就总是有个人的品味、立场和评判尺度，但我在选稿时，还是尽力包容，毕竟办刊需要公心，能够接纳多样化的作品。

我写《红岩》"中国文存"编前语，对自己有一个要求：因为这是文学刊物，加之我又不是学者，不能把文章写得太学理化，言必搬弄学术概念和术语，那就没意思了。我愿意将自己对散文的看法，写成一篇散文，而不是一篇论文。争取在极短的篇幅内，三言两语就把要说的话说了。不能啰唆的地方，坚决不啰唆。

五、评论者要爱惜自己的羽毛

彭　鑫: 我自己有一个心愿，想认认真真研究中国当代散文，你能否给我指点一下。

吴佳骏: 指点谈不上。我想，要研究中国当代散文，应该先要好好了解中国当代散文的发展史，好好了解下中国当代散文的各种思潮。

中国当代散文伴随着改革开放的热潮，思想解放，文化繁荣，加之西方古典与现代主义文化大量译介，诸多承续"五四"精神的作家纷纷亮相，抒发胸中压抑既久之块垒，出现一批抒情性质浓郁的散文，使得现代散文这块"百花园"芳菲争艳，蔚为大观。八十年代中期，随着作家主体意识的不断强化，中国文学开始呈现出另一个局面，作家从"集体意识"中抽身而出，重新返回"个体"，注重对生活的体察和内在情感的表达。这一时期，散文的艺术性得以加强，文本的精神内涵和表现空间得以拓展。进入九十年代，社会发展日新月异，城市化进程锐不可当，文化领域亦呈多元格局。各种文学思潮互相碰撞，人文精神的讨论更是打开了作家们的创作思路。特别是"大散文"概念的提出，引发了散文界的又一场革命。这次革命对散文的内涵和外延重新给予界定，曾风靡一时的"文化散文"热，便是这场革命的直接后果，成为当时一道时髦的风景。到了 20 世纪末，一批深具先锋精神和文体自觉的新锐作家，像一头头公牛闯入散文领域，激起浪花涟涟。这类作品迥异于前人之作，令人耳目一新，形成一股新的散文潮流，极大地提升了散文的审美品质和精神向度。然而，令人遗憾的是，自 20 世纪末散文再次鼎故革新以来，写作的自由度扩展了，散文界却出现了鱼龙混杂的局面。诸多散文写家跃跃欲试，树起散文大纛摇旗呐喊，却少有精品力作问世，反而滑入与消费主义合流的滥情主义中去，专事制造无病呻吟之作，极大地损害了散文的尊严，也失去了对散文写作的敬畏之心。所以，你只有先了解中国当代散文几十年的发展脉络，才有一个更大的视野，才能真正地研究好当代散文。

彭　鑫：中国当代的文学评论大家有哪些？我想好好学习下他们。

吴佳骏：中国当代的文学批评家不少，可是有风骨的并不多。或者说中国当代文学评论家多，文学批评家少。你放眼文学评论界，有多少人真正指出作家的缺点。文学评论家和作家都是一团和气。说真话、说批评话的评论家少之又少，只评不批，因为批要得罪人，评论家怕得罪人，他们要靠作家吃饭，又经常在圈子里混，抬头不见低头见，怕日后见了面尴尬。如此一来，也就只有满嘴打哈哈，拿捏着分寸去搞评论，尽量说好听的话，结果，大多数评论家都成了作家作品的吹鼓手。能够像李建军先生那样去做批评家，中国能有几个，他被人称为"文坛清道夫"和"中国的别林斯基"，不是没有道理。所以你若要学习写文学评论，就要好好去学习那些有风骨的评论家，读他们的论文和著作。批评需要勇气，不怕得罪人，只为真理和道义献身。

彭　鑫：好的。我去好好地学习下这些有风骨的评论家的著作与文论。文学评论界不说真话这种风气堪忧。像作家出版社出版的那套"剜烂苹果·锐批评文丛"一类的敢说真话、有力量、有风骨、敢于亮剑的文学批评著作实在太少了。

吴佳骏：是的。要多看敢于说真话、敢于亮剑的文学批评家的作品。你说到的这套批判文丛，我知道，也看过其中几本，除了我刚才提到的李建军，像何英、杨光祖等人的文章，都是很有思想锋芒的，个性鲜明，见解独到。他们敢于对广受好评的作品和作家提出批评，有自己的独立判断，且批评尖锐而深刻，体现了一种真诚的态度和理性的精神。

彭　鑫：我以前只看过李建军的《文学的态度》，回去后要把他的所有批评著作买来好好研读。学其批评精神，学其批评眼光，学其批评思路。

吴佳骏：他真是有风骨的评论家。作家要有风骨，爱惜自己的羽毛。评论家同样要有风骨，爱惜自己的羽毛。

彭　鑫：当下专注于散文评论的学者有哪些？

吴佳骏：当下专注于散文评论的学者不是很多，即使有，也是在评论小说之余，偶尔关注下散文。据我的了解，关注散文的当代评论家有孙绍振、陈剑晖、王兆胜、范培松、谢有顺、何平、王冰等人。我要特别提及的是林贤治，他撰写的《中国散文五十年》，是我读到的当代最具分量的散文论述。

彭　鑫：好的，我回去好好研读他们的论著。我有一个感觉，好像现在好多评论家爱就作品谈作品，不爱先去深入了解作家。

吴佳骏：对，这是一个问题。很多评论家爱就作品谈作品，对作家不了解。比如，你要了解我的作品前，先得充分了解我这个人，是什么东西形成我的思想和观念。这种思想和观念，显示在我的作品里面了。如果我是一个在蜜罐里长大的人，你要我写苦难我也写不出来，根本没这种感受。

彭　鑫：所以要了解作品，就要先了解作家，了解作家的人生经历和精神谱系，这样才能更深地进入作品的内核。

吴佳骏：比如说，有些东西为什么只在我的笔下出现了，而在别人的笔下没出现呢。比如说莫言、余华写出了那些作品，你要了解莫言、余华经历了什么，是什么东西促使他们写出了这些东西，你才能真正读懂这些作品。就像房思琪经历了一段永远走不出的阴影，才促使其写了《房思琪的初恋乐园》。你如果不晓得房思琪经历了什么，她自己也不揭秘的话，你就不知道这部作品真正写了什么，背后的寓意是什么。

彭　鑫： 我还有一个感觉，好像一些评论家喜欢把文学作品作为文学理论的例证，而不去具体分析文本的审美特质。然而有些评论家并没有大量使用文学术语，普普通通、简简单单的几句话就把问题说清楚了，个人感觉这种文学评论很舒服。

吴佳骏： 这种评论当然比很多教科书上的评论耐品，给人的启发也最多。像金圣叹评《水浒传》、脂砚斋评《红楼梦》，莫不如是。

六、自由才是真正的散文精神

彭　鑫： 你是散文作家，又曾经从事过语文教育工作，你觉得中学语文教学的理想样子应该怎样？

吴佳骏： 我已经离开教育战线十多年了，对如今的教育状态不是太了解。以我个人理解来说，真正的教育是尊重学生的个性和才华、以人为本、因材施教。当然这些都是老话了。但是老话都是最日常的，最日常的就是最简单的，这些往往是真理。现在的教育大而空，一个模式，一个板眼，甚至学生的眼神、动作和思维都是一样的。就像莫言说的一样，当所有人都哭的时候，你要允许一个人不哭。

彭　鑫： 你觉得理想状态下的散文教学应该是什么样子？

吴佳骏： 给学生有深度的文学享受，给学生正确的文学观念。这种散文教学，不是只为了分数。它要带给学生纯正的散文享受。也许这篇散文既没有总分总，也没有形散神不散，但是从这篇散文中能够看出人生的血肉和重量。针对这种散文的教学，就是好的散文教学。真正好的散文，不是一个结论，不是一种知识，而是一种审美，是一种熏陶。很多老师爱给学生讲中心思想，给学生定死了这篇散文就是一种意思。但是一篇好散文，也许十个人读了有十种意思。你怎么能说只是表达了这种意思呢？而且很多老师总结出的中心思想，根本就与作者想要表达的想法南辕北辙。散文不是"形散神不散"，而应该是形散神也散。自由才是真正的散文精神。

彭　鑫：这种情况很多，一个作家的作品被出成试题，作者却没法做这些试题。出题者把自己的观念强加在作者身上。你的一些散文出现在试卷里面，可能参考答案里的意思并不是你想要表达的意思。

吴佳骏：对呀，经常遇到这种情况。我没有完全统计，到目前为止，我至少有几十篇作品被拿去出成中、高考语文试卷的阅读题。那些标准答案，我都不会做，这是很无奈的事情。举个更形象的例子，比如说我们今天在吃饭，我半天没动筷，可能很多人会想是因为我不喜欢吃鱼，或是不喜欢吃鸡，其实真正的原因，是我的牙齿痛。所以，分析一篇作品，必须先把教科书上固化的理论清零。不要一看到作品，就想到用文学理论里的哪个概念去套，这是最愚蠢的做法。

彭　鑫：感觉很多语文教师爱拿一些文学术语来套散文作品，这也许有一定的意义，但是并不是最好的一种方式吧？

吴佳骏：这可能也是一种无奈。但是语文教师应该在指导学生如何得高分的情况下，同时也要给他们传达一种纯正的散文观念。

彭　鑫：纯正的散文观念应该怎样理解？

吴佳骏：说得具体点，要树立纯正的散文观念，首先要批判一个观念——形散神不散。我刚才也说到了这个问题。肖云儒提出的这个口号，统治了散文界几十年。但是我想说，散文既可以形散，也可以神散。散文的最高境界是：形神俱散。为什么说要形散神散？很多教师主张写作一事一议。但是这篇文章，我可不可以有两个中心、三个主题？

在一篇文章里，我可不可以表达两个意思、三个想法？突破这些观念，突破这些禁忌，就是纯正的散文观念。如果你这样想、这样做，最终你会得出一个结论：散文"文无定法"。

彭　鑫：阅读与个人审美趣味是一种什么样的关系？

吴佳骏：放眼当下文坛，作家风格多样、手法多样、流派多样。其实每一个读者都在寻找最符合自己审美趣味的作家。每一个人都在寻找自己的同道。比如说阿来、王安忆、张承志等，是不是每个人都喜欢他们的作品呢，不一定呀。他喜欢这个，我喜欢那个，你喜欢另外的一个。很多人认为自己喜欢的人就是天下第一，世界上写得最好的，其他作家都不值一提。但其实作家写到一定的量级，水平都差不多处在同一个层次上，只是我们喜欢的审美风格不一样罢了。每个人的判断，只能代表个人的审美观。

七、作品质量是唯一的标准

彭　鑫：我们学校的课题组想编一部《重庆当代散文选读》来做学生的选修课教材。

吴佳骏：你们做的这个课题是针对什么，编这部教材的目的是什么呢？

彭　鑫：我们做这个课题是为了给重庆少数民族地区（渝东南）的高中生，提供一本高质量的选修课教材——《重庆当代散文选读》，激发学生的散文阅读兴趣，提高学生的散文阅读素养，引领他们传承重庆文化。

吴佳骏：这个想法倒也不错。

彭　鑫：当下有些中学生，喜欢"美化生活"的散文，我感觉这有点问题。是不是应该既让学生看到美化的东西，又让学生看其他类型的东西，以培养学生一种良好的散文美学趣味？

吴佳骏：个人认为，对青少年来说，喜欢美化生活没错。他们人生阅历有限，尚处在"为赋新词强说愁"的人生阶段。但是你不能永远对他说，人生没有死亡，人生没有苦难。就是要告诉他人生有死亡，所以要更加珍惜生命。就是要告诉他人生有苦难，所以对幸福要倍加珍惜。如果选的散文只有一个模式，那种所谓的正能量的东西，就有问题了。他们理解的正能量，就是不写死亡、不写苦难，这种观念极端错误。人生本来是酸甜苦辣、喜忧参半，你若是只拿乐的一面给他看，这个就叫正确的人生观吗？

彭　鑫：应该让他们知道人生有苦有甜，这样才是真实的人生。正是有苦难，才会对幸福更加珍视。

吴佳骏：肯定的，人生本来就是如此。他早一点看到这些，就会早一点地规划人生。

彭　鑫：编《重庆当代散文选读》这本书，要像其他的教科书一样，在文章前后编一些导语呀，思考题呀，这些会不会有画蛇添足的感觉？

吴佳骏：有这些东西，也可以，但是不能弄得太直白了。你不要对这篇文章下定论。你不能说这篇文章表达了什么、讲了什么，否则学生就朝着你说的方向去理解。你要让他们自己去感受，这是最重要的，你只能给他们一点提示和启发，给他们一把钥匙。待他们把门打开之后，让他们自己去观察房间里的桌子、椅子、床，要让他自己去看、去感受、去欣赏。这对编写者的要求很高，很考验编写者的水平。

彭　鑫：这个确实对写导语、思考题的人水平要求很高，尤其是他的文学欣赏水平。

吴佳骏：不要套话，不要空话。不要动不动就是语言精练呀，结构严谨呀，主题鲜明呀，那就没意思了。这些都是陈词滥调，没必要写。

彭　鑫：你对中国散文、重庆散文都很了解。我们想请你指点下有哪些相关资料可以学习，从而将这本书编好。

吴佳骏：我不知道你们编这本书的标准是什么。你们是选人呢，还是选作品？

彭　鑫：感觉还是应该看作品的水平。

吴佳骏：如果是这样，那你们应该拓宽视野，把工作做细。也许有些人你连名字都没听过，但是这个人的作品很好。资料方面，重庆作协编了一套建国以来的重庆作家作品选，有诗歌卷、小说卷、散文卷。编散文卷时，我也参与了，你可以找来看看，或许有一定参考价值。

彭　鑫：好的，我们去将这本书找到。就像你说的，看名气不行，主要看他的作品，应该是散文集，而不是散文作家集。应该从所有文学作家中选，而不能仅仅盯着散文家选。不管是重庆当代诗人也好、当代小说家也罢，只要写了经典性的、有代表性的散文，都应该收进来。

吴佳骏：对呀。编选一本集子，唯一的标准就是作品质量。你们这本选修课教材怎么组单元？

彭　鑫：我们开始想以作家组单元，后来觉得不行；又想以时代组单元，后来觉得也不行；最后想以主题组单元，你觉得哪种好？

吴佳骏：以主题组单元最合适，以作家、时代组单元都不大好。我记得好像是北京师范大学出版社出过一套书，名字我忘记了，就是以主题组单元。那本书很好，它打破了文体的界限，比如说第一单元的主题是"爱"，那么里面关于爱的诗歌、散文、小说都有。这本书编得很用心，你们若有兴趣可以找来看看。最重要的是，要把这本书编好，一定要坚持"作品质量是唯一标准"的原则，否则编出来就可能会误人子弟。

先看到生活本身，再去好好生活

访谈者:《**山西晚报**》 白　洁
时间: 2022 年 3 月 31 日

关于新作

山西晚报:《我的乡村我的城》的书封很有特点，是一张孩童在乡野的照片，为什么选择这样一张图片来做封面？

吴佳骏: 书名确定下来后，责编跟我商量，说书的整体装帧设计，最好既能兼顾城乡元素，又能充分揭示主题。我后来想了想，何不用两张照片来做设计。封面一张，封底一张。一为城市，一为乡村，责编也觉得这个想法挺好。我是个摄影发烧友，电脑中储存有不少习作。翻检之下，觉得这张不错，是我前几年在一个乡村抓拍的。照片上，一个孩童站在五月的旷野上，他的母亲当时正在旁侧收割油菜籽，背景是高远而苍蓝的天空，很深邃，很有意境，传达的信息也丰富。设计师将封面效果图做出来后，我跟责编都觉得满意，与书的气质很契合，给人一种宁静、素雅和冥想之感，也就决定采用这个封面了。

山西晚报：这本散文集的创作初衷是什么？是因为你见到的种种的人生困境吗？

吴佳骏：我出生在农村，参加工作后，虽一直在城市谋生，但我的父母和亲戚仍旧生活在乡下，这使我不得不经常往返于城乡之间。每次回乡的所见所闻，对我心灵造成的震动都非常强烈。特别是那些我自幼就熟悉的乡邻一个一个离开人世，而他们的后人，却像候鸟般在异乡打拼，靠从事体力劳动求生。我了解他们的遭遇，也能感知他们的悲喜，此种感受最大程度地激发出了我跟他们的身份认同感。从他们的故事中，我得以深刻地洞悉人性，反思人生和命运，并见证活着的艰难和温馨。这类社会底层人，能真正反映出一个时代的变迁，他们是社会的一个缩影。长年累月，我看得多了，也就想把他们的酸甜苦辣写出来——写出他们的痛和爱、泪和笑、死和生……我觉得写他们，就是在写我自己，我们身上有着相同的"血脉"和"基因"，或许这便是我写作本书的初衷吧。

山西晚报：在书中《夜晚知晓一切秘密》这篇文章里，你形容自己是一个"从乡下闯入城市之人"，为什么是"闯入"，而不是"融入"？这么多年的城市生活，还是觉得自己游离在外，一身孤独？

吴佳骏：是的，从参加工作算起，我到城市生活已经二十几年了，先是在小县城教书，再是到机关单位做办公室秘书，后来才来到重庆主城上班。尽管在别人眼中，我已经是一个"城市人"了，但我依然觉得自己是一个"乡下人"。或许是性格孤僻之故，我不善社交应酬，为人又过于耿介，喜欢说真话，老是得罪人，故我在重庆主城生活已逾十年，几乎没什么朋友，也不需要那么多朋友。以前很多人邀请我参加活动或聚会，我偶尔也会去，但去过几次之后，就越来越觉得无聊。感觉不少人都在表演，戴着面具，少有真诚和朴实的人。而且，更多的人际交往，说穿了，都是受利益的驱使。用时髦的话说，叫笼络人脉，资源共享，合作发展。我天生愚钝，对这种应酬相当反感，感觉是在浪费时间和生命。渐渐地，我就不去参加了，尽量保持自我的独立性，也不在乎别人怎么说、怎么看。人生在世，不可能认识你的每个人都说你好，也不可能认识你的所有人都说你坏，自己过得舒心和有意义就好。于是，城市的灯红酒绿也就跟我绝缘了，也没有人再邀请我，我也乐得一身轻松，生活简单得透明。我喜欢这种"边缘化"的状态，可以心无旁骛地做自己喜欢的事情。因此，我的情感跟城市之间是疏离的，始终难于融入，加之我对物质生活的欲望很低，又钟情自然山水，就更是成了城市中的"边沿人"。

说到孤独的话题，人都是孤独的，哪怕我们的父母和孩子，妻子或丈夫，也无法真正理解自己，走入我们的内心世界去，稀释或抚慰孤独。我才二十多岁的时候，就体察到了这点。有时置身越热闹的场合，自己越孤独。所以，我觉得，唯有孤独才是自己的终身伴侣。人与人的区别之一，就是看面对孤独时能力的大小。有的人害怕孤独，天天去寻求刺激，最终被喧嚣给包裹了；而有的人却学会了享受孤独，最后在孤独中获得了精神的提升和灵魂的净化。

山西晚报：在《夜晚知晓一切秘密》这篇长文里，你写了自己在城市里失眠之后，看到住在对面屋子里的种种人和事，就像一场永不停止的电影，主人公轮番上场。底层小人物都有自己的故事，但关注的人很少，你替读者做了这件事，你带动读者去察觉了许多人，为什么会关注到这些人？你觉得这种底层写作的书写价值是什么？

吴佳骏：可能还是我本身就来自底层之故吧，我对这类人的遭遇有切肤之痛。换句话说，我也是一个"小人物"，是他们中间的一员，我们都是"沉默的大多数"，不同的仅仅是赖以求生的方式不同罢了。

时下不少人瞧不起写"乡土"和"人事"散文的作家，觉得很"土"，缺乏"现代性"。故很多作家都去写历史、写人文，或写其他宏大题材去了。其实，每个写作者都有自己的使命和职责，这个话似乎说得有点冠冕堂皇，但事实上就是如此。你不能指望一个衣食无忧的人，去对一个乡下人感同身受，他们压根就不是一类人。很多人眼中都只有自己，只要自己名利双收、志得意满，哪还会去关心他人的疼痛。

谈到"底层写作"，曾经一度，它饱受诟病。的确，有很多打着"底层写作"旗号的作品，其实是"伪底层写作"。他们先给自己找到一个立场，认为立场对了，就能踏上道德制高点，对"底层人"悲悯一番，掉一场眼泪，博得"正义之士"的雅号，收获鲜花和掌声，实际上却对底层一点不熟悉，这样的写作是一种"暴力写作"。我不写这样的作品，我也不认为我的作品是"底层写作"，我只是借"底层"的外壳，挖掘和剖析人心和人性罢了。

山西晚报：书中其他文章，比如《关于垂钓的痛苦和哲学》《一个人的百年孤独》《铁窗与木床之间》中的那些人、那些故事、那些命运，以及这些人和事之间的怕与爱、恶与善、卑微与强大，读了都让人心里有种难言的痛楚。有想过这本书要带给读者怎样的感受和意义吗？

吴佳骏：读我的书需要心力强大。如你所说，我作品中的人物，命运都不怎么好，看后也许会让人揪心，甚至喘不过气来。但这并非我有意为之。我在写时，尽量以艺术化的方式来呈现我所写的一切，我希望修辞能缓解阅读的焦虑，又不遮蔽真相。我写的每篇作品，都没有刻意去寻找书写对象，只是他们恰好走进了我的视野，将自身的命运赤裸裸地展现在我的面前。如果我不写他们，我都觉得不配做一个写作者。当然，我从不以写作者的身份去消费"同情"和"苦痛"，也不去评判"价值"和"意义"，我要做的，仅仅是呈现。倘若真要说我希望通过作品带给读者什么，那就是"生活本身"。让读者看到生活本身之后，再去好好生活。

山西晚报：你用"请为父老歌，艰难愧深情"这两句诗代表你在写这本书时的心境，能进一步解读一下吗？

吴佳骏：这是杜甫的两句诗。我曾写过一部长篇小说《草堂之魂：一代诗圣杜甫》，写的就是杜甫一生的多舛命运和文学追求。每个人都有自己的来路，文字也有自己的来路。我书中的每一个人物，都让我爱恨交加。这些人物身上有许多的劣根性，但我还是会为他们落泪，这是促使我书写他们的内驱力。我希望自己的文字，能像杜甫的诗句般记录一个时代，记录一个时代下人的状态和处境，为后来的人们留下一点证据。

关于故乡

山西晚报："我感到故园就像一位寡居多年的老太太，正在斜阳晚照下，孤单地苟延残喘"——《我的乡村我的城》里的这句话让读者看到了你的乡村的现状。在反复书写故乡的过程中，你内心是什么感受？

吴佳骏：失落和叹息。其实，在现代化进程的滚滚巨轮之下，每个人的故园都在失去。我的"故园"，不过是众多中国人"故园"中的一个，它所折射出来的问题，不一定具有典型性，但我想，它给每一个游子造成的心灵撞击和精神创伤，是一样的。

山西晚报：你的散文主要是以乡村记忆和城市生活为来源，父亲、母亲和姐姐等亲人多次出现在文章里，且始终流露着悲悯情怀，这种情愫来自哪里？和家庭背景或者成长经历有关吗？

吴佳骏：有关系。就一个作家而已，童年经验早已完成了对其终身写作意义的塑造。我的成长经历比较复杂，也比较艰辛，但都过去了。这种成长背景留给我的遗产，便是使我过早地体察到人情冷暖和生死无常，这对我的文学观的影响是巨大的。

山西晚报：一方面父母希望你能出人头地，不再重复他们的命运；可另一方面你离不开你的父母，也离不开你的故乡。亲人和故乡固化了你的思维和情感吗？这些是促使你的文章总在表达一种困惑的原因吗？

吴佳骏：是，也不是。血缘亲情是烙印，将终身烙在一个人的胸腹上，他们的一声咳嗽都能掀起我内心的一场风暴。就在上周，我父亲被确诊患阿尔兹海默病，他的记忆力衰退很快，我很恐慌，在不久的将来，他或许连我也不认识了。那样的话，就意味着我将退出他的记忆，而他也将活在自己的城堡中，直至生命终结。这种现实，着实让我寝食难安。这一切，都在促使我进行文学层面的思索，固化有时恰是一种"绝处逢生"。因此，我之所以执着地表达人的困惑，根基不在亲人和故土，而在人存在的现状和活着的处境。

山西晚报：在你的作品里，使用频率最高的语词是"故乡""城市""流浪""乡愁""寒冷"和"灵魂"等，看着有些凄凉，你平日里的心境是怎样的？这样的写作情绪带给你的影响是什么？

吴佳骏：在日常生活中，我倒是挺乐观的一个人，有时还不乏"幽默"。过日子就像吃面，总得在碗里撒点盐巴和辣椒粉才有味道。但在面对写作时，我又是极严肃的，因为写作从来不是用笔，而是用脑和心。这种情绪带给我的影响，只有一个，即让我更加珍惜和热爱生活。

山西晚报：你还写了许多故乡的人和事，在创作这些内容时遇到过什么困难吗？有让你非常难忘的人或事吗？

吴佳骏：那就太多了。最大的困难，不是调查或搜集素材的困难，而是使我清楚地意识到，无论自己写出了怎样的文章，最终你会发现所有的文章都是无力的。至于难忘的人或事，我在书中写了许多，此处不赘。

山西晚报：你在书中讲了许多老老少少、男男女女的生活变迁，说是写故土，实际是在写人性，每篇都令人深思。把这么多人和事都记在自己心里去剖析人性，累吗？

吴佳骏：只要人不愿意麻木地活着，就会累，人间没有万全之策。剖析别人累，剖析自己更累。也许，这便是生而为人的乐趣吧。有人说，你永远唤不醒一个装睡的人，那么，我们索性唤醒自己好了。

山西晚报：你在城市也生活挺长时间了，却始终钟情于以"故土"作为写作的"根"，为什么？

吴佳骏：因为体会到失根之痛，才要反复去寻找"故土之根"和"精神之根"。

关于内心

山西晚报：你在书中写道："写作没有任何意义，改变不了这个时代的困境。""在这个世界上，人活着，本身就是一个困境。"反复提到的"困境"指什么？困境的产生是因为"我们都是人间的囚徒"吗？

吴佳骏：我始终觉得，人生就是由无数的小幸福和大痛苦组成的，无论你位尊还是位卑、富有还是贫穷，最终都难逃生命的终结。这既非"悲观主义"，也非"虚无主义"，我只说事实。人生本无意义，是我们自身在赋予人生以意义，这种赋予必然会产生"困境"。假如体会不到这种困境，只能说明我们对生命的体悟和洞察还不够深刻。

山西晚报：你在自序中说：从事写作二十余年来，我一直在以所写文字践行着自己的"写作理想"。你的"写作理想"是什么？受"困境"的影响吗？

吴佳骏：不是受困境的影响，困境只能升华写作。我的"写作理想"说来也简单，总括起来，就七个字："见证、自由、慈悲、爱。"

山西晚报：通过作品，你真实、诚实地面对并且记录了你的内心，却还是无法安顿它，说"我还是一个活在自己内心世界里的人"，为什么？

吴佳骏：能够面对，不代表能够安顿。面对是一种勇气，安顿是一种能力。用马克思的话说，人是社会关系的总和。即便我自己的心安顿好了，那更多人的心，该如何去安顿？你看，写作者总在杞人忧天，自讨苦吃。

山西晚报：你的文章内容都揪心，看着有一种挣扎感，但又感觉你是在平和地讲述。你是在用平静的内心来写曲折的人生？

吴佳骏：我的文字不是写出来的，而是活出来的，写的时候内心也会波澜起伏，但文学不是发泄和抱怨，我得尽力使心绪平复下来，静水流深。你能读出我文章的刺感，不是我写得用力过猛，而是你心善，触碰到了心中最柔软的东西。

山西晚报：你说"一个人无论走多远，都应该看清自己的来路。只有这样，人生才有方向感"，你自己看得清吗？有方向吗？

吴佳骏：正是因为我看清了，所以文字才有方向。文学除了用艺术的标准来衡量，还必须用良知的天平来衡量。

山西晚报：你的许多文章都在寻找一条路，这条路多是在寻找自我、寻找家。这样的写作能让你的灵魂找到精神的乡土吗？对读者通过阅读你的作品踏上精神回乡之路有过期待吗？

吴佳骏：写作首先是度己，其次才是度人，故我将写作分为两种，一种是有功德的写作，一种是没有功德的写作。前者度己度人，后者既不度己也不度人。因此，我对读者没有期待，我只期待我自己如何写作。作者和读者之间，是互寻知己的过程，能否找到，要看缘分。

山西晚报：你借由所写文字追问人生的价值和意义，这样做对你来说意义是什么？

吴佳骏：意义便是，活得更加明白和通透，不糊涂，也不装糊涂。我不喜欢看破不说破的中国式处世哲学，我的文字在替我发声。

关于创作

山西晚报：你的文章最终带给读者的是感人肺腑的力量，读者也能从中读出你试图展现出的那一团若隐若现的火种。你通过作品看尽人间百态、尝尽生活之苦，但坚持为他人传递温暖和光亮，这是你写作的最终目的？

吴佳骏：我不知道自己写作的最终目的是什么，只记得我在一本书的序言里说过这样的话："倘若有一天，我不再有过多的精力去写作，我希望自己的文章会写短，短到只剩下两个字：'慈悲'。如果还能更短些，我希望只剩下一个字：'爱'。"

山西晚报：有人说"悲悯的诗性"就是你散文的精神气质，因为你的作品经历苦难但不失仁爱，你认同这种说法吗？写作给你带来些什么？

吴佳骏：这是西南大学文学院院长王本朝先生对我作品的评价，我想，文学不论写什么，最终都是要呼唤正义和光明，给人以直面生存的力量和勇气。如果非要说写作给我带来了什么，它带给我的是独立思考、怀疑精神和批判意识，既不人云亦云，也不随波逐流。

山西晚报：你的写作始终贴近土地、贴近现实、贴近人情，这样浓烈的"现实主义"写作倾向是你要坚持的吗？散文写作是你要坚持的吗？你曾提到过一个优秀作家的"写作心法"，你的心法是什么？

吴佳骏：我会坚持"现实主义"写作，不过，我所理解的现实主义，跟题材无关，而是跟"现实主义精神"相关。散文我会继续写，它适合我，我不想做"散文叛徒"。我的"写作心法"，还是上面反复提及的几个字："慈悲和爱。"

山西晚报：你说过在写"微尘三部曲"时，就想尝试书写长篇散文，为什么要写长篇？对你来说长篇和短篇有什么不同？

吴佳骏：其实也没什么不同，好文章不以长短论成败。长有长的好，短有短的好，概因表现的内容和形式而定。

山西晚报：你写作中的苦难意识会成为一种"写作自觉"吗？会成为你的创作动力吗？

吴佳骏：我想会，价值观一旦稳定，便很难改变。

山西晚报：乡村文学和城市漂泊矛盾吗？你如何在乡土和城市之间寻找文学的位置？

吴佳骏：不矛盾，无论乡土文学还是都市文学，要反映的人性的复杂性都是一样的。乡土和城市之间形成的张力，既使我"荷戟独彷徨"，也使我"惯于长夜过春时。"

山西晚报：面向过去、面向故乡、面向记忆的书写还会延续吗？接下来有什么创作打算？

吴佳骏：一个好的写作者，无论他今生写出过多少篇文章，其实都是在写一篇文章；也无论他写过多少部书，其实都是在写一部书。凭此而言，我还会继续写。我写文章，向来没什么计划，全看机缘。

散文让我走出人生的"窘境"

访谈者：新华网　尹小安

时间：2023 年 3 月 31 日

新华网： 你是从什么时候走上文学之路的，童年经验对你的写作有何意义？

吴佳骏： 2004 年，我在《青年文学》第 12 期上发表了处女作《飘逝的歌谣》，从而正式踏上文学创作之路。童年经验对一个作家最大的影响，是价值观的塑造。生活环境对一个人的影响无疑是巨大的，我出生在乡下，很早就经历过生存的酸甜苦辣。所幸，艰辛的生活带给我的，不只是创痛，还有自然万物对我的濡染。比如，我看到过麦子生长的过程、落日沉入地平线的过程、野花盛开的过程、飞鸟觅食的过程，以及底层人的生离死别……这一切，最终都会渗透到我的创作中，增添我作品的"厚重感"和"悲悯性"。

新华网：从你目前所出版的十余部散文集来看，"故土"和"乡愁"是其中一个重要的主题，你是基于何种原因，执着于这样的主题表达呢？

吴佳骏：现在的乡村已今非昔比，发生了巨变，基础建设越来越好，村道变成了公路，瓦房变成了楼房。这些都还不算什么，真正变化最大的是人。乡土结构变化了，农村人的伦理也在随之变化、道德在变化、心理在变化、人际关系在变化，这是对我冲击力最大的东西。虽然我的作品里面，貌似都有一个相同的背景，但实际上我想反映的还是人性。我想通过作品来探讨、呈现人性的复杂。倘若不了解乡村，我们就不了解中国。乡土社会历来就是中国社会的一个缩影。

新华网：你曾在多所学校教过书，还担任过校报编辑，那段经历，对于你来说，有过怎样的影响？

吴佳骏：我在中学教过语文，也教过职高。那时候学生的年龄跟我差不多，我只比他们大几岁。那段岁月，浓缩着我的青春记忆。我教过的学生，大多来自农村。他们质朴、善良、憨厚，同时又无知、缺少见识，对外部世界充满好奇。在跟他们相处的过程中，我深切感受到城乡之间的差距，以及人的成长烦恼和困顿。从他们身上，我开始反思自己，也思考人活着的价值和意义。对我来说，那是一段难忘的人生经历。后来从事写作后，我时常会想起那些我教过的孩子，我不知道他们现在都生活得怎么样，是否都实现了自己的梦想，但他们曾经带给我的美好和纯真，我将会铭记一辈子。

新华网：你离开讲台后，还去大足石刻研究院工作过，为此，你还写过一本关于大足石刻的书，叫《莲花的盛宴》，能谈谈这段人生经验与你文学创作的内在关联性吗？

吴佳骏：我写这本书的初衷，是想为家乡文化做点事，让那些不了解大足石刻的人，能够走近和欣赏大足石刻。我出生的村庄离大足石刻的主要分布区宝顶山石刻很近，步行也就三四十分钟。从小母亲带我去宝顶赶集，我都要盯着那些精美的佛像看。到大足石刻研究院工作后，我得以有更多的时间深入地了解大足石刻。了解越深，我得到的启悟和思索也就越深。故我在写这本书的时候，不纯粹是从宗教角度去解读大足石刻，而是想通过探讨来反映和思考大足石刻的当下意义。这段与大足石刻结缘的工作经历，对我日后创作的影响也挺深。最核心的影响，概括起来说，就是：爱和慈悲。我所有的作品都离不开爱和慈悲。即使写苦难，我也是在呼唤光明。不是让人看了作品后活不下去，而是要让人珍惜当下的生活，活出自己的品质和尊严，这或许便是宗教与我文学创作的一种内在的关联性吧。

新华网：是什么原因使你从专事散文创作转向小说创作呢？你的长篇小说《草堂之魂：一代诗圣杜甫》写得厚重而新颖，又是什么原因使你选择杜甫这个人物来写，而不是其他人物？

吴佳骏：我相信，一个好的写作者，他有打通各种文体的能力。我写杜甫是有一个缘起的，在此不赘。至于为什么选择写杜甫，首先，是因为我觉得杜甫这个人，代表了中国文人的一种风骨。他即使在遭受命运波折和生活磨难时，也依然心怀大爱，没有陷入一己的悲欢，终身都在忧国忧民，以天下苍生为念。我喜欢这样的文人，他身上体现出来的利他精神、人道主义精神，将永放光辉。其次，是杜甫的诗所反映出来的社会现实，以及他对诗歌的理解，都很契合我对文学的理解。还有他的诗中所彰显出来的那种文学力量和博大情怀，也是我的文字所倡导的。反观当下文坛，杜甫精神是缺失的，我希望能够借写杜甫呼唤杜甫精神的回归。

新华网：《我的乡村我的城》的封面照，采用你的摄影作品。请问摄影与你的散文之间，是一种什么关系？

吴佳骏：摄影是另一种艺术，我从摄影里面发现了与文学的相通性。

你看那些摄影、美术、书法、音乐、舞蹈界的大家，他们在谈到对艺术的理解时，对精神层面和灵魂层面的思索，几乎都是一致的，这说明艺术是相通的。任何一个艺术门类，你要是走在一个高度上，背后都是需要有一些东西来支撑的，比如你的人格力量、对善恶是非的敏感度，包括你对社会的批判，以及态度和立场，等等。

新华网：评论家称你的作品充溢着一种"苦难质性"。对此，你怎么看？

吴佳骏：我个人理解，真正的文学都包含着苦难质性，比如沈从文的《边城》写得那么唯美，背后仍然有"苦难"，只是他表达得比较隐晦。这要看你怎么去理解，如果一个人体验不到生命的苦难，说明他还活得很浅薄。当然，也不是说认识了苦难，我们就一定活得很悲摧，恰恰认识到苦难，你才会活得更阳光、更洒脱。因为任何一个人，不管你位高权重，抑或身份卑微，最终的结局都是由无数的小幸福和大痛苦组成的。没有哪个人，最后不是带着痛苦离开这个世界的，生命的底色本就如此。

新华网：你通过自己的作品，最想关注和表达的是什么呢？

吴佳骏：这么多年，一路走来，我经历过许多事，看到过太多人性的善良和美好，也见证过太多人性的撕裂和丑陋，这些都在我的作品里有所呈现。我很喜欢黑人作家托妮·莫里森的一句话——"我写作是为了做证"，这句话也可以成为我写作的座右铭。

新华网：北岳文艺出版社最近重磅为你出版了"微尘三部曲"，这三本书你写了多长时间，是什么原因促使你写下这三部曲？

吴佳骏：2015 年之前我就有了这么一个思路，但那时候思考不成熟，一直到我开始动笔写《小魂灵》的时候，后两本都还没有头绪，《小魂灵》写完以后，慢慢就意识到后面该写什么。当时我写三部曲是基于一个考虑：能不能在三部曲里面浓缩我过往写的一切？三部曲集中体现了我这些年来的心路历程，我对社会、生活、人性的洞察和认知，同时也集中体现了我对散文艺术的理解和追求。

新华网：能简要谈谈"微尘三部曲"之间的异同吗？

吴佳骏：三本书之间有一个共同的主旨，都是在表达我对生活和边沿人物的体察、对现实生活的关怀，以及对社会变迁的思索。区别在于，《小魂灵》表达的主题是一些小事物，这些小事物不只是人，也有动物和植物。《小街景》主要是写一个小镇，通过这个小镇来反映仅有一条小街上的原住民的生存现状。《小卜辞》更多的是写一个人心里面的"相"，或者说一种感想，这种感想可能是空穴来风，也可能是一个很微小的点，就像日记片段一样，更多是写"心相"。另外，三本书在视角、修辞、结构和表达技巧上也有所不同。

新华网：好像你还在主编一本散文随笔年度选本？

吴佳骏：是的。我是受北岳文艺出版社的邀请，每年为他们主编《散文随笔选粹》。这是一件非常耗费心力的工作，除了需要阅读大量的作品，还要有策划意识，遴选标准和审美眼光。现在市面上的年选本也不少，我希望主编一本不一样的、让人耳目一新的散文随笔选本，并希望这个选本能经得起时间的淘洗。

新华网：你平时主要阅读哪方面的书籍呢？

吴佳骏：我读书比较杂，除文学方面的书籍外，也喜欢读哲学、心理学、美学等方面的书，还有其他艺术门类的书，比如谈摄影、美术、书法、电影等的书籍，我同样爱读。

新华网：你的写作习惯是怎样的，白天写作，还是夜间写作？

吴佳骏：我习惯夜间写作，一般是晚上八点到十二点。白天我觉得是属于群体的，夜晚才是属于个人的。因为白天太喧嚣了，夜晚才是一个人心灵的牧场。

新华网：你对散文的坚守，意味着什么？

吴佳骏：我不想把文学当成工具，它就是自己内心的一种需要，就像吃饭喝水一样，我需要它，但又不愿意生产文字垃圾。所以，从这个角度来讲，我只不过是爱好写作罢了。就像有的人喜欢打牌、钓鱼、喝酒、唱歌、购物、社交，用它们把自己的一生耗费掉一样，我希望通过写作将我的一生耗费掉。

新华网：在编刊和写作之余，你怎么分配自己的时间，还有别的爱好和兴趣吗？

吴佳骏：编刊是我的本职工作、衣食饭碗，我不会把工作时间拿来干自己的私事，故写作都是利用业余时间。我是个很宅的人，大多数时间都是自己在跟自己相处，我已经习惯了这样的生活方式。

说到其他爱好，我也是有的，但基本都放弃了。我爱好很多，早年间喜欢书法，还喜欢武术，我打太极拳打了许多年。但是后来发觉人的精力真的很有限，人一辈子能做好一件事就不错了，因之别的爱好只能放弃。

新华网：你出版了那么多书，自己最满意的是哪一本？

吴佳骏：最满意谈不上，每一本书都是我自己的一个孩子，你要说哪个孩子最乖，我也不能厚此薄彼。要说满意其实都不满意，每本书出来都有遗憾，觉得最好的还在后面，这样会有期待。目前觉得有可取之处的，可能是最近出版的"微尘三部曲"和《我的乡村我的城》，还有，我对自己的长篇小说《草堂之魂：一代诗圣杜甫》也较偏爱。我之前的写作，更多的是一种激情，那个时候人年轻，有各种局限性；现在阅历增加了，思想的厚度和认识的深度也不一样了，对文体的把控力也不一样了。

新华网：听说你最近在编辑一个民国作家的全集，方便透露一下吗？

吴佳骏：对，这是一本民国作家的书，作者叫南星。这个人才华横溢，文字功夫了得。他是张中行先生的同学，跟诗人辛笛先生关系甚笃，只因其晚年过着隐居生活，为人低调、不张扬，知道的人不多。可他的文章，并不比他同学的作品差。我前后花了五年工夫，将这本书编讫，寄给了著名学者林贤治老师，他看完后非常惊讶，承诺由他来策划出版，林老师说："你编这本书，意义重大，是在拯救一个文学史上的失踪者。"目前，这本书已完成终校，正在设计封面，预计在今年上半年问世。

新华网：你目前在创作什么题材，对未来的创作有打算吗？

吴佳骏：有些想法，但还思考不成熟。一是想写关于城市题材的文章，我在城市生活了这么多年，有很多东西值得我去挖掘。二是想写关于节气的题材，我毕竟从乡下来，熟知乡间事，想把一个人与天地、与田野、与自然、与苍茫大地相处的思索写出来，这种思索，带有终极性和哲学层面的东西。